Les improbables aventures de Tim

LE CRISTAL DU TEMPS

Merci à Georges Lucas, Goscinny et Uderzo, Turk et Degroot, France 2, Robert Zemeckis, Peyo...

Merci à Auri et à Percy pour leurs commentaires pertinents.

Patrice R. A. WOLFF

Les improbables aventures de Tim

LE CRISTAL DU TEMPS

ÉDITIONS DES MONDES ORANGES

ISBN 978-2-9528053-7-7

PREMIÈRE PARTIE

– 1 –

UN GARÇON ÉLECTRIQUE

Comme un samedi sur deux, Timothée Bonaventure effectuait sa migration alternée. Après quinze jours passés dans le confortable pavillon de son père, situé dans un des quartiers résidentiels les plus huppés de la ville, il rejoignait le plus que modeste appartement de sa mère, perdu en haut d'un immeuble vétuste de la périphérie. Habillé d'un pantalon en jean qui touchait terre, recouvrant presque totalement ses baskets montantes rouges, et d'un sweater noir que l'ouverture de sa veste de même couleur laissait entrevoir, il arpentait les rues. Il le faisait sans montrer la moindre fatigue, et ce, en dépit du sac à dos bien chargé qu'il avait pendu à son épaule gauche. C'est qu'à chaque fois, il s'amusait à ramener de chez son père tout un fatras de choses qui faisait briller les yeux d'Hugo, son plus jeune frère, le moins favorisé de la famille car vivant avec sa mère. Ça pouvait être la toute dernière tablette à la mode, des jumelles à infrarouge, un téléphone tactile, une console de jeux ou juste une simple cordelette et des aimants pour de petits tours de magie.

Comme à son habitude, le garçon de seize ans souriait avec assurance comme certain du destin qui l'attendait. Ce n'était pas un sourire arrogant mais un sourire de satisfaction et d'amusement à l'idée des péripéties que la vie lui préparait chaque jour. Enfin, c'est surtout qu'il savait qu'en passant par-là il allait croiser la somptueuse Samira…

Les filles. Il n'y avait que ça qui importait aux yeux du garçon insouciant. Et pour son plus grand bonheur, la gente féminine était incroyablement sensible à son charme de faux mauvais garçon. C'est qu'il avait un visage bien dessiné aux traits tranchants, des cheveux bruns et droits retombant sur son front volontaire, un nez régulier qui rebiquait juste ce qu'il fallait pour lui donner un air coquin plein de promesses, des sourcils acérés au-dessus de ses lunettes de soleil et enfin son arme fatale… que vous ne tarderez pas à découvrir.

Tim poursuivait sa balade de sa démarche nonchalante jusqu'à ce que son sourire s'élargisse encore. Devant lui, les formes appétissantes de la magnifique Samira étaient apparues. La jeune fille n'avait pas perdu un instant et, à la vue du garçon, était descendue dans la rue. Elle portait avec une indécence calculée un jean taille basse qui épousaient ses jambes musclées et qui permettait d'arborer avec plus d'arrogance encore la bille de métal qu'elle s'était fait accrocher au nombril.

– Salut Tim. Je t'attendais avec impatience, révéla-t-elle en le caressant de ses yeux mi-clos. Viens par-là, je ne veux pas que mes sœurs te voient ! Tu n'es rien qu'à moi, hein ?... Allez, montre-le-moi !

Tim feignit la gêne en baissant la tête.

– Samira, pas ici, enfin...

– Enlève ça et montre-moi-leeeee ! insista-t-elle en tendant les mains vers lui.

– Bon, alors viens par-là que personne ne nous voit... chuchota-t-il comme un agent secret prêt à ouvrir la mallette détenant les secrets militaires les plus... ben... secrets.

Ils se blottirent dans le creux de la ruelle qui bifurquait vers la cité des Mimosas.

– Allez, Tim, ne me fait pas languir plus longtemps... soupira-t-elle.

Satisfait d'avoir fait monter les enchères, Tim s'exécuta et ôta... ses lunettes de soleil (qu'est-ce que vous aviez cru, enfin ?).

Comme si sa frimousse charmeuse n'était pas suffisante, le jeune homme était doté d'un regard fait de splendides yeux acérés d'un bleu si profond et brillant à la fois qu'il en était presque hypnotique.

– Oooooooooh ! fondit Samira telle une crème glacée sous le soleil d'été. Oh ! Ton regard ! Tes yeux ! roucoula-t-elle encore. Quand je les vois, j'ai envie d'y plonger !

– Moi aussi, précisa Tim en admirant la haut de la poitrine dénudée que la belle exhibait ostensiblement. Ouatchalaboumbah !!! hulula-t-il en fin connaisseur.

– Tu m'aimes, Tim ?

– Évidemment que j'aime !

– Cochon ! fit-elle semblant de s'offusquer. Non, est-ce que tu m'aimes... *moi* ?

Avant que le charmeur de ces dames ne révèle le fond de son cœur – ou plutôt le fond de ses pensées –, une main se posa sur son épaule, une main qui tenait plus de la paluche que de la mimine. Ce qui n'était guère étonnant puisqu'elle appartenait à un colosse de presque deux mètres ! Mais ça, Tim l'ignorait. Toujours insouciant et sûr de lui, il n'y avait pas porté attention.

– Chacun son tour, ma chérie, frima-t-il en lui tapotant la main avec affection.

Samira se figea. Si son soupirant n'avait pas daigné se retourner, elle avait vu, elle, qui les avait attrapés !

– Allez, Samira, ne fais pas cette tête, assura Tim, toujours inconscient du danger. Il faut que tu t'y habitues, je suis très demandé... et très partageur.

– Pas moi, grogna la voix derrière lui.

– Tututu ! C'est pas beau, ça, ma petite, gronda Tim sur un ton enfantin. Et tu devrais prendre des pastilles pour la gorge. Tu couves une bonne trachéite, toi.

Sa patience à bout, la masse de muscles fit se retourner le bellâtre d'un mouvement brusque.

– Ma « trakite » m'enverra pas à l'hôpital, elle ! se moqua le colosse aux cheveux frisés qui ne devait apparemment pas occuper ses journées à des études de médecine.

Il avait accompagné sa réplique – qu'il avait cru cinglante – d'un grand sourire plein de dents cariées, et ça, rien qu'à l'idée de la purée de cupidon qu'il allait faire.

Tim leva doucement les yeux jusqu'à la hauteur de la Tour Eiffel en sac de muscles. S'il était surpris, il ne le montra guère. L'air dégagé, il s'appuya sur l'épaule du garçon menaçant.

– Écoute, Jean-Louis, il faut accepter la défaite. Je suis l'homme de sa vie... T'es grillé.

– Je m'appelle pas Jean-Louis, gronda le colosse en survêtement.

– C'est un tort, ça t'irait bien, osa Tim en dépit des énormes poings qui se crispaient encore et encore. Allez, laisse-nous à présent, ajouta-t-il d'une main lasse.

Le colosse n'y tint plus et projeta son poing droit en direction de l'effronté. Tim esquiva nonchalamment, organisant ainsi une rencontre inattendue (et douloureuse !) des phalanges assassines avec un mur de parpaings qui avaient oublié d'être mou. Pas calmé pour autant, l'armoire à glace lança son deuxième poing qui ne fit que brasser l'air : Tim avait bondit sur le côté de son air léger.

– Vas-tu arrêter de te dandiner comme une fillette, toi !?

– Tu rigoles ? se marra Tim. Tu imagines les milliers de nanas en pleurs si tu touchais à mon visage si doux ?

Malheureusement pour l'impudent imprudent (et vice-versa), deux nouvelles paires de bras vinrent le saisir par les épaules et le plaquèrent au mur.

– Potrache ! C'est pas du jeu, ça, protesta-t-il d'un ton pourtant toujours aussi détaché. Si j'avais su...

L'énorme poing, propulsé par toute la rage du colosse, était à deux centimètres du beau visage de Tim quand un éclair bleu jaillit de son torse dans un crépitement feutré.

Zachame !

– Tu m'aimes, Tim ?

– Évidemment que j'aime !

– Cochon ! fit-elle semblant de s'offusquer. Non, est-ce que tu m'aimes... *moi* ?

Avant que le charmeur de ces dames ne révèle le fond de son cœur – ou plutôt le fond de ses pensées –, une main se posa sur son épaule, une main qui tenait plus de la paluche que de la mimine. Ce qui n'était guère étonnant puisqu'elle appartenait à un colosse de presque deux mètres !

Tim se retourna et fit face à l'impressionnante armoire à glace.

– Ah, c'est toi ! s'exclama-t-il avec un sourire fraternel.

Avant que le colosse ne réagisse, Tim le prit dans ses bras pour une chaude accolade.

– Samira m'a tellement parlé de toi, sourit-il à outrance. C'est un plaisir de te rencontrer. D'ailleurs, je voulais te parler.

Sans laisser au monticule de muscles en survêtement le temps de réagir, Tim le prit par l'épaule et l'éloigna de Samira.

– Écoute, on m'a dit que pas mal de garçons tournaient autour de Samira. Bon, c'est vrai qu'elle ne s'habille pas comme une fillette de maternelle – il jeta une œillade à la belle –, mais quand même...

Le colosse, en dépit de ses sourcils froncés indiquant une intense activité intellectuelle (si, si !), finit par hocher la tête.

– Alors, voilà, je compte sur toi pour surveiller tout ça, poursuivit un Tim qui ne reculait devant rien. Et n'hésite pas à sévir si c'est nécessaire, d'accord ? Bon, je te laisse, j'ai ma Porsche garée en troisième file.

Malheureusement, à peine s'était-il détourné que le gars en survêtement, bien que toujours perturbé, l'arrêta d'une main ferme.

– Euh... Et toi, là, qu'est-ce que tu faisais avec Samira ? indiqua-t-il de son menton. Je suis pas aveugle, tu la draguais. Pas vrai, les copains ?

Ses deux acolytes étaient arrivés.

– Moa ?! s'offusqua Tim en soulevant ses sourcils faussement indignés. Cette cachotière de Samira t'a donc rien dit ?! Enfin, Samira... la gronda-t-il en faisant ressortir ses lèvres comme le pavillon d'une trompette.

– Elle m'a pas dit quoi ?

– *Je suis son frère*, émit Tim sur un ton darkvadorien.

– Ah, ouais ! Son frère !!!! éructa le colosse qui reprenait appétit. Vous entendez ça, les copains ? Son frère ! On aura tout vu !

– Enfin, son *demi*-frère, corrigea Tim pour plus de véracité. Notre famille est un peu compliquée. Je te présenterai... Bon, je dois...

– Tu iras nulle part, toi ! précisa-t-il en repoussant Tim violemment.

– Allons, Jean-Louis, ne sois pas idiot, je viens de te dire que je suis son frère. Ton futur beau-frère, quoi !

– Malheureusement pour toi... Son frère, c'est moi !

– Ah ! T'es pas son petit co...

Tim n'avait pas pensé à ça.

– Ça te la bouche, hein ?! Hé ! Hé ! On va se le faire, les copains, j'aime pas qu'on fasse du gringue à ma sœur. Et encore moins qu'on se moque de moi !

– Si j'avais su... souffla Tim plus comme une invocation que comme l'expression d'un quelconque regret.

Sa main descendit jusqu'à son torse et enserra le cristal octaédrique allongé et aplati qui pendait toujours à son cou.

Mais cette fois... rien ne se produisit !

– Potrache, il est bleu ! remarqua-t-il, ennuyé. Aïe, ça va être ma fête !

Il ne resta toutefois pas coincé longtemps.

– Mais alors... Ça veut dire que nous sommes frères !!! bondit Tim, le visage souriant.

– Trouve autre chose ! Rien ne pourra te sauver de la rouste que tu vas recevoir.

– Que tu crois !

Il balaya l'endroit de ses lunettes de soleil et les souleva négligemment.

– Hé bien, Samira ! Tu m'avais pas dit que tu avais un nouveau string ?!

Les trois se retournèrent immédiatement. Le temps que le colosse ravale sa réprimande et ses deux compères leur langue, Tim était à l'autre bout de la rue.

Le garçon dragueur courrait allègrement, passant d'une ruelle à une autre avec toujours au visage son air satisfait, voire même amusé. Voici une belle partie de cache-cache qui s'annonçait !

Les trois furieux derrière lui étaient dans un état d'esprit bien différent. Ça allait castagner !

Tim avait continué à virevolter entre les rues et était arrivé près de la ligne de chemin de fer. Malheureusement pour lui, son accès était grillagé. Et à droite, en face, à gauche, les trois gars s'avançaient vers lui, se régalant déjà. Tim était acculé...

– S'ils croient m'avoir, fanfaronna l'ado qui semblait toujours trouver sa situation divertissante. Ils devraient savoir que j'ai toujours une porte de sortie.

À peine sa fanfaronnade lâchée, il se faufila dans l'embrassure de la porte qui se dessinaient sur le petit bâtiment derrière lui.

– Et voilà, Je suis sauvé.

Tim aurait révisé son jugement si, dans son enthousiasme confiant, il avait porté attention à la pancarte surmontant l'entrée qu'il avait cru salvatrice :

« Entrée interdite. Transformateur électrique. Danger de mort. »

Derrière la porte qu'il avait fermée précipitamment, les rires et les moqueries fusaient. Tim en avait cure... Il avait tort.

– Ils me croient bloqué là, dans le noir, mais je n'ai qu'à attendre que mon cristal veuille bien se réveiller et...

Il s'en saisit.

– On n'y voit rien là-dedans... Il doit bien y avoir un interrupteur par-là, se dit-il en tâtonnant.

Il fit quelques pas mal assurés.

– Aah ! Ah-ah-ah ! Ah-ah-ah ! Ah-ah-ah ! hurla-t-il par saccades.

Une lumière jaune puis bleue éclaira le bâtiment.

Zachame !

UN GARÇON ÉLECTRIQUE

À la vue du gigantesque éclair qui avait zébré du transformateur, le frère de Samira et ses copains s'étaient éloignés en courant. Ils ne voulaient pas être impliqués dans... dans ce *malheureux accident*.

Ils auraient bien été surpris s'ils avaient osé pousser la porte du transformateur : il n'y aurait trouvé aucun corps...

– 2 –

LE COUP DU LAPIN

Tim adorait dormir, surtout bien au chaud sous la couette. Toutefois, à la réflexion, il ne faisait pas si chaud. Il faisait même plutôt frais, un vent tumultueux venant lui caresser le haut de ses cheveux châtain. Heureusement, il tenait très fort serré contre lui son cher Totor, la peluche qu'il aimait parfois encore serrer contre lui (ne le répétez pas à ses conquêtes, sa réputation en prendrait un coup).

Une chose intriguait pourtant le garçon encore à moitié endormi : qu'avait-elle à se débattre ainsi ?

Se débattre ?!

Tim ouvrit ses yeux ahuris et se découvrit *nez à museau* avec un lapin de garenne qui gigotait de toutes ses forces pour se défaire de son étreinte. Le plus étonné des deux n'était pas forcément le plus poilu.

Le garçon se releva en sursaut et relâcha sa petite proie qui détala comme... et bien comme un lapin.

Tout tourneboulé, Tim vit décamper une armée de petites queues blanches qui montaient et descendaient en cadences. C'est à ce moment qu'il se rendit compte qu'il était dans un bois, un bois dense et sombre. Comment était-il arrivé là ?

S'il ne put trouver de réponse immédiate, il se félicita de s'être débarrassé de ces rapillas. Enfin, c'est ce qu'il crut jusqu'à ce qu'il vit son sac s'agiter au pied d'un vieil arbre couvert de mousse : un garenne plus curieux que les autres était resté à farfouiller !

Avec un sourire de délectation, Tim regarda le sac sautiller en tout sens : le lapin ne retrouvait plus la sortie ! Le garçon se décida enfin à plonger pour se saisir du coquin mais c'est alors que le petit pillard aux grandes oreilles sortit de la besace et esquiva en bondissant.

– Hé ! Voleur ! Reviens ici !

Tim croyait-il vraiment que le lapereau allait s'arrêter ? Évidemment que non. Et pourtant… c'est ce qui arriva.

À bonne distance, le jeune lagomorphe (et oui, Wikipédia dit que les lapins ne sont pas des rongeurs, ça vous en bouche un coin, hein ?… Euh… À moi aussi.). Bon, je disais donc qu'à bonne distance, le jeune lagomorphe effronté, tout couvert d'un pelage brun juste écorné par une queue et des oreilles blanches ainsi que par le vert de ses petits yeux tout ronds, avait stoppé et s'était tourné vers Tim. C'était un peu comme s'il le narguait. Il tapa de la patte arrière droite plusieurs fois de suite.

– Tu te prends pour Panpan ? répliqua Tim. Pas de chance pour toi, je suis pas Bambi. Allez, casse-toi… !

Tim se détourna et jeta un œil aux dégâts faits par l'armada de lapins. Ses affaires avaient été éparpillées un peu partout sur le sol de terre, de mousses et d'herbes.

À nouveau, le lapereau battit de la patte.

– Ah, ça t'amuse ?! Viens ici, toi, je vais te frotter les oreilles !

Le regard déterminé, Tim se précipita vers le petit lapin qui, après un moment de surprise, se remit en route.

– C'est pas si rapide, les lapins, après tout, se dit Tim d'un air confiant en le suivant entre les arbres.

Il s'était un peu avancé. Il faut dire que le garçon était un citadin de toujours.

Voyant que le jeune humain était toujours à sa poursuite, le lapin mit le turbo, poussant de toute la puissance de ses pattes arrières.

– Ah, c'est comme ça ?! songea Tim qui perdait du terrain derrière ce damné lapin.

Après tout, il n'avait qu'à défaire ce qui venait d'être fait. Il lui suffisait de retourner au moment où le lapereau était encore bloqué dans le sac.

D'un sourire confiant, Tim porta la main à son pendentif.

Zachame !

Le résulta ne fut toutefois pas celui escompté. Que s'était-il passé ? Jamais son cristal n'avait eu ce comportement. Figé ! Tout était figé autour de Tim. Tout… sauf lui. Quelle sensation ! Plus un bruit. Plus un souffle de vent. La réalité elle-même était paralysée, tel un enregistrement mis en pause. C'était un peu comme dans la série

Dead Zone, se rendit-il compte, quand le héros voyage à travers les souvenirs figés d'une personne.

Le petit lapin, lui, était en plein saut, suspendu en l'air.

Tim couvrit les quelques mètres qui le séparaient de l'impertinent aux grandes oreilles. Il toucha sa fourrure qui se plissa sous ses doigts primesautiers. Le lapin n'était pas figé et dur, juste sans mouvement propre. Il pouvait en faire ce qu'il voulait.

Les yeux dilatés par les perspectives que ça lui offrait, Tim se mit à bouger les pattes veloutées du lapereau pour le faire mouliner dans les airs. Puis il se mit à jouer avec ses grandes oreilles comme pour faire des ombres chinoises. À la recherche de nouvelles formes, il replia le lapin, lui faisant passer les pattes de derrière de chaque côté de la tête.

– Ah ! Ah ! Comme ça, t'as le nez dans les fesses ! se marra-t-il.

Après l'avoir considéré de son air goguenard, Tim avança un doigt en direction des longues dents de rongeur – ah, oui, c'est vrai ! – de lagomorphe.

– Mais c'est que ça mordrait, ça, madame ! s'exclama-t-il, écroulé. Ah ! Aaaaah ! On fait plus le malin, hein ?

Il déplia le jeune lapin. Il se saisit de sa patte avant gauche et l'entrechoqua avec l'arrière droite puis l'avant droite avec l'arrière gauche, et il alterna le tout au rythme d'un rap endiablé.

– Touh ! Toutouh ! Touh ! Toutouh ! Allez, toi mon frère lapin, danse avec moi ! Touh ! Toutouh ! Oui, comme ça ! Touh ! Toutouh ! Touh ! Toutouh !

Le rire de Tim explosa dans ce monde de silence.

– T'es un super pote, toi ! le caressa-t-il sur la tête. Mon Totor n'a qu'à bien se tenir !... Mais bon, ce n'est pas si drôle en fait : tu te rends même pas compte que je me paye ta tête ! Et vu ce que tu m'as fait courir, c'est dommage. Allez, retour à la réalité.

Il s'empara des longs appendices auditifs du mammifère et toucha son cristal de sa main libre.

Zachame !

Dans une lumière bleue, la vie avait repris.

Pendu par les oreilles, le lapin de garenne pédalait des pattes dans un mouvement à la fois pathétique et ridicule. Tim l'amena devant son visage et émit un bouh ! atone.

– Ah ! Ah ! Surpriiise ! ajouta-t-il, hilare.

Le lapin dilata ses yeux apeurés. Il ne voulait pas finir en fricassé !

– Dommage que tu sois si petit ! Tu pourras même pas me faire le repas du soir, ajouta Tim en regardant le lapin qui se débattait de plus belle. Quoi que... de près, tu as l'air sacrément dodu, tu me ferais peut-être un repas après tout, apprécia-t-il d'un regard gourmand. Ou deux ? Trois. Ou qua...

Tim avait perdu de son éloquence. Il ne pouvait plus y avoir de doute, son bras pouvait le confirmer : le lapin grossissait sous ses yeux !

– Un... un mois de repas ? négocia-t-il, déstabilisé. Euh... Deux ?

Si l'ancien *petit* lapin avait arrêté de se débattre, il continuait à gonfler irrémédiablement. Tim dut le lâcher ; il était devenu trop lourd, trop encombrant pour être tenu à bout de bras.

Tim recula, perturbé.

– T'as un diplodocus dans la famille ? plaisanta le garçon pour tromper son effarement.

Le blanc des oreilles du lapin-dinosaure allait bientôt toucher la cime des arbres de la forêt. L'animal était même à l'étroit à présent.

Le visage pointé vers le haut du lapin géant, Tim recula encore, buta sur une racine qui courrait en surface et tomba à la renverse.

Flouuup ! À ce spectacle comique, le lapin géant se dégonfla comme un ballon de baudruche. En quelques secondes, il avait retrouvé sa taille initiale.

Le lapereau fit quelques sauts en direction de Tim toujours à terre, s'arrêta et, les oreilles levées, se mit à taper de la patte arrière droite.

– Ah, ouais, c'est vraiment comme ça que tu rigoles, grinça Tim, légèrement vexé. De toute manière, je t'aurais pas mangé. Enfin, mangé, si... corrigea-t-il en se pourléchant les babines... mais pas tué. Ça, j'aurais pas pu. Rassuré ? Et puis c'est pas grave, j'ai plein de barres de céré... Potrache ! J'avais oublié ! Toi et tes potes me les avez boulotées !

Il se remit debout, furibard. Le lapin n'attendit pas son reste et s'éclipsa dans l'obscurité de la forêt.

– Ouais, disparais ! T'es en retard, c'est ça ? ironisa-t-il tel un Lewis Carroll réincarné. Et bien ne compte pas sur moi pour te suivre cette fois, Alice en a plein les fesses !!!

Tim réussit à retrouver l'endroit où il avait laissé son sac et fouilla tout autour à la recherche de la nourriture qu'auraient pu épargner les voraces. Il réussit à trouver quelques friandises intactes dont des barres de céréales chocolatées.

Après en avoir engloutie une, il récupéra toutes les autres affaires que les lapins avaient éparpillées puis s'assit sur une souche pour – enfin ! – prendre le temps de s'interroger sur sa présence ici. Que s'était-il passé ? Oui, c'était cela : son cristal s'était déclenché lors de l'électrocution. Ça lui avait sans doute sauvé la vie mais où était-il à présent ? Il devrait être au même endroit juste quelques minutes avant, non ?... Du moins c'était ainsi que cela fonctionnait depuis qu'il avait découvert ce pouvoir. Il ne le contrôlait pas bien, mais à ce point... Et ce lapin qui gonfle ? Qu'est-ce que c'était ? Où était-il tombé ?

Il se pinça.

– Potrache ! Ça fait mal !

Il dut se rendre à l'évidence : c'était bien là la réalité. D'une moue interrogative, et pourtant joyeuse, il scruta le haut des cimes. Ne cherchez pas l'explication, mais toujours est-il que ce fut alors qu'il pensa à :

– Maman ! Maman va s'inquiéter et elle va me faire une scène terrible quand je vais rentrer. « C'est à cette heure-ci que tu rentres !? Tu t'amuses et moi, tu y penses à moi ?! Avec tous les sacrifices que je fais pour toi ! Hé gnagnagni et gnagnagna......».

Il s'esclaffa et dégaina son téléphone portable de la poche de sa veste.

– Pas de réseau... Évidemment, nota-t-il avec amusement, c'est toujours comme ça quand on en a besoin. Marrant !

Le garçon n'était pas du genre à broyer du noir ou à en avoir peur, pourtant, l'obscurité se faisant plus prégnante dans cette forêt inconnue, le citadin invétéré préféra se mettre en route dès maintenant. La nuit allait bientôt tomber.

Les derniers rayons de soleil caressaient le feuillage des arbres. Tim n'avait toujours pas trouvé la lisière de la forêt. Où pouvait-il bien se trouver ? Ce n'était bien évidemment pas le retour des lapins qui l'inquiétait – quoi que – plutôt celui du frère de Samira et de ses amis. Et les bois et la nature, ce n'était pas son truc.

Comprenant qu'il n'arriverait pas à sortir de ce labyrinthe avant que le manteau noir de l'obscurité ne le recouvre totalement, il dirigea son regard vers la cime des arbres qui l'entouraient. Il ne trouva toutefois son bonheur qu'une fois arrivé à une clairière : des branches horizontales.

Avec aisance, comme s'il avait fait ça toute sa vie, il grimpa sur un des arbres qui l'entouraient. Il admira la vue que sa position dominante lui procurait, la satisfaction au bout de ses lèvres fines.

– Je suis le roi du monnnnnnde ! s'exclama-t-il. Ha ! Ha ! Au moins, ici, rien ne peut m'arriver ! jubila-t-il encore, pas peu fier.

Craaac.

– « Crac » ? grimaça-t-il. Comment ça, « crac » ?

Pour toute réponse, Tim descendit brusquement d'un étage, laissant son estomac quelques mètres plus haut !

Sa mésaventure ne s'arrêta toutefois pas là. Ses fesses eurent à peine encaissé le choc de l'atterrissage que son crâne reçut une des branches qu'il avait emmenées dans sa chute.

Un peu sonné, il releva sa tête dodelinante.

– Euh... Après tout... on est bien en bas...

Et il s'évanouit.

Même si sa perte de conscience s'était transformée en sommeil, celle-ci fut de courte durée. Ce n'était pas tant l'humidité qui l'avait recouvert ni les bruits inquiétants que la forêt distillait avec application, mais ces maudits chatouillements à ses narines. D'une main endormie, il chassa cette petite gêne. Les chatouillis ne perdirent pas un instant pour revenir.

– Atchoum ! Atchoum !

Il entrouvrit les yeux. Les rayons sélènes qui filtraient à travers les branches lui révélèrent l'importun.

– Toi !!!? gronda Tim, estomaqué.

Le petit lapin aux oreilles blanches était de retour et s'amusait à frotter les poils de son museau à celui de Tim. Il repartit d'un bond en arrière et sautilla de droite et de gauche tout autour du garçon.

– Toi, tu devrais arrêter le café, plaisanta Tim. Encore une victime de la drogue... Bon, assez rigolé, Bugs, retourne en boite de nuit avec tes potes à fourrures et laisse-moi dormir.

Tim avait à peine abaissé ses paupières que le lapin sauteur revint à la charge, et, extatique, lui rebondit sur la poitrine.

– Potrache ! À cause de toi, j'ai plus sommeil ! Ah, je vais me le faire, ce Bibi Lapin en culotte courte !

Il accrocha son sac à son dos et se lança à la suite du garenne bondissant qui faisait monter et descendre son postérieur blanc. Tim parcourut des centaines et des centaines de mètres, devant zigzaguer avec vivacité entre les arbres et les fourrés. Parfois, quand il était perdu, le lapereau revenait même vers lui comme pour le remettre sur sa trace. Le cristal aurait peut-être pu arrêter la course du garenne, mais Tim s'était pris au jeu et trouvait tout cela de plus en plus drôle. À chaque fois que le lapin ralentissait, il lui sautait dessus, le manquant toujours de quelques centimètres. Ce sacré lapin devait avoir un grain. Et ça, ce n'était pas pour déplaire à l'adolescent !

Arrivés dans une clairière, Tim plongea à nouveau sur le lapereau, mais il lui glissa une nouvelle fois des mains. Il pesta. Il pensait vraiment l'avoir attrapé cette fois. Il l'aurait fait rôtir à la… Quelle était cette délicieuse odeur qui lui titillait les narines et lui torturait le ventre ?!

Encore à terre, Tim leva la tête et se figea. Au-dessus de lui, le lapin était embroché, le corps rôti à point. Était-ce là une nouvelle manifestation du pouvoir de son cristal ? Il avait exaucé son vœu ?!

À la fois choqué et attristé, Tim se remit debout et s'avança vers le morceau de viande diablement appétissant au-dessous duquel un feu crépitait faiblement. Il n'avait pas voulu cela. Il commençait même à l'apprécier, ce satané lapin de garenne. Malgré la faim qui le tenaillait, il décida de s'en aller sans y toucher.

Mais à peine se fut-il un peu éloigné de la brochette croustillante et parfumée que le lapereau aux oreilles blanches, au ventre de la même couleur et aux petits yeux verts lui sauta dans les bras.

– Mais alors, c'est un autre lapin qui est là ?! Ouatchalaboungah ! T'es un sacré malin, mon Patné ! reconnut Tim en frottant gentiment ses phalanges sur le haut de la tête du lapin blotti contre lui. Tu m'as trouvé ce repas pour que j'aie moins la tentation de te bouffer, hein ?

De sa main gauche, Tim plaqua le lapereau sur sa poitrine, et, délivré de ses rares scrupules, s'empara du lapin frit.

– Hé ! Touche pas à ça, voleur !!! rugit un petit vieillard barbu enveloppé dans une robe brune, une torche enflammée à la main, l'autre pleine d'herbes et de racines. Ce lapin est à moi !!!

– Désolé, grand-père, sourit un Tim bravache. Moi, je peux pas tuer ces p'tites bêtes. Vous, vous en retrouverez bien un autre ! ajouta-t-il avec légèreté. La nuit ne fait que commencer. Et puis je vous laisse les légumes ! se marra-t-il en montrant de son menton les racines et les plantes que le vieux avait récolté. Vu votre âge, 'faut faire attention à votre cholestérol !

Chargé de son larcin, Tim déguerpit à travers les ombres de la nuit, laissant derrière lui la fureur du vieil homme éclater. Il aurait presque pu sentir dans son dos des éclairs de colère illuminer la clairière.

Après s'être assez éloigné, Tim s'installa sur la souche d'un arbre et se délecta de cette succulente viande de lapin. Ce vieil homme cuisinait aussi bien qu'il râlait, apprécia-t-il.

Tout en mangeant, l'adolescent, qui était particulièrement satisfait de sa petit excursion gastronomique, se laissa aller à quelques confidences à son copain à longues oreilles qui semblait l'écouter en silence, à deux mètres de lui. C'était comme s'il le comprenait.

– Je me suis pas encore présenté, mon petit Patné. Je m'appelle Timothée, mais je préfère qu'on m'appelle Tim. Je suis pas d'ici comme tu peux peut-être t'en douter. Je viens d'une grande ville. C'est là que mes parents habitent, enfin, séparément, corrigea-t-il. Mon père est riche et vit dans ce que j'appelle le « Château » tellement c'est doré et grand, alors que ma mère, elle, a du mal à joindre les deux bouts dans son petit appart'. Elle vit avec Hugo, mon plus jeune frère, alors que mon père est avec ma petite sœur, Mathilde, et mes deux autres frères, Baptiste et Charles-Henri. Tu vois, trois frères et une sœur, c'est pas mal de nos jours. Ah, évidemment, pour toi c'est rien, j'imagine. Ah, ces lapins ! se marra-t-il. Ils arrêtent pas !

Patné sembla lever une oreille réprobatrice.

– Allons, Patné, te vexe pas ! Je disais ça pour rire. Bref, c'est en rejoignant l'appartement de ma mère, comme je le fais tous les quinze jours, que je me suis retrouvé ici. Ça m'apprendra à vouloir sauver les jeunes filles en détresse, enjoliva-t-il quelque peu. Mais bon, on est un héros ou on l'est pas, se la joua-t-il encore. Le bon côté de tout ça, c'est que je me retrouve avec tout ce barda. Si je retrouve pas rapidement où je suis, ça risque de m'être utile.

Rassasié, Tim finit par s'endormir sur un lit de mousses et de feuilles, son lapereau sur le ventre et les restes de son repas sur le côté, ignorant toujours où il était et surtout... quand.

− 3 −

QUE LA FARCE SOIT AVEC TOI !

Cette fois, le nouveau copain de Tim le laissa dormir. Bien allongé au pied d'un arbre, le garçon grasse-matinait avec contentement, en dépit de la lumière du jour qui perçait de toutes ses forces à travers les branchages.

Ce ne fut qu'en milieu de matinée que le garçon fut dérangé.

− Dégage, Patné ! ronchonouilla-t-il.

Malheureusement pour notre héros, ce qui chatouillait le haut de sa gorge n'était pas, cette fois, les moustaches du lapin de garenne, mais rien moins... qu'une épée à la lame acérée ! Et pas celle de n'importe qui mais celle du terrible Vakar. Le nom du capitaine de la garde était craint dans toutes les contrées des alentours, presque autant que celui de son maître le puissant seigneur Féroze. Sa brutalité n'avait d'égal que sa cruauté et il appliquait les ordres les plus injustes avec un zèle tout particulier.

− Patnéééé, arrête j'te dis...

L'arme de Vakar se fit plus pressante sur le cou du garçon toujours assoupi.

− Hé ! C'est plus drôle, Patné. Pas les dents... C'est moi qui dois te bouffer, pas l'inverse.

− Debout, voleur ! Tu vas payer pour ton crime ! lâcha la voix dure et méprisante du capitaine.

− Ha, c'est vous, grand-père ? crut reconnaître Tim, sans pourtant dénier ouvrir les yeux. Prenez une barre chocolatée et laissez-moi dormir. Ouaha ! bailla-t-il, inconscient de sa situation.

Une paire de poings souleva l'indolent impudent (et inversement, ça marche aussi ici).

Tim ouvrit enfin les yeux et fut stupéfait : il était entouré d'un groupe d'hommes armés de longues épées. Ils avaient tous le même costume rouge orné au torse d'un aigle noir stylisé sur fond jaune. Ils avaient également sur la tête un casque de métal pointu des plus menaçants.

– Ouatchalaboungah ! admira Tim les yeux dilatés comme un petit garçon en plein carnaval. Chouettes costumes ! Quelle époque ? Moyen-âge ?

Il tendit le bras vers la cotte de maille du redoutable Vakar et en apprécia la solidité d'un coup de poing amical.

Si des villageois des contrées environnantes avaient été témoins du geste du garçon inconscient, leur mâchoire se serait décrochée de stupeur et d'effroi. Comment ce gamin avait-il ose ?!

– Je savais pas que c'était déjà Mardi gras. Enfin, heureusement que c'est pas Halloween, poursuivit-il en prenant le capitaine par l'épaule... Avec des déguisements aussi réussis, vous m'auriez foutu une sacré trouille ! En parlant de trouille, faites attention à pas effrayer le petit lapin qui rôde par ici, il risque de gon...

– C'est toi qui dois faire attention, morveux !!! rugit le capitaine en le plaquant contre l'arbre.

Sous le casque conique à nasal (une pièce de métal allongée qui descendait le long du nez), son visage sec au menton pointu était juste égaillé de petits yeux noirs et cruels, si on omettait une fine moustache plus longue d'un côté que de l'autre.

– Hé, c'est pas de ma faute si j'ai pas de costume ! plaida Tim. Mais attendez, dans mon sac, j'ai quand même une épée.

– Il est armé ?! s'enquit le capitaine auprès de son second tout en plissant un œil suspicieux.

– Non, chef, répondit le dit second de son air ahuri. Il y a des trucs très bizarres là-dedans mais aucune épée.

– Tu ne sembles pas d'ici, mais tu ne peux ignorer que notre seigneur interdit de tuer le moindre lapin dans cette forêt. Nous allons t'emmener au château. Il te punira lui-même pour ton crime.

– Le... le lapin ?! s'étonna l'officier en second.

– Mais non, crétin, notre seigneur ! Le lapin, il est mort, enfin ! Qui m'a foutu un énergumène pareil ?!

– Attendez, attendez, interrompit Tim, hilare. Ça va pas votre truc. Si lui il comprend rien, le problème c'est que je comprends tout. Ben oui, il vous faut des « que nenni », des « céans », des « diantre » ou je ne sais quoi encore, suggéra-t-il. Enfin, tous ces vieux mots rigolos.

– Toi, si tu n'arrêtes pas de te moquer de moi, le mit en garde le capitaine en l'empoignant à l'encolure, je t'étripe comme un lapin.

– Ah, non, ça, vous pouvez pas, corrigea Tim en secouant la tête.

Il ne semblait décidément pas impressionné par le capitaine et sa petite armée.

– Ah, oui ? Et qui m'en empêchera ?

– Et bien, votre « seigneur », sourit Tim avec évidence. Vous venez de dire qu'il interdit de faire du mal aux lapins.

– Il n'a pas tort, crut bon de préciser son second.

– Ah ! Vous voyez, sourit Tim sur le ton de l'évidence en indiquant le soldat de la main.

– Je ne t'ai rien demandé, toi !

– Il est toujours aussi nerveux ? s'enquit Tim d'un ton badin.

– C'est comme ça depuis le début de la semaine. Sa femme l'a quitté pour le g…

– Mais tu vas te taire, toi !!! s'énerva Vakar. Tu me nettoieras les écuries, ça t'apprendra à tenir ta langue !!!

– C'est vrai qu'il est colérique, observa Tim, trop compatissant pour être honnête.

– Tu te vantais d'avoir une épée, jeune impudent, et bien tu…

– « Impudent », c'est pas mal, ça ! le félicita Tim en levant le doigt. Pas assez ancien mais plus châtié. En progrès.

– Vas-tu te taire ou je t'embroche comme un lap… comme un… Prends ton épée !!! hurla-t-il, hystérique.

Le visage de Tim s'épanouit d'un sourire gourmand.

– Moi je veux bien, mais je vous avoue que c'est pas vraiment du jeu. Vous ferez pas le poids.

Il sortit de son sac un petit manche en plastique qu'il balança d'un geste vif afin de faire se déployer la lame faite de tubes emboîtés. L'œil frimeur, il appuya sur un bouton et instantanément une lumière éblouissante et rouge l'illumina. Le sabre-laser palpitait et vibrait d'inquiétants Vvvooooouh ! Vvvooooouh ! à chaque mouvement du poignet de Tim, le Padaouane.

Les soldats étaient tétanisés. Certains s'étaient même mis à genoux et marmonnaient des prières.

– Ah, je vous avais prévenu ! claironna Tim, en étalant son sourire. C'est celle de Charles-Henri. Elle est terrible ! Je l'ai emmené discrètement pour la montrer à Hugo. Ça lui fera plaisir. Presque autant qu'à vous, on dirait.

Il prit à deux mains le jouet lumineux et le fit virevolter avec aisance devant lui.

Terrorisés, les soldats reculèrent en tremblant dans leur haubert, surtout qu'à chaque choc, l'épée de lumière vrombissait de colère. Ils ne mirent pas longtemps à se décider à déguerpir.

– Ah, vous fuyez ! fanfaronna Tim. La fuite est la défense des lâches ! Ah ! Ah ! Ah !

Emporté par son enthousiasme, l'apprenti chevalier Djédaï partit dans une chorégraphie à la Obi Wan Kenobi, faisant tournoyer son épée au-dessus de sa tête et de plus en plus vite. Vvvouuuuuh ! Vvvouuuuuh ! Vvvouuuuuh !

Soudain, Tim se figea : son épée était allée se coincer dans les branches de l'arbre au-dessus de lui !

– Hung ! Hung ! Potrache ! Elle est bloquée ! Potrache de potrache, c'est pas un Padaouane, que je suis, mais un Pas-Doué !

Il tira de toutes ses forces, s'appuyant de ses pieds sur le tronc d'arbre. Il en déforma même son minois d'une grimace. Mais rien n'y fit. Et malheureusement pour lui, le capitaine de la patrouille avait remarqué son infortune. Sans attendre, celui-ci avait fait demi-tour. L'envie de revanche devant cette humiliante déroute pouvait se lire dans son regard déterminé. Tim le comprit. D'autant plus que ses soldats s'étaient regroupés à sa suite. Sans plus hésiter, le garçon s'empara de son sac et détala... Quitte à se dédire...

– Tout bien considéré... laissa-t-il échapper entre deux souffles, la fuite est un noble moyen de défense.

Après une dizaine de minutes de traque, et alors que les soldats allaient attraper le hors-la-loi, leur commandant freina de toute la semelle de ses bottes.

– Arrêtez !!! On retourne au château !

– Mais pourquoi ?! protestèrent les soldats qui voulaient vraiment attraper ce diablotin. On allait l'avoir. Et il n'a aucune chance sans son épée magique.

– Vous n'avez donc pas remarqué ? ricana le capitaine d'un sourire cruel.

Il donna un coup de talon dans le sol qui s'enfonça comme dans du beurre mou.

– Les trolls ?!!! s'épouvantèrent les soldats, leurs cheveux hérissés à en souler leur heaume. On arrive dans le territoire des trolls ?!!! On ne veut pas finir en brochette, nous !!!

– Avec eux, c'est le petit fanfaron qui va prendre la place du lapin, grinça le capitaine de la garde d'un air satisfait.

Dans sa course effrénée, Tim avait dû s'engouffrer dans des taillis, des ronces, des orties, du liseron, des lierres et des buissons de buis. Il en avait tant arraché en passant qu'il en était tout recouvert. On aurait pu croire qu'il était en tenue de camouflage.
– Ha ! Ha ! Je les ai semés ! Ils tiennent pas la distance avec leurs lourdes épées, leurs casques et leurs cottes de maille. Toi par contre, tu me lâches pas, fit-il remarquer au petit lapin qui gambadait joyeusement derrière lui.

À quelques mètres sous terre, Lilu-Miné, le vieux sage de la tribu trolle des Frapdabor, se faisait beau (enfin, disons plutôt qu'il se préparait). Bien que plus maigre que ses congénères, il avait, comme tous les trolls, un visage carré, d'épais poils rouges qui lui couvraient le corps et une haleine fétide qui venait de cette tradition très délicate de toujours garder un peu de viande – humaine de préférence – à mâcher entre les dents. Habillé de branchages et de feuilles comme tous les prêtres trolls, Lilu s'était finalement coiffé de la peau de lapin, haut symbole de sa fonction.
Occupée par l'importante cérémonie qui s'annonçait, il avait reporté la pourtant-nécessaire réparation de sa maison souterraine. Il avait juste renforcé la « toiture » par de bien trop fragiles branchages.
Ce petit exemple de procrastination (attendez, quand, je connais un mot compliqué, j'en profite !) allait changer le destin de notre héros.
En effet, Tim, bien qu'étonné du terrain incroyablement défoncé qui s'offrait à ses pieds, préférait ne pas encore arrêter sa course.
– Fais attention à toi, il y a de ces trous par ici ! prévint-il le lapereau. Un vrai gruyère ! Et malheureusement pour toi, t'es pas une sou... Héééééééé !
Sans qu'il puisse s'y opposer, le sol s'effondra sous lui, son poids l'entraînant trois mètres plus bas. Par chance (pour lui !), il était tombé sur le vieux Lilu qui se trouva assommé sous le choc.
– Ouatchalaboungah ! Quelle chance, je suis tombé sur quelque chose de mou ! se réjouit Tim. Ça doit être un bon gros tapis de mousse. Ça a amorti ma chute.
Encore plus recouvert de branches, d'herbes et de mousses auxquels une averse de terre rouge s'était ajoutée, Tim n'avait pas

non plus senti que le petit lapin qui le suivait partout était tombé sur le feuillage de sa tête et avait perdu connaissance. Seules ses petites oreilles blanches ressortaient de la couche végétale.

Inconscient du vieux troll qui l'était également (inconscient), le garçon s'amusait à sauter sur le confortable tapis de feuilles et de mousse qui l'avait recueilli.

– Et yop ! se marrait-t-il en sautillant comme une sauterelle de dessins animés. Yop !

Soudain, un rideau dans le fond de la cavité souterraine s'ouvrit. Tim faillit s'évanouir à son tour : devant lui, une créature massive, drapée dans une toge blanche, les larges bras poilus couverts de terre rouge et les cheveux longs attachés dans le dos, s'avançait dans sa direction d'un pas surdimensionné mais déterminé.

– 4 –

UN TROLL DE BONHOMME

Comme toutes les créatures de son espèce, le troll qui venait d'entrer, était plutôt petit – à peu de chose près une tête de moins que Tim – mais il était presque aussi large que haut ! Et s'il n'y avait eu cette imposante poitrine qui était à l'étroit sous le tissu blanc (et qui accrocha le regard gourmand de Tim), le garçon aurait cru qu'il avait devant lui un représentant de la gente masculine.

L'impressionnante trolle, appelée – pour des raisons que je vous laisse deviner – Goulue, sembla s'incliner et grogna :

– Grand Prêtre, toi venir.

– Moa ?! Vous devez vous... Beurk ! Quelle est cette puanteur ? questionna-t-il en balayant son regard de droite à gauche. Potrache ! On croirait de la viande faisandée ! C'est vraiment immonde !

– Merci, remercia la trolle en soulevant ses babines dans un rictus flatté, exposant au passage sa denture digne d'un tyrannosaure nain. Nouveau parfum : mollet petite fille mâché trois semaines. Hïng ! Hïng !

– Marrant ! répondit Tim, en se disant tout de même que cette pauvre femme ferait bien de prendre sans tarder rendez-vous chez l'orthodontiste le plus proche.

Sans le laisser cogiter plus, la créature l'emmena jusqu'à une grande salle bondée... de trolls !

Tim dilata ses yeux bleus. Il y avait là plus d'une cinquantaine de colosses poilus à moitié nus et couverts de terre rouge. Où était-il tombé (au propre comme au figuré, d'ailleurs) ?

Ce que notre héros ne pouvait savoir, c'est que la tribu trolle des Frapdabor et celle des Mortoucru avaient enfin mis un terme à leur conflit ancestral et dévastateur, un conflit connu, en référence aux colliers de dents des vaincus que les vainqueurs arboraient sur leur torse, comme la fameuse Guerre de Cents Dents.

Pour matérialiser cette paix, ils avaient tout d'abord mis en terre, à la limite de leur territoire respectif, le cadavre d'un bovidé ensanglanté. Bref, comme on le dira chez nous dans une version à peine altérée, ils avaient enterré la vache de gore...

Puis, afin de sceller à tout jamais cette entente cordiale, il avait été décidé d'un mariage entre Nib, premier fils de Goulue, matriarche des puissants Frapdabor et Lounguene, fille ainée de Plindcouane, guide des voraces Mortoucru.

Tim ne pouvait évidemment pas s'en douter. Pour lui, la seule question était de savoir ce que tous ces gens avaient à le zieuter de la sorte. Que lui voulaient-ils ? Qu'il paye pour avoir cassé le toit ?

– Bon, vous pouvez y aller, les gars, la douche est libre, lança Tim en indiquant du pouce la salle dont il sortait.

L'assemblée de trolls fit silence.

Si l'hygiène n'était pas leur première qualité, ils n'étaient pas à proprement parlé – si j'ose dire – ce que l'on appelle sales. Disons plutôt qu'ils préféraient le nettoyage à sec, se barbouillant d'une terre rouge riche en argile pour se débarrasser des vers et autres parasites. De toute manière, le concept de douche n'avait pas encore atteint cette époque.

– Lilu être vieux ou Lilu être fou ?! se plaignit Goulue de son terrifiant regard froncé. Lilu marier Nib avec fille de Plindcouane avant Lilu perdre tête complètement.

– Un mariage ?! s'étonna Tim. C'est sympa, ça !

Il fit tourner ses yeux dans leurs orbites. Avec toute la terre et le feuillage qui le recouvrait, ces excentriques troglodytes devaient le prendre pour le prêtre de cette secte un peu particulière. Tim s'éclaira d'un large sourire : il allait bien s'amuser !

Ses lèvres se déplissèrent quelque peu lorsqu'un groupe de jeunes trolls s'avança vers lui. Leurs petits yeux gourmands perçaient la semi-pénombre de la salle souterraine juste éclairée par des lanternes emplies de vers luisants. Ils avaient senti que le petit lapin qui trônait au-dessus du costume de branches du faux prêtre était encore vivant !

– Miam ! Ça pas peau, laissa échapper un des gloutons, la langue pendante, tout en approchant un doigt intéressé. Lapin être entier. Troll pouvoir goûter ?

– Lapin ?! interrogea Tim. Patné est sur ma tête ? Euh, je veux dire. Pas touche ! Ça couvre-chef de prêtre dernière mode, assura un Tim pas démonté en relevant sa tête embranchée avec gravité.

Lilu-Miné était craint, surtout par les plus jeunes, plus impressionnables. Ils s'écartèrent donc sans résistance, faisant place aux futurs mariés et à leurs parents.

Tim, une moue amusée indécelable sous le feuillage qui le recouvrait presque totalement, prit alors une voix grave et profonde puis annonça en levant ses bras couverts de branchages.

– Mes biens chers frères, mes biens chers sœurs, reprenez avec moi tous en cœur : pas de boogie woogie avant de faire vos prières du soir ! incanta-t-il en parvenant tout juste à ne pas briser son imitation d'Eddy Mitchell par le fou rire qui le tenaillait – il avait toujours rêvé de faire ça !

Des grondements et des protestations s'élevèrent de la petite foule. Tim poursuivit alors plus sérieusement.

– Mes biens chers frères, nous sommes aujourd'hui réunis pour unir ces deux idi… enfin… ces deux cœurs purs, se reprit-il.

Il jeta un œil au jeune troll qui s'était avancé. Il était torse nu et exhibait sa très forte pilosité rouge ainsi que ses muscles puissants. Tim s'amusa à noter qu'il ressemblait en tout point à sa mère (celle qui l'avait accueilli à son arrivée), enfin sauf la chevelure et… et vous savez, quoi ! Pour le reste : même peau rouge et poilue, même mâchoire gigantesque, même petits yeux noirs, même petit nez rond.

Ses cheveux, qui devaient être rouges comme ceux des autres trolls, avaient été fraîchement rasés pour la cérémonie de mariage. Pour « compenser », une couronne de petits objets blanchâtres ornaient le haut de sa tête.

– Oh ! Belle couronne toi avoir, dit Tim en singeant le parlé de Tarzan. Ça être dents requins ?

– Requoi ?! répondit la mère d'un œil suspicieux. Lilu oublier traditions. Pour mariage, futur mari devoir porter trophées ! Mais Frapdabor être à présent en paix avec Mortoucru. Ça être donc dents Toulisses.

– Toulisses ?

– Oui, humains, explicita Plindcouane, une trolle à l'épais chignon approximatif qui se tenait à gauche de la future mariée. Prêtre Frapdabor avoir déjà bu vin de messe ou être devenu fou comme prêtre Mortoucru ?

– Prêtre Mortoucru être devenu fou ?! s'enquit la matriarche Frapdabor.

– Oui, prêtre Mortoucru cacher petits Toulisses, accusa l'effrayante Plindcouane en relevant ses babines.

– Prêtre Mortoucru être juste trop gourmand. Prêtre Mortoucru vouloir se garder friandises, relativisa Goulue. Pas si fou. Hïng ! Hïng ! Miam.

– Non, corrigea la reine des Mortoucru, pour empêcher trolls de manger petits Toulisses !!!

La révélation de Plindcouane eut l'effet d'une bombe. Un lourd silence s'était écrasé sur l'assistance, en particulier sur les membres de la tribu des Frapdabor qui n'étaient évidemment pas au courant. Comment une telle chose était possible ?

– Pour être pardonné, prêtre Mortoucru avoir fait Trois-en-un.

– Ça être recette traditionnelle ? interrogea Tim d'un ton badin en imaginant une sorte de délicieux gâteau aux trois chocolats.

– Presque. Prêtre avoir fait oraison, défunt et repas de funérailles. Hïng ! Hïng ! Vieille chair dure mais savoureuse.

Les Mortoucru ricanèrent de joie en se remémorant ce succulent souvenir.

Tim aimait les blagues mais il préférait en être l'auteur. Qui se moquait de qui, à la fin ?

– Lounguene être heureuse ! annonça tout à coup Plindcouane en levant un bras poilu vers le plafond de la caverne. Fils de Goulue être grand chasseur. Nib Frapdabor savoir ramener nourriture pour famille.

– Vite, Lilu ! s'exclama la mère du futur marié. Jeunes trolls être impatients !

Et elle envoya une tape dans le dos de son fils qui aurait démantibulé le moindre Toulisse. Le féroce Nib ne cilla même pas.

Tim considéra la situation de son œil goguenard. Il ne serait pas dit qu'il serait le dernier à délirer.

– Toi pas être triste ! gronda Tim d'une voix forte en s'adressant au futur marié. Ça être mariage ou ça être enterrement ? Allez, souris !

Il tira sur les joues du puissant Nib qui lui faisait face et força son sourire, découvrant de longues, très longues dents acérées et pointues.

Tim tressauta.

– Euh, finalement, ne souris pas, rectifia-t-il en faisant retomber d'un coup les babines du troll. Vous… vous avez des tyrannosaures dans la famille ?

Le faux-prêtre avait besoin de se remettre de ses émotions. Il se tourna vers la promise dont le visage était couvert d'un voile blanc.

– Ha ! Voyons la beauté que ce petit canaillou va emballer, commença à se régaler le joli-cœur. Sans doute une perle délicate et sensu... Haaaa !!! sursauta-t-il.

Le choc avait été terrible. La future mariée avait la tête carrée, les traits lourds, l'air féroce... comme tous les trolls. Seuls une poitrine plus que naissante et de longs cheveux rouges pouvaient laisser un doute sur le genre de la promise.

Tim explosa de rire.

– Ha ! Ha ! Ha ! Elle bonne celle-là ! La perruque et les oranges sous la tunique !!! Ha ! Ha ! J'adore ce type de gag !

– « Gag » ? rebondit l'œil suspicieux de Goulue.

Elle commençait à perdre patience.

– Oui, un canular, une blague, quoi ! Le coup du meilleur copain déguisé en mariée, ha ! ha ! Trop fort !

– Pourquoi Lilu-Miné rire ?! rugit la mère de la promise. Lounguene, fille de Plindcouane, être drôle ?! Lilu-Miné vouloir briser paix entre Mortoucru et Frapdabor ?!

La tension entre les deux tribus trolls ressurgit tout à coup, électrisant soudainement l'ambiance festive.

Tim déglutit et sourit à outrance même si son sourire ne pouvait être vu à travers les racines et branches qui le recouvraient toujours.

– Lilu-Miné avoir chance être prêtre ! menaça-t-elle. Sinon tribu Mortoucru dévorer Lilu-Miné. Marier enfants maintenant ! Lilu prendre anneau !

Les yeux de Tim s'illuminèrent. Pour pouvoir s'enrouler autour des doigts plus que potelés des trolls, les alliances étaient épaisses, larges et faites d'or massif comme il put le soupeser dans sa main. Une chose l'intrigua pourtant.

– Un seul anneau ? questionna-t-il.

– Oui, pas normal ! osa soudain interrompre le mari de Goulue qui était resté effacé jusqu'à là.

– Quoi ?! bondit son épouse. Gro-Gnon pas avoir droit de parler !

Il enfonça la tête dans ses épaules larges et se tut, tout penaud.

– Lilu savoir que anneau seulement être pour mâles, précisa la grosse aux longs cheveux roux, qui – Tim commençait à le comprendre – devait être la meneuse de cette secte d'illuminés.

– Ah, bon ?! grimaça-t-il.

– Évidemment ! compléta celle-ci sur un ton péremptoire.

Elle lança un regard écrasant au troll qui avait la chance (!) de lui tenir le bras.

– Lilu avoir oublié car Lilu plus vraiment être mâle depuis longtemps.

– Quoa !!! ? répéta Tim en baissant une tête inquiète vers sa masculinité perdue.

Un sourire béat l'envahit soudain. Quel idiot ! se dit-il dans un éclair de lucidité. Il était tellement dans l'ambiance qu'il avait cru l'espace d'un instant être vraiment le prêtre troll !

– Mâles pas mériter confiance ! ajouta vindicative la mère de la future mariée. Anneau marquer mâles pour toujours.

Ce n'était pas la religion de Tim, évidemment. Et il commençait à sentir que ça allait mal finir. Ces féministes musclées aux dents longues n'étaient pas des plus rassurantes. Et seraient-ils vraiment anthropophages ?

Il lui fallait fuir au plus vite. Il approcha sa main libre vers son cristal. C'était sa seule chance s'il ne voulait pas être le plat de résistance de la noce.

Zachame !

La lumière bleue qui avait envahi la grotte finit par disparaître. Malheureusement, Tim ne se retrouva pas – comme il l'avait espéré – quelques minutes auparavant, avant de tomber dans le réseau souterrain des trolls. C'était même pire : il était toujours devant les monstres poilus et l'anneau des mariés ... avait disparu !

La mère de Lounguene s'empara de Tim et le fit décoller du sol.

– Anneau ! Où être anneau de mariés ?!!!

Sa gorge prise dans l'étau de la poigne puissante et son cristal à présent inactif, Tim était en mauvaise posture. Il allait se faire croquer par la gloutonne à l'effroyable mâchoire aux dents en lames de rasoir.

Une aide inattendue pointa soudain de la salle par laquelle le garçon était arrivé.

– Plindcouane, laisser Lilu-Miné !!! gronda le troll titubant qui en était sorti. Comment Plindcouane oser !? Lilu être sage et vieux ! Lilu mériter respect.

Perplexe, la trolle relâcha Tim et se tourna vers le nouveau venu qui lui aussi arborait une épaisse couverture de feuillage surmontée d'oreilles de lapin.

– Mais... troll être Lilu ! le reconnut Goulue, perplexe.

– Euh... Ça être pas faux ! répondit Lilu-Miné d'un air songeur. Mais alors...

– Ça être imposteur !!! hurla outrageusement Tim en montrant du doigt son sosie auprès duquel il s'était avancé. Faux Lilu avoir volé anneau des mariés !

Les trolls se regardèrent les uns les autres. Lequel devaient-ils dévorer vivant ?

– Facile à savoir quel troll être Lilu-Miné, déclama la puissante Goulue avec une férocité maligne. Pour cérémonie, seul grand Lilu savoir comment aspirer cervelle de crâne frais et régurgiter liquide sacré dans bouche de jeunes mariés.

Tim faillit vomir à cette idée. Que la trolle bluffe ou pas, il devait agir. Il poussa le vieux Lilu dans les bras musclés et couverts de terre des trolls qui s'avançaient d'un air menaçant, et se précipita dans la pièce par laquelle il était arrivé. Il passa rapidement le rideau, grimpa avec adresse sur une étagère emplie de potions et concoctions plus dégoutantes les unes que les autres et se hissa en surface en tirant sur des racines qui s'écoulaient là. Il s'était sorti de cette souricière !

Malheureusement, il s'était tellement dépêché que le petit lapin avait glissé du haut de sa tête et était tombé au sol. Réveillé par le choc, celui-ci finit par sauter de la table à un meuble fait de rondins puis à l'étagère de potions. Il ne parvenait cependant pas à grimper plus haut. Tim voulut redescendre pour aller rechercher son petit compagnon mais la meute de trolls allait arriver d'un instant à l'autre !

Bien agrippé à une racine, le garçon tendit le bras vers le lapereau. Il s'étira de son mieux tout en donnant un œil inquiet sur les monstres qui étaient finalement arrivés dans la salle. Rien à faire. Patné était trop loin. Le garçon sourit de satisfaction quand une idée illumina ses neurones.

– Patné, derrière toi ! s'écria-t-il en montrant les trolls de son doigt. Ils veulent te manger ! Te dévorer ! Te bouloter ! Te dépecer ! Te cuire ! Te...

Tim interrompit sa liste macabre : ça fonctionnait. Le lapin s'était mis à grandir, grandir ! Quand les oreilles du lapereau eurent entré en contact avec sa main, il y souffla d'une voix rassurante :

– Je t'ai. N'ai pas peur. Je suis avec toi.

Presque immédiatement, le lapereau reprit sa taille. Il était temps car il faisait son poids : l'étagère qui le soutenait allait se défaire du mur de terre et le bras de Tim se tordre.

– Tu m'en fais voir, toi, le gronda-t-il faussement d'une moue amusée après avoir réussi à le hisser hors du trou. Allez, ne restons pas là. Mes admirateurs semblent avoir un faible pour les petits lapins croustillants.

Et il ajouta, hilare, en voyant les puissants trolls pas assez lestes pour grimper jusqu'à lui :

– Allez, salut les Blorks !

À peine le Toulisse parti, la souveraine des Mortoucru accusa Goulue et les Frapdabor d'avoir fomenté ce complot avec l'aide de leur vieux prêtre. Tout ça pour reprendre leur lutte ancestrale et revenir sur les frontières fraîchement négociées. Elle menaça : si l'anneau n'était pas retrouvé et si le mariage n'était pas prononcé, le conflit sanglant reprendrait. La deuxième Guerre de Cent Dents allait commencer !

Après quelques grognements, relèvements de babines et poings menaçants de chaque côté, Goulue réfuta l'accusation et s'engagea à retrouver l'anneau promis au plus vite.

Elle harangua ses troupes.

– Anneau de Nib et Lounguene !!! Anneau de Nib et Lounguene !!! Trolls ramener anneau de Nib et Lounguene , sinon !... prévint-elle dans un tremblement de terre, ses dents exposés en une effrayante grimace.

– Trolls ramener anneau de Nib et Lounguene ! martelèrent à leur tour les Frapdabor. Trolls ramener anneau de Nib et Lounguene !!!

Avant que les créatures à poils rouges ne soient partis en direction de la plus proche sortie de leur réseau souterrain, une voix forte jaillit :

– Moma ! s'avança son fils, le front froncé et sa tête têtue totalement tétanisée (pas mal, hein ?).

Il retira avec rage le collier de dents humaines du haut de son crâne.

– Trolls rester ici. Nib retrouver anneau et faire payer voleur mariage !

Si Tim avait pu voir la détermination briller dans les petits yeux noirs du troll, il n'aurait pas couru et sautillé si joyeusement à travers la forêt avec son petit compagnon aux longues oreilles. Et ainsi, d'ailleurs, peut-être n'aurait-il pas perdu... son cristal !

DES FÊTES À MAIRE

– Potrache ! rouspéta-t-il quand il s'en rendit compte. Ça a dû être quand je me suis débarrasser de cette couche de terre et de branches. Je m'en sortais plus tellement j'en avais !

Il retourna sur ses pas, la tête baissée à scruter les herbes, les mousses et les fougères qui avaient capturé sa précieuse pierre. Le petit lapin partit chercher de son côté. Mais plus les minutes sans sa gemme s'écoulaient, plus Tim perdait sa sempiternelle bonne humeur. S'il voulait garder une chance – même infime – de rentrer chez lui, il lui fallait la retrouver, coûte que coûte.

Comme si les choses ne pouvaient aller pire, le garçon tomba soudain nez à nez avec... la patrouille de soldats !

Et son rancunier de capitaine.

– Je te tiens ! l'agrippa-t-il par le col.

– Ah ! Salut chef ! sourit instantanément le garçon. Votre femme va bien ?

– Recommence pas, toi ! gronda le militaire. Tu n'as plus ton épée de lumière maintenant, Vakar va t'apprendre le respect !

– Même si j'étais tout nu, vous ne feriez pas le poids, frima Tim. Car... – il baissa d'un ton et balança ses yeux de droite à gauche dans un regard inquiet –. Je me dois d'être honnête avec vous. Vous êtes en danger. Si vous me mettez en colère, je vais grandir, grossir et... – il déglutit d'un air angoissé – devenir vert. Oui, vert ! Et grand, très grand ! D'ailleurs, je vous conseille de partir vite car je sens les convulsions venir. Argh ! Oui, la bête en moi va sortir et vous dévorer ! Arrrrgh ! ajouta encore Tim en mimant des convulsions douloureuses.

Il tira sur le col de sa chemise comme s'il cherchait de l'air.

– Vite, partez, aaaaaah ! Il est gigantesque ! Il va tout détruire ! Je... J'essaye de le retenir encore... Argh !

– C'est ça, c'est ça... se moqua le capitaine, les bras croisés devant ce spectacle piteux. Allez, embarquez moi ce mauvais comé... Oh ! Non ! Pas ça ! Pas ça ! Aaaaaaaaaaaaaah !

En trois secondes, tous les soldats avaient déguerpi, ne laissant que leurs casques et leurs lances derrière eux.

Tim, lui, était tordu de rire.

– Ah ! Ah ! Ce qu'ils sont crédules et impressionnables ! Ah ! A...

Un puissant et sinistre craquement dans son dos bloqua dans sa glotte son rire dératé. Il se rassura quasi instantanément en croyant avoir deviné ce qui avait fait peur aux soldats.

– C'est encore pire ! hurla-t-il de plus belle en indiquant du pouce ce qu'il pensait être derrière lui. Ils ont été effrayés par un gros lapin ! Ah ! Ah ! Trop fort ! Merci mon p'tit Patné, allez, on y va !

C'est alors que les oreilles blanches du dit lapin pointèrent du tapis de fougères qui s'étalait *DEVANT* Tim. Le garçon blêmit et déglutit avec peine. Patné, lui, n'avait pas attendu aussi longtemps. Ses oreilles s'étaient levés de surprise aussi vite qu'elles s'étaient abaissées de peur. Et tout en commençant à croître, le lapereau avait déguerpi au tempo de sa petite queue blanche.

– Mais... Mais alors, qui-qui est derrière moi ?! bredouilla Tim.

Fébrile, il se tourna lentement et découvrit la massive silhouette du troll qui lui souriait de ses grandes dents pointues, des dents pointues qui mâchouillaient un morceau de viande humaine vieux de plusieurs semaines. Si le garçon avait déjà perdu de sa superbe, ce fut pire encore quand il découvrit ce que la large paluche de la créature tenait comme un trophée : un collier ! Et pas n'importe quel collier. Un collier fait d'une simple cordelette noire au bout duquel balançait... son cristal !

La surprise passée, et en dépit de la situation délicate dans laquelle il se trouvait, Tim retrouva son insouciance habituelle.

– Ah ! Toi avoir trouvé ma pierre ! s'exclama-t-il en souriant comme s'il retrouvait un vieux pote. C'est dommage qu'elle n'aille pas bien avec ton teint, ajouta-t-il d'un air faussement désolé. Il va falloir te trouver autre chose. Je sais pas, moi, essaye des boucles d'oreilles en ivoire, ça ira avec tes dents de lait. C'est pas des dents de lait ? Ah, ouais ? Sans rire ?

Le troll rugit et, de sa main libre, poussa un chêne centenaire qui, dans un craquement à emporter les estomacs, alla se vautrer sur ses frères encore debout.

– Tu devrais arrêter ça, tu... tu vas faire pleurer Idéfix, plaisanta Tim en reculant quand même alors qu'il le regardait continuer à redécorer la forêt en petite clairière.

Après avoir fait place net autour de lui, le troll s'exprima enfin.

– Où être anneau de Nib et Lounguene !!!?

– Dis, tu crois que j'ai une tête à m'appeler Siegfried ? cabotina le garçon pas aussi rassuré qu'il voulait le laisser paraître.

Il recula une fois encore et buta sur une masse de buissons compacts. Il était acculé.

– Où être anneau mariage !!!? explicita le troll en fureur.

DES FÊTES À MAIRE

– Ah, le gros truc en or, c'est ça que tu cherches ? fit innocemment Tim en dessinant un cercle de son index. Euh... C'est si important ?

– Où anneau être ?!!! beugla le troll de son haleine insoutenable.

– Potrache ! Le fameux cri-qui-pue ! lâcha le garçon dans une grimace réjouie. Ça, c'est un interrogatoire ! La lampe dans les yeux des inspecteurs de police n'a qu'à bien se tenir !

– Où anneau être !? répéta encore la terrifiante créature souterraine. Où anneau être ?!!! Oùùùùùùùùùùùùù ?!!!

Il cogna du poing sur le sol qui répondit en de puissantes secousses. Tim en perdit l'équilibre et se retrouva fesses à terre. Si la créature de cauchemar était encore plus impressionnante sous cet angle, le garçon n'en avait pas perdu son aplomb... au moins en façade.

– Mais j'en sais rien, moi, répondit-il en levant les bras au ciel. 'Y en a plus. Il a disparu à jamais, j'imagine. Qu'est-ce que tu veux que je te dise ?

Le troll ouvrit encore plus grand sa mâchoire constellée de pointes acérées.

– Jamais ?!!!

Il écrasa à nouveau la masse de son poing sur l'humus de la forêt. Tim fut violemment arraché du sol. Pourtant, quand son postérieur retoucha enfin terre, l'inconscient ne changea pas sa dangereuse défense d'un iota.

– Bin, ouais, confirma-t-il d'un air détaché. Jamais, voilà ! Fini. Adieu. Good bye. Sayonara et... et tutti quanti.

Les petits yeux du monstre anthropophage se dilatèrent comme s'il avait du mal à encaisser la nouvelle. Il respira profondément et avec lenteur, tout en dardant son regard noir sur le voleur.

Tim, tout en se remettant debout, commençait à se demander comment il allait s'en sortir cette fois, surtout sans son cristal. Et bien qu'il soit vif, il savait qu'il se prendrait un chêne ou une beigne sur la tête avant de pouvoir entrer en contact avec sa pierre.

Il n'eut pas le temps de s'interroger plus. Alors qu'il finissait de s'épousseter les fesses, le troll se rua violemment sur lui.

– Copain !!! brailla Nib dans une accolade reconnaissante Copain !!! Copain !!!

CHOCOLAT CHAUD

Tim, Nib et Patné – qui restait à distance respectable du troll vorace – avaient beaucoup marché (et sautillé) à travers la forêt sans fin. Et tout au long de leur parcours, le garçon aux yeux de saphir avait tenté de comprendre qui pouvait bien être son nouveau compagnon. Un illuminé, pour sûr. Un échappé d'une secte fanatique. Oui, c'était cela. Qui s'amuserait à vivre sous terre, couvert de terre, de faux poils (ils ne pouvaient être que faux, hein ?) et à moitié dénudé ? Ou se cachait-il à cause de sa denture un peu... disons... personnelle ?

Tim avait appris des lèvres du troll que celui-ci avait tout fait pour éviter ce mariage arrangé. En vain. Pour le connaisseur en beautés du sexe dit faible, il avait deviné sans peine ses raisons : la promise ne paraissait pas des plus appétissantes...

Ce n'était apparemment pas la raison principale qui avait poussé Nib à quitter sa tribu. Comme le jeune troll de seize ans le lui avait expliqué avec ses mots à lui, il souffrait, ainsi que la plupart des autres mâles, de l'oppression exercée par les femelles dominantes du clan.

– Une matriarchie ?! s'était marré Tim. Je me disais bien que vous étiez des sauvages !

– Hïng ! Hïng ! apprécia Nib en ne se départant toutefois pas de ses sourcils froncés.

Même s'il n'était pas contre un peu de compagnie (il l'aurait toutefois préférée plus féminine et moins poilue), le plus important pour Tim était qu'il avait récupéré son cristal. Il avait cependant bien fait attention à ne pas révéler au troll ses soupçons sur la disparition de son anneau. Nib aurait sans doute mis en pièces le responsable présumé afin d'être sûr de s'être débarrassé à jamais de ce lien honni.

Le trio impossible arriva enfin en vue de la lisère de la forêt. Il était temps. Tim en avait plus que marre de ces arbres qui l'emprisonnaient. Il voulait des routes, des trottoirs, du béton, du plastique, des fumées d'échappement... la civilisation, quoi !

Il fit quelques pas en dehors de la forêt et fut surpris de ne plus être suivi de la masse musculeuse du troll.

– Sois pas timide ! l'encouragea Tim, rigolard. Ils vont pas te manger ! Ah ! Ah ! Elle est bonne, celle-là !

– Trolls avoir yeux sensibles, révéla le colosse aux pieds d'argile en couvrant d'une paluche ses yeux habitués à la faible luminosité des souterrains.

– Allez, fais pas ta chochotte ! Ne me dis pas que...

– Si, grogna fermement la créature.

– Marrant !... s'éclata Tim. Allez, Tonton Tim va régler ton problème. Ferme les yeux.

– Ça, grande solution ! grinça Nib.

– Dis, ça serait pas les nanas de ton p'tit groupe qui t'auraient viré, en fait ? T'es barbant comme mec !

– Nib, pas être « mec » ! Nib être troll ! précisa Nib en se frappant la poitrine puissante de son poing droit non moins puissant.

– Nein, mein Herr, toi pas très *trôle* !

– Nib, pas comprendre, admis le troll, perplexe.

– Laisse tomber, c'est de l'humour. Bon... – il trifouilla dans son sac – tu fermes bien les yeux, hein ? s'assura-t-il, l'œil goguenard. Et laisse-toi faire.

– Hé ! Quoi Copain faire ?

– Vas-y, maintenant, avance à la lumière, lui demanda-t-il tout en reculant dans les herbes de la prairie.

Le troll hésita. Il racla de sa gorge quelques jurons de son cru puis finit par faire un pas en avant.

– Ouatchalaboungah ! La têêêêêête ! s'emporta Tim en découvrant le troll couvert de ses lunettes de soleil. Ça déchiiiiire !

– Quoi Copain avoir mis sur yeux de Nib ? Mal au-dessus oreilles !

– Tu parles, on t'a jamais dit que t'avais la grosse tête ? Hé ! Hé ! Allez, ouvre les yeux à présent.

Avec une appréhension presque superstitieuse, Nib s'exécuta.

– Copain être grand magicien ! s'exclama le jeune troll en tombant à genoux. Je vois ! Nib voir en plein jour !!! Et même pas avoir mal !

Si Tim se marra de cette dévotion du troll, il lui demanda de se relever immédiatement – c'est qu'il pourrait s'y habituer, hé !

En fait, il préférait imaginer les perspectives que l'allure du troll lui annonçait.

– Ah, vraiment, ça arrache ! On va former un groupe de rock du tonnerre !

– Rocs ? Copain vouloir rocs ?! s'étonna Nib en se grattant le cuir qui n'était plus chevelu. Copain avoir drôles d'idées mais Nib obéir.

Tim arrêta le troll avant qu'il ne soit parti en quête de rochers.

– C'est bon, oublie ça, lui demanda-t-il, hilare. T'as pas l'air d'un joyeux luron, mais je sens que je vais me marrer avec toi. Quand on va arriver à la civilisation, tu vas en faire une de ces têtes ! Ah ! Ah !

Si Tim savait...

Après quelques kilomètres de marche pendant lesquels Tim avait été intrigué de ne rien reconnaître du paysage – où son cristal l'avait-il donc emmené ? –, ils arrivèrent au haut d'une butte herbeuse. Celle-ci offrait une vue plongeante sur le fond d'une magnifique vallée verdoyante. Le garçon ne perdit pas un instant et sortit son téléphone portable.

– Potraaaache ! gronda-t-il après avoir scruté le petit écran coloré à la recherche de la plus petite barre de signal. Même ici, 'y a pas de réseau ! C'est la zone !

Pour oublier sa déception, il se tourna vers le troll d'un air frimeur.

– Mon cher Nib, il est temps pour toi de découvrir la réalité qui t'entoure.

Il désigna de ses bras le village qui se dessinait à leurs pieds.

– Bin, oui. Ça être village ! fit remarquer le troll en haussant ses larges épaules. Nib connaître. Connaître pendant nuit, pas pendant jour mais être pareil : toujours moche. Rien valoir souterrains.

– Ah, ah ! le grondouilla Tim de son index en mouvement. On sent l'homme de la nature qui se révolte contre les pylônes électriques, contre les bruit des voitures, la fumée des usines, hein ?... Il faut vivre avec son temps, allons ! lui signifia-t-il d'un ton compatissant quoi que légèrement condescendant. Il faut être moderne !

– Moderne ? Quoi moderne ? Fortification, tours carrées, toits de chaume, colombages ?... Nib pas aimer moderne.

– Toits en chaumes ?! Colombages ?! Qu'est-ce que tu racontes ?!!!

Il plissa les yeux, tentant de distinguer quoi que ce soit parmi la petite masse de maisons qui se dessinaient au fond de la vallée. Et bien, t'as une sacrée vue, toi... Ou plutôt une sacrée imagination !

Empli par le doute, Tim farfouilla son sac dans tous les sens.

– Ah, je savais bien que je les avais emmenées !

Il plaça devant ses yeux les jumelles surpuissantes qu'il avait... disons... « empruntées » à son père et découvrit avec stupéfaction non pas la ville développée du XXIème siècle à laquelle il s'attendait, mais un petit bourg fortifié protégé par un imposant château qui le surplombait avec arrogance.

– Oui, bon, c'est juste un village médiéval bien conservé, c'est t...

Il ne finit pas sa phrase. Il avait beau scruter le lieu de ses puissantes binoculaires, pas le moindre fil électrique, pas la moindre automobile et dans les champs qui s'étendaient de toute part, des paysans semblaient travailler la terre sans machine ni tracteur...

Le garçon tomba sur son arrière-train. Sans perdre une minute, le lapereau en profita pour lui sauter sur les genoux afin de se faire flatter. Il fut bien déçu, ses oreilles en tombèrent en berne. Tim, ses yeux de saphir dilatés, était vraiment trop occupé à encaisser le choc.

– Où suis-je ? Et... à quelle époque ?...

– « Il faut vivre avec son temps » ! se marra Nib en répétant les propres mots de Tim. Copain pas connaître monde dehors ? rajouta-t-il, écroulé. Hïng ! Hïng !

– Ça explique ces soldats dans leur tenue de carnaval... Et même l'absence de réseau ! Potrache, on est à quelle époque, alors ?

– XIIIème siècle, répondit sobrement le troll.

– XIIIème ?!... À ce point ?! C'est pas possible ! Tu plaisante... Et puis, Moyen-âge ou pas, les trolls n'ont jamais existé. T'es qu'un hurluberlu échappé d'une secte... C'est ça, hein ? voulut-il se rassurer.

– Nib être 100% pur troll, se glorifia la masse de muscle rougeâtre et poilue en tapant sa poitrine nue. Et époque être bien XIIIème siècle.

– Comment tu le saurais vu que tu prétends être un troll vivant dans des souterrains ? essaya-t-il de le coincer.

– Toulisse dire à moi, affirma fièrement le troll en levant son menton puissant.

– Les Toulisses, c'est ainsi que vous appelez les humains, c'est bien ça ? demanda-t-il confirmation. Et il y en aurait un qui te l'aurait dit ? J'ai du mal à y croire. « Salut le troll, ah, au fait, nous sommes au

XIIIème siècle. Bon, et bien à la prochaine ! ». Tu te moquerais pas un peu de moi, là ?

– Nib pas mentir, corrigea le troll le plus sérieusement du monde. Nib se rappeler très bien. Toulisse dire : « Comment peut-il encore y avoir des choses comme ça au XIIIème siècle ?!!! »

– T'es encore plus fort qu'un mainate, toi ! s'étonna Tim devant les capacités du troll à répéter parfaitement un texte. Tu peux donc parler comme moi, si tu le veux, alors ? T'es un petit cachotier... Mais de quoi parlait-il au juste ?

– Pour Nib, Toulisse parler de sauce de Moma, jugea le troll comme un sommelier appréciant un bon vin. Moma mettre toujours trop d'ail. Trop d'ail couvrir goût des Toulisses. Ça être gâchis ! Toulisse avoir raison : comment Moma pouvoir encore faire chose comme ça ?

Timothée blanchit quelques secondes. Il regrettait d'avoir posé la question. Ces créatures trapues et de rouge poilues, seraient vraiment anthropophages ?

– Tu veux dire que c'était ses derniers mots avant de se faire... Glups... Et bien, c'est pas si mal pour une épitaphe ! apprécia-t-il finalement avec cynisme. Hé ! Hé ! Quoi qu'il aurait pu trouver mieux ! Je sais pas, moi, un truc comme : « un petit bras pour moi, un jambon pour le diner ! ». Ah ! Ah !

Les deux compères rigolèrent grassement, accompagnés par les sautillements joyeux du petit lapin.

Tim finit par retrouver un semblant de sérieux (enfin, si on peut dire).

– Aïe ! râla-t-il après avoir pincé la peau de sa main gauche. Potrache ! Je rêve même pas ?! Je suis vraiment au Moyen-âge ?!... Et bien, mon cristal a sacrément déconné, là... Au Moyen-âge... Je suis au Moyen-âge... répéta-t-il, abasourdi, tout en s'ébouriffant ses cheveux bruns.

Une idée lui redonna son habituel sourire confiant.

– Au Moyen-âge ?! Mais c'est super, en fait ! Avec tout ce que je sais et ce que je trimbale dans mon sac, je vais être un dieu, ici ! s'éclaira-t-il d'un sourire malin. Hé ! Hé ! On va bien rigoler !

– Dieu ? douta le troll. Copain être Toulisse. Même pas être capable avec bouche de dénoyauter faisans pour apéritif. Hïng ! Hïng !

– Euh... Laisse-moi réfléchir... Non, je crois pas, fit-il semblant d'hésiter. Mais ça, tu sais le faire ?

Il tendit les jumelles au troll qui avait déjà retrouvé son côté taciturne.

– Tiens, regarde par là-bas.

La puissante mâchoire du troll faillit se déchausser du reste de son crâne !

– Copain avoir agrandi village !!! Magie ! Magie ! Copain être magicien !!!

– Tu vois bien que je peux devenir un dieu à votre époque ! se félicita Tim. Comme on dit : « au royaume des aveugles...

– ...Tout le monde avoir pansement au front », compléta Nib tout en continuant de regarder à travers les jumelles avec fascination.

– C'est bien vu, en fait !... nota Tim, hilare. J'ai un troll philosophe avec moi ! Allez, viens, on va au village. On va se marrer !

– Toulisses appeler trolls barbares. Toulisses pas être mieux ! lapida soudain le troll, les sourcils et la bouche froncés, en scrutant le village à l'aide des jumelles.

– Qu'est-ce que tu veux dire ?

– Toulisses brûler sorcière.

– Une sorcière, c'est vrai ?! Ouatchalaboungah !... Aaaah, ils savaient s'amuser à l'époque ! apprécia-t-il. Allez, t'en fais pas ! Ça fait juste une vieille au nez crochu en moins !

– Sorcière être jeune, corrigea sobrement le troll.

– Ah, ouais ?!!! s'intéressa tout à coup le garçon, les yeux pétillants. Et elle est comment ?

– Bien cuite.

– Comment ça « bien cuite » ?! s'inquiéta le garçon. Je vois même pas de flammes, d'ici. Tu veux dire qu'elle s'est déjà fait griller ?

– Ouais. Sorcière être presque charbon de bois !

Tim lui prit les jumelles des mains, s'attendant au pire.

– Hé, t'es malade ! s'esclaffa-t-il. Elle est pas carbonisée, elle est juste noire, c'est tout !

– Donc Nib avoir raison ! protesta le troll de sa grosse voix monotone. Sorcière être morte.

– Mais, non, c'est normal. C'est la couleur de sa peau qui est comme... comme du chocolat au lait... Quoi qu'en fait elle est à croquer ! se pourlécha Tim en replongeant son regard dans les puissantes binoculaires. Ouatchalaboumbah !!! Quelle déesse ! Et quand elle se tortille comme ça pour essayer de se défaire de ses liens... Hummm...

– Chocolat ? Quoi être chocolat ? interrogea la créature inquiétante.

– Attends, tu vas pas me faire croire que tu sais pas ce que c'est que le chocolat ?! C'est pas possible, enfin, c'est connu au moins depuis Christophe Col...

– Christophe qui ?

– Euh, rien, rien, juste un farfelu qui croyait que la terre était ronde.

– Très farfelu, confirma Nib en se grattant le haut de son crâne rasé. Même bébé troll savoir que terre être plate comme village Toulisse après passage de tribu trolls.

Tim, un rictus amusé aux lèvres, extirpa une plaque de chocolat au lait de son sac de voyage et tendit un carré à la mâchoire habituée à croquer d'autres types de douceurs.

– Quoi ça être ? recula Nib en fronçant les sourcils.

– Hé, dis ! Tu te dis anthropophage et tu vas faire le difficile avec un bout de chocolat ?!

– Ça être chocolat ?

Avec une grimace à faire peur le Père Fouettard, le puissant troll s'exécuta. Après quelques secondes d'un dégustation intense et interrogative, il explosa :

– Mais... Mais chocolat être délicieux ! Un peu trop sucré mais... chocolat être délicieux !!!

– N'est-ce pas, hein ? se réjouit Tim en frimant des sourcils.

Il avala un carré à son tour.

– Oui... Chocolat rappeler à Nib premier morceau de Toulisse. Moma garder morceau sous aisselle pendant trois mois. Morceau être plus tendre encore... s'extasia-t-il, nostalgique, un sourire béat au visage et ses petits yeux humides.

Tim recracha d'une mine dégoûtée le nouveau carré qu'il venait de mettre en bouche.

– La... la gastronomie trolle est... – comment dire... – très raffinée... s'amusa-t-il finalement. Marrant.

– Copain avoir raison, acquiesça le gourmet en affichant ses dents acérées dans un sourire flatté.

– Bon, toujours est-il que notre sorcière est encore vivante. Viens, Nib, on va jouer les héros-qui-sauvent-les-princesses-en détresse. Comme dans les films !

– Ça sorcière, pas princesse.

– T'es un vrai rabat-joie, toi. Viens, j'te dis. J'vais avoir besoin de ta force.

Étrangement, entrer dans le monde des Toulisses ne semblait guère enchanter le troll.

– Nib pas aller dans village, annonça-t-il en croisant ses bras musculeux et poilus.

– Pourquoi donc ? T'as pas peur, quand même ?

– Si, fit Nib en baissant la tête, tout penaud.

– Allons, allons, un grand troll comme toi... plaisanta Tim.

– ... Peur de pas résister manger Toulisses, compléta le troll d'un air coupable. Et Copain pas être content.

– « Toulisses » ? Ah, oui, les humains, se répondit Tim à lui-même d'un ton léger. Je m'y ferai jamais. Pourtant, c'est rigolo comme nom.

Nib regarda son ami d'un regard gourmand tout en exposant un large sourire parsemé de ses crocs affutées comme des rasoirs, des rasoirs qu'il lécha de sa langue épaisse.

– Humains être tout lisses : pas poils, pas plumes, pas écailles, fut-il heureux d'annoncer. Presque rien à jeter. Facile à manger.

Tim recula.

– Heu, c'est pas si drôle, finalement... Et range-moi cette langue baveuse, je suis pas un BigMac ! le prévint-il. Bon, il nous faut un plan.

– Pas besoin plan, rejeta Nib, dans un haussement de ses puissantes épaules. Chemin être tout droit, indiqua-t-il de son index à l'ongle aussi noir que le plus profond des tunnels trolls.

– Je parlais d'un plan d'attaque, lui fit remarquer Tim. Bon, tu connais un point faible à ces Toulisses ?

– Toulisses avoir que points faibles ! se marra Nib. Hïng ! Hïng !

– Et bien ! On va rudement avancer comme ça... D'ailleurs Nib, tu es très fort, mais très fort comment ?

– Copain vouloir voir ? sourit vicieusement le jeune troll en s'avança vers lui, les pectoraux et les biceps déployés et menaçants.

– Tout bien réfléchi... Non. On verra sur place. C'est ça l'aventure. On improvisera.

– Avant, Nib devoir manger. Nib avoir faim. Très faim. Nib manger petit lapin pas prudent comme apéritif, lança le troll en plongeant sur le lapereau qui ne s'y attendait plus.

Immédiatement, le ~~rong...~~ – ah, oui ! C'est vrai ! – le loga ?...logo ?... légo ?... (grrr... je crois que je vais modifier cette foutue page de Wikipédia !). Bref, la petite-créature-pleine-de-poils-qui-a-de-grandes-oreilles-et-qui-adore-les-carottes   se   mit immédiatement à gonfler, gonfler, gonfler. S'il pensait ainsi intimider le

DES FÊTES À MAIRE

troll, c'était loupé. De surprise, Nib l'avait bien relâché, mais, une fois remis, il ne trouva dans ce phénomène que des avantages.

– Chic ! claironna Nib, les yeux ronds de gourmandise tout en se frottant les mains devant la belle pièce qui l'attendait. Encore plus à manger !

Tim n'hésita pas et osa s'interposer entre le lapin géant et le vorace troll.

– Hé, non ! Touche pas à Patné ! Lui copain ! Lui copain ! répéta-t-il pour bien faire comprendre au troll affamé.

L'effrayante créature semblait sourde aux arguments du Toulisse, comme en transe tellement il avait faim. Et comme on le sait, *ventre affamé n'a pas d'oreilles.*

Tim dut trouver autre chose, et rapidement !

– ... Et... et sans lui, j'aurais pas pu empêcher ton mariage. C'est grâce à ses oreilles que j'ai été pris pour votre prêtre. Sans lui, tu serais avec Lounguene ! Avec Lounguene !!!

Une lueur de conscience sembla s'éveiller dans la pupille gauche du terrible monstre carnassier.

– ... Alors lapin être copain ! lâcha finalement Nib.

Après quelques secondes silencieuses, le lapereau commença à réduire de taille, même s'il n'était pas si rassuré que ça. Pourtant, il ne fit bientôt plus que huit centimètres (sans les oreilles !). Avant que Tim ne réagisse, Patné sauta jusqu'à la poche de sa veste et s'y enfouit complètement !

– Je savais pas qu'il pouvait devenir si petit ! nota Tim. C'est un lapin de poche ! Hé ! Hé ! Marrant ! Allez, dépêchons-nous avant que ça ne sente trop le brûlé ! lança-t-il très délicatement. Ha ! Ha !

– Copain aimer sauver gens comme Copain avoir sauvé Nib ! le félicita le troll. Copain être héros !

– Ouais, on peut dire ça... concéda Tim, un brin frimeur. Mais en fait... – il exposa son sourire coquin, le sourcil gauche levé – c'est surtout qu'il n'y a rien de mieux que de sauver la vie d'une nana... pour la faire tomber dans vos bras...

– 6 –

DU LAISSER-ALLER
DANS LES LAISSEZ-PASSER

Nib et Tim avaient descendu nonchalamment la pente de la colline herbacées jusqu'au fond de la vallée dont les blés rougeoyaient sous le soleil déclinant.

– Dis, Nib, après avoir échappé au mariage avec ta « petite » Lounguene, tu devrais être heureux, alors pourquoi tu fais cette tête de *fronce-sourcils* ?

– Copain avoir raison. Et Nib échapper aussi à travail dangereux dans mine avec frères. Mais Nib toujours être comme ça. Rares sourires. Ça changer. Avec Copain, Nib bien s'amuser. Frères plus jamais appeler Nib « Grincheux ».

– Grincheux ?! sursauta Tim d'un sourire perplexe. Tu rigoles !? T'es un peu petit mais t'es pas un nain quand même ! Ah ! Ah !

– Nib peut-être grincheux mais pas bête, se consola un Nib revêche. Plus jeune frère troll être le plus bête.

– Ouais, c'est ça, ne s'en laissa pas « conter » le garçon du XXIème siècle. Et bien tu donneras le bonjour à Simplet de ma part ! Ah ! Ah ! s'esclaffa-t-il encore.

– Comment copain connaître surnom jeune frère de Nib ?! se figea le troll. Copain être vraiment magicien.

Tim eut beau se pincer, il dut se rendre à la (douloureuse) évidence : c'était bien là la réalité. Il poursuivit sa route envahit d'une certaine perplexité...

Les doutes de Tim disparurent totalement lorsqu'ils approchèrent d'un premier groupe de paysans qui étaient occupés à couper les épis de blés à l'aide une faucille des plus sommaires. Cette intense activité ne dura pas. À la vue des étrangers, de terribles cris retentirent !

– Un troll !!! Un troll en plein jour ! Un trooooooll !!! Cachez-vous ! Surtout vous, les enfants !

Nib découvrit ses canines d'un sourire satisfait.

– Aaah, apprécia-t-il. Nib aimer aller dans restaurants habituels. Restaurants habituels connaître déjà plats préférés de Nib. Moins perte de temps avec formalités.

– Hé ! Là ! Tu croques personnes, hein ?! On est là pour sauver la belle sorcière, d'accord ? Tu vas nous faire repérer avec tes histoires.

Tim balaya de son regard bleuté les herbes jaunies. Sur un des champs au loin, il aperçut des mottes de foin, chacune couverte d'un drap dont le blanc tirait sur l'écru. Ce ne fut pas aisé de convaincre le fier troll, mais, finalement, Nib s'emmaillota du tissu comme d'une djellaba.

Les deux adolescents reprirent leur route. On ne voyait déjà plus des familles de paysans dérangées que des points au devant de l'entrée fortifiée du village.

Au bout de cinq cents mètres, de nouveaux cris fendirent le calme estival. Ce n'était cependant plus les rugissements de terreur de mères inquiètes pour leur progéniture, mais ceux, hystériques, de jeunes paysannes toutes plus jolies les unes que les autres. À la vue de Tim, elles n'avaient pas hésité, avaient abandonné leur travail et jouaient des coudes pour arriver les premières auprès du séduisant jeune homme.

– Oh ! Ce qu'il est mignonnnnn ! hurla une première dont les formes tentatrices s'épanouissaient en dépit de ses vêtements frustes et passés.

– Il est à moi ! prévint une autre dont le fichu sur la tête n'altérait en rien la beauté. À moi !

– Non, à moi ! Oh ! Les yeux qu'il a ! C'est un ange ! Que les dieux me pardonnent !

– Ce bleu ! Le bleu de ses yeux !

En quelques minutes, Tim se retrouva entouré d'une belle brochette des plus jolies créatures du village. Illuminées de leur sourire le plus tentateur, elles se dandinaient, se frottaient et s'agglutinaient au garçon qui ne demandait que ça. Le paradis n'était pas loin.

– Allons, les filles, ne vous faites pas mal. Je suis très partageur.

– Noble seigneur, de quelle contrée venez-vous ?

– « Noble seigneur » ?... sourit Tim, flatté mais intrigué.

– Vos vêtements, ils sont si différents, si exotiques. Vous devez être un prince venu de l'au-delà des mers !

– Ah, ça, j'y avais pas pensé ! Et pour être exotiques, ils le sont !

Il se dit tout à coup que ça serait marrant d'en rajouter. Ces yeux canailles en brillèrent de joie.

– Pantalon en bleu de Gènes cousu par les mains expertes et exploitées du fin fond du pays Thaï, déclama-t-il comme s'il commentait un défilé de mode. Sweater de coton transgénique des pleines les plus reculées des Indes, veste...

– ... Pagne en peau Toulisse tannée avec soin et sélectionnée pour douceur et élasticité, interrompit Nib d'un ton délicat et raffiné inhabituel. Dents de Touli...

– Oh ! Arrête, Nib ! Tu coupes tous mes effets ! Et puis elles voient même pas tenue ainsi déguisé. Heureusement d'ailleurs !

– Pas avoir temps jouer avec filles. Copain et Nib aller sauver sorcière.

Tim ne l'entendit pas ou fit comme si. Tout sourire, il s'adressa à ses affriolantes petites créatures d'amour.

– Chacune son tour, chacune son tour. Il y aura du Tim pour tout le monde, assura-t-il, en proie au délice ultime.

Tim étendit le bout de ses lèvres fines. Une première bouche suave et mouillée partit à sa rencontre. Le garçon se préparait. Le contact intime et tant espéré était tout proche.

– Copain sauver fille chocolat ! l'arrêta une nouvelle fois le troll qui perdait patience. Copain être héros. Copain pas oublier !

– Oh, m'embête pas avec ça, des filles, 'y en a tout plein, ici. Alors une de plus ou une de moins... clama l'odieux.

Tim étendit son cou, entrouvrit ses lèvres et...

– Hé ! Nib, qu'est-ce que tu fais ?!!! protesta-t-il en se débattant.

D'un bras puissant et ferme, le troll l'arracha de la masse chaude et emprunte de langueur.

– Tu peux quand même pas leur reprocher d'avoir si bon goût, plaida encore le joli-cœur.

Les filles ne s'en laissèrent pas compter et se regroupèrent autour du troll déguisé. Elles ne pouvaient laisser quiconque les séparer du garçon de leurs rêves.

– Allons, ne soit pas jaloux, ronronna l'une d'elles en s'approchant du troll vorace sans se douter de l'incroyable risque qu'elle prenait. Si tu te couvres ainsi c'est que tu n'es sans doute pas aussi mignon, mais t'as l'air musclé.

– Et ce que tu as devant les yeux te donne un je-ne-sais-quoi de mystérieux, ajouta une autre en désignant ses lunettes de soleil. Je suis sûre que l'une de nous est à ton goût.

– Filles de Toulisses toutes au goût de Nib ! corrigea le troll en se découvrant.

Il arbora les couteaux de sa mâchoire implacable et goulue.

– Hiiiiiiiiiiiiiiiiiiiii ! Un troll !!! Hiiiiiiiiiiiiiiiiiiiii !

Et elles s'enfuirent en oubliant les rêves les plus doux qu'elles s'étaient fait à la vue du garçon aux yeux saphir.

– Ah ! Et bien c'est malin ! grommela Tim, dépité.

Sans attendre, Nib alla chercher un autre drap et le tendit à son ami Toulisse.

– « Tu vas nous faire repérer avec tes histoires ! » répéta le troll comme un perroquet. Hïng ! Hïng !

– Ouais, et bien arrête de te marrer comme ça, râla Tim en s'en couvrant à son tour. On voit tes dents de sabre.

Enveloppés dans leur drap comme deux lépreux en pèlerinage, Nib et Tim continuèrent en direction du village.

– Alors, les habitants de cette région savent que les trolls existent ? À mon époque, vous n'êtes pourtant qu'une légende. On parle même pas de sauvages vivant sous terre…

– Trolls pas être sauvages ! tint à préciser Nib, un peu vexé. Trolls être très modernes. Tous les dimanches trolls aller à SacDo.

Il en souleva son lourd menton comme un aristocrate.

– À quoi ?!!! Vous… vous avez des MacD… ?!

– Trolls toujours revenir de visite de villages Toulisses avec sac plein d'os, expliqua Nib. Enfants trolls adorer jouer avec os de Toulisses.

– Ah, ouais, je vois, jouets et nourriture, ça leur fait un RepasHeureux® ?! Ah ! Ah ! C'est un concept qui a de l'avenir, tu peux me croire ! MDR !

Et ils continuèrent leur marche, foulant de leurs pieds le chemin poussiéreux.

– Dis, Nib, tu sembles beaucoup tenir à ce que nous la sauvions, notre sorcière bien-aimée, lui fit remarquer Tim dans un clin d'œil complice. On a déjà remplacé la pulpeuse Lounguene, hein ? Hé ! Hé !

Le troll baissa la tête. En dépit de ses lunettes de soleil, Tim remarqua la gravité qui avait pris place sur son visage bourru et poilu.

– Les sorciers et les trolls sont ensembles contre les Toulisses, c'est ça ? Vous faites des barbecues ensemble dès le début de l'été en chantant *La Salsa du Démon* ? Ah ! j'imagine le tableau ! s'extasia-t-il.

Nib soupira tout en poursuivant sa marche dans son vêtement de fortune.

– Sorciers être dangereux ! Organes trolls être très recherchées pour potions. Poils, dents, yeux, oreilles, doigts et... – il rougit mais l'argile ocre déjà rouge de sa peau n'en montra rien – et... d'autres petites choses ; enfin quand Nib dire « petites », Nib pas parler pour lui, évidemment ! corrigea-t-il le plus virilement possible.

– Évidemment ! exulta Tim, hilare.

– Certains de ma tribu être mutilés à vie ! explicita Nib. Trolls et sorciers être ennemis ! Mais trolls attrapés par Toulisses être aussi brûlés sur place publique, alors...

– D'accord... Et bien allons sauver ta sœur de bûcher ! éclata Tim en accélérant le pas.

Malheureusement pour Tim et Nib, l'entrée de la ville était gardée par deux soldats à la lance tournée vers le ciel rougeoyant. Tim remarqua cependant qu'ils n'arrêtaient quasiment personne. Le flot de ceux qui se pressaient pour rentrer avant la tombée de la nuit était trop important. Les rumeurs de trolls aperçus en plein jour avaient poussé les plus courageux à abandonner leurs cultures sans plus attendre.

Pris dans la foule, Tim et Nib comptaient profiter de la situation pour passer inaperçus. Malheureusement...

– Hé ! Vous deux, là-bas !!! hurla d'un œil suspicieux l'un des gardes. Qu'est-ce qui me dit que vous n'êtes pas des trolls déguisés, hein ? Allez, enlevez ça de votre tête !

– Des trolls, nous ?! Mais comment donc ? protesta Tim sur un ton offusqué surjoué en s'avançant vers le garde. On ne ressemble pas du tout à des trolls, enfin !

– C'est ça, c'est ça ; prends-moi pour un idiot !

– Il n'a pas tort, acquiesça le garde plus âgé. Ce ne sont que des pèlerins qui vont profiter du spectacle, et pas de soi-disant « trolls ».

– C'est vrai que tu n'es pas d'ici, toi. Mais crois-moi, les trolls existent vraiment.

– Ah ! Ah ! C'est de la blague, ça !

– Mais je te jure !...

– Ah ? Et à quoi vous les reconnaissez, ces fameux trolls ? le défia Tim.

– Il y a rien de plus facile ! répliqua le soldat. Ils sont rouges et poilus. Ça ne se loupe pas des trucs pareils !

– Ah ! Oui ! J'en ai déjà vu, annonça soudain Tim à la surprise de Nib – où son copain voulait-il en venir ? –. Et ils sont plutôt petits et trapus, c'est ça ?

– Exactement !

– Ils ont aussi une épaisse chevelure rousse, hein ? C'est bien ça ?

– Oui, tout à fait. Ils ont également une immense bouche avec des dents longues et pointues. Tu vois, fit-il remarquer à son collègue, je ne raconte pas d'histoire.

– Ah, ouais... quand même ! reconnut celui-ci, impressionné. Bon, on va vérifier ça. Allez, enlevez ça de votre tête !

Tim sourit avec assurance et enleva ce qui lui recouvrait la tête et le haut des yeux.

– Alors, vous voyez, je suis pas un troll, se moqua-t-il.

– Mouais, allez, au tour de ton compagnon, ajouta le jeune garde en le menaçant du pique de sa lance. Il me paraît bien large pour un humain.

– C'est juste qu'il est bien nourri, répliqua Tim en se retenant de rire.

Nib – qui, lui, se battait contre les gargouillis de son ventre devant chair si tentante – dévoila finalement le haut de son corps (en gardant les lunettes de soleil quand même, la classe avant tout). Le garde sursauta.

– Aaah ! Je... Je te l'avais bien dit ! Un troll ! C'est un troll !!! hulula le garde en trépignant sur place. À la ga-garde ! À la ga-garde !

– La garde, c'est nous, lui fit remarquer son collègue, en secouant la tête d'un air affligé. Et c'est un pèlerin, regarde, il s'est rasé le haut du crâne. Et puis, un peu de respect, il doit déjà assez souffrir de son physique ingrat.

– Moi pas physique ingrat, protesta Nib d'un air renfrogné.

DES FÊTES À MAIRE

– Chuuut ! souffla Tim en lui donnant un coup de coude, d'un air malin.

– Vous pouvez vous couvrir, mon brave.

– « Mon brave » !? Mais tu parles à un troll, là !!!

– Allons, il ne faut pas stigmatiser les gens sur leur apparence.

– « Stigmatiquoi ?! »

– Ah, ces jeunes ! Bon, tu as eu ce que tu voulais, tu peux les laisser passer à présent.

– Les laisser passer ?!!! s'énerva le jeune garde. Mais... Celui-là est rouge et poilu, non ? Il est aussi petit et trapu, non ? Et... Et il a une immense bouche avec des dents longues et pointues !!! Qu'est-ce qu'il te faut de pluuuus ?!!!

– Il n'a pas de cheveux rouges, objecta son collègue d'une logique sans faille.

Et Tim et Nib – tout en faisant de leur mieux pour contrôler les irrépressibles contractions de leurs zygomatiques – s'éloignèrent sous le regard anéanti du jeune soldat.

– Ça être très drôle, glissa Nib dans l'oreille de son ami Toulisse une fois qu'ils se furent un peu éloignés.

– Ouais, approuva Tim. Comme dirait un certain Gaulois : « ils sont fous, ces Toulisses ! ». Ah ! Ah ! Ah ! Qu'est-ce qu'on se marre !

– 7 –

DES FÊTES À MAIRE

Une fois dans l'enceinte fortifiée qui était surplombée par l'imposant château du seigneur Féroze, nos deux héros déguisés purent sans crainte se mélanger aux habitants du village.

Cette petit balade dans les rues ne parvenaient toutefois pas à dissiper les regrets du troll. Ça s'était un peu trop bien passé à son goût. Il aurait préféré bouloter au moins un des deux gardes, surtout le jeune hystérique. Mais Tim lui rappela que s'ils voulaient s'approcher du lieu du bûcher, il valait mieux rester discret. Alors, au rythme des grognements de son estomac, le troll avait suivi son copain Toulisse.

L'agitation dans le village de Gartaifesse était palpable.

– Toulisses excités, observa le troll en secouant une tête réprobatrice. Pas bon pour qualité de viande Toulisse, ça.

– Tu crois qu'on s'est fait repérer ?

– Non, ça être effet bûcher.

– Tu parles ! ne put s'empêcher d'avouer un Tim hilare. Une jeune sorcière dans les flammes, le spectacle va être croustillant !

– Nib préférer saignant, commenta le troll comme s'il commandait un steak au restaurant du coin. Toulisses être vraiment sauvages.

– 'Faut les comprendre, ils n'ont pas la télé ! s'esclaffa Tim en donnant une tape dans le dos de son ami.

Il n'aurait pas dû.

Tim se sentit soudain comme propulsé par un réacteur d'Ariane V et alla s'écraser sur l'étale d'un vendeur d'œufs frais.

– Potrache ! s'en voulut le garçon qui dégoulinait du fluide visqueux. Il y a vraiment des gestes qu'il vaut mieux éviter avec une armoire à glace pareille.

– Hïng ! Hïng ! se marra le troll. Toulisses être trop légers !

– Ouais, et il y a en a qui sont trop lourds, répliqua Tim d'une moue pas si amusée. Et tu aurais pu faire du mal à Patné. Heureusement, il n'a rien.

Il caressa tendrement la tête un peu endormie du mini-lapin qui avait élu domicile dans la poche de sa veste.

– Bon, je peux pas me présenter à ma princesse ainsi, grimaça-t-il en envoyant un regard de reproches à un Nib qui exposait à présent ses dents acérées dans un sourire emprunté. Si j'avais su...

Tim s'apprêtait à utiliser son cristal quand il se rendit compte que ce n'était pas très sage (un éclair de lucidité, sans doute !) : il allait peut-être avoir besoin de son pouvoir sur le temps pour libérer la belle sorcière.

– Après tout, c'est l'occasion d'enlever cet accoutrement, fit-il remarquer en s'éloignant de l'omelette géante qui gisait sur le sol poussiéreux. Il fait assez sombre maintenant. Mon charme naturel devrait faire moins de ravage... Hé ! Hé !

D'un geste désinvolte, il fit voler derrière lui le drap collant et poisseux qui le recouvrait. Il ne vit même pas le marchand qui s'était précipité à sa suite, fumant de colère telle une locomotive, s'y prendre les pieds et s'étaler de tout son long, le visage englué de jaune et de rage.

Tim et Nib s'engouffrèrent un peu plus dans la suite de ruelles étroites et encombrées, encore amusés de leur petite péripétie.

– Nib, je crois que c'est mieux que tu restes ici, annonça Tim. Moi je vais les raisonner un peu. Ils ont pas l'air bien méchant. Et comme a dit le Grand Barbu : « Ils ne savent pas ce qu'ils font ». Toi, tu restes discret, d'accord ?

Tim atteignit la place où le bûcher avait été installé. La sorcière avait été ligotée les bras dans le dos à un épais poteau de chêne autour duquel des fagots de bois avaient étaient empilés en une pyramide funeste. La routine, constata Tim en admirant d'un regard enfantin la « scène de tournage ». Plus surprenant, une plateforme attenante au bûcher, à laquelle de sommaires marches d'escaliers menaient, avait été construite face à l'église du village.

Il y avait foule sur la place. Et en dépit de la finalité morbide de ce rassemblement, l'ambiance était bon-enfant. Il y avait des joueurs de flûtes, des troubadours, des jongleurs, des danseuses, des bonimenteurs et des vendeurs de tout et (surtout !) de n'importe quoi. Certains fournissaient même tout le matériel nécessaire à un petit bûcher à-faire-chez-soi (ou à offrir pour la fête des belles-mères).

– Marrant, on se croirait le 14-juillet ! constata Tim. Et moi, je vais gâcher leur bouquet final ! Hé ! Hé !

Un mystérieux personnage tapi parmi la foule ne partageait pas vraiment cette joie collective. Et pourtant, pas même la plus petite compassion n'avait fleuri en lui à la vue de la jeune femme sur le point de se faire brûler vive. L'homme encapuchonné avait des cheveux noirs de jais, une épaisse moustache de la même couleur, était plutôt mince, avait le visage émacié et les yeux fourbes. Et le plus surprenant dans tout cela était qu'il était lui-même sorcier. Il appartenait, en effet, à la puissante et redoutée Guilde des Sorciers du Crépuscule.

– Elle n'est pas des nôtres, c'est juste une de ces répugnantes Outre-humaines. Tant pis pour elle. Et tant mieux pour le spectacle... glapit-il finalement sous la capuche de sa toge noire.

Pendant ce temps, Tim avait joué des coudes pour accéder à l'escalier de bois et, tout à fait à l'aise, était arrivé sur l'estrade encore déserte. Le charmeur de ses dames ne perdit pas une seconde et admira de près la jeune créature qui ne se débattait même plus. Elle semblait harassée.

– Ouatchalaboumbah ! hulula-t-il, la mâchoire pendante.

Elle avait un visage arrondi parfaitement dessiné et d'une grande douceur, des traits fins, un petit nez droit à l'extrémité gentiment potelée, une bouche ourlée avec soin, de grands yeux en amandes et un front bien dégagé. Son épaisse et longue chevelure ondulée était plus surprenante. Elle semblait se mouvoir d'elle-même dans un mouvement propre telle de la lave encore palpitante sous la surface refroidie. C'est l'effet que donnait ses cheveux d'ébène tirés en arrière et entremêlés de fines mèches oranges, dont une venait s'écouler sur sa joue gauche.

Tim la trouva particulièrement touchante avec les paupières baissés. À moins que ce ne soit ses formes parfaites et aguichantes ? Oui, vraiment, si la jeune fille chocolat était plutôt petite et menue, elle était somptueuse, la douceur et le velouté de sa peau bronzée appelant la caresse. Tim n'en perdait pas une miette, d'autant plus que la charmante sorcière ne cachait pas grand chose de sa jeune anatomie de rêve. Elle n'avait sur elle qu'un (court !) pagne en peau de tigre ainsi qu'un large bandeau assorti qui passait sous les aisselles et épousait à la perfection ses fières et jeunes rondeurs.

Tim ne bougeait plus. Il était comme hypnotisé. C'est alors qu'une voix vindicative, le sortit de sa transe amoureuse.

– Hé, toi !!! Descends tout de suite de là ! le héla un villageois ventru aux joues flasques et tombantes. Il ne faut pas longtemps à cette sorcière pour utiliser un des ses charmes sur toi !

– Trop tard... roucoula Tim, le regard mi-clos et le sourire idiot. Trop tard...

Le gros homme le secoua violemment. À ses habits colorés et riches, ainsi qu'à son couvre-chef finement tissé, Tim devina que c'était quelqu'un d'important dans le village. Ce que celui-ci confirma rapidement.

– Je suis le prévôt du village, alors obéis !

– « Le poivrot du village ? »! lui répondit l'ahuri qui avait vraisemblablement mal entendu (quoi que connaissant l'animal, on peut en douter). Et vous vous en vantez ?!

– *Prévôt* ! Imbécile ! éructa celui-ci.

– Drôle de nom de famille, osa encore l'effronté.

Le prévôt semblait bouillir de l'intérieur. La pression montait irrépressiblement. Son gros nez en devint écarlate. Il respira en un grognement rauque puis explicita sa fonction d'une voix la mieux contrôlée possible.

– C'est moi qui suis chargé par le seigneur Féroze de maintenir l'ordre et de faire respecter la justice dans le village de Gartaifesse.

– Ah, ouais, d'accord, un genre de maire, quoi.

– Un prévôt, j'ai dit, tu es sourd ?! répliqua celui-ci dans un grognement.

– C'est vous qui voyez, M'sieur le Maire, sourit-il malicieusement.

– Alors, descends immédiatement si tu ne veux pas regretter rapidement le lieu de ta naissance ! le menaça-t-il.

– Je le regrette déjà, vous en faites pas ! pérora Tim en faisant référence à son monde. Vous imaginez pas à quel point je préférerais être chez moi plutôt que dans cette série B... Mais bon, parlons sérieusement : vous devez libérer la fille, là. C'est pas une sorcière, vous le savez bien, hein ? Tous ces trucs, ça n'existe pas. C'est juste qu'elle doit savoir des choses que vous savez pas encore, voilà tout.

– Qui t'as raconté ces sornettes ?

– Hein ? Heu, j'ai vu ça dans un documentaire juste avant le film éro... euh... enfin... tard le soir... faillit-il rougir. Prenez pas ça personnellement, M'sieur le Maire, c'est juste que...

– Tu n'y es pas du tout, objecta la face épaisse du prévôt. À ton accoutrement, il est facile de voir que tu es étranger à ce village, n'est-ce pas ? Tu n'es pas d'ici. Tu ne peux pas comprendre.

– Peut-être, mais je suis sûr que si ça avait été un homme, vous ne l'auriez pas attaché à ce poteau pour le brûler, insista Tim.

– Mais si, enfin, réfuta le prévôt.

– Mais non.

– Mais si.

– Mais non.

– Mais si !

– Mais non !

Le ton montait.

– Mais si !!!

– Mais non !!!

– Mais siiiiiiiiiiiii !!! beugla le gros homme.

– Mais nonnnnnnnnn !!! lui fit écho le garçon.

– Mais si, se calma tout à coup le prévôt. Et je peux même te le prouver, lui proposa-t-il finalement de son regard fourbe.

– Ah, ouais ? Je voudrais bien voir ça, le défia l'inconscient.

– Tu n'as qu'à demander. Allez, vous deux, attachez-le au poteau également !

Tim perdu son sourire.

– Huuuuh... Je voyais pas ça comme ça... lâcha-t-il en reculant.

– Moi, si, insista le corpulent officier du seigneur Féroze alors que deux gars musclés sortis de la foule les avaient rejoins sur l'estrade.

Tim avait atteint le bout de la scène. Il n'avait aucune chance de sauver la sorcière contre le village en entier, même avec l'aide musclée de son ami troll.

– Potrache ! Si j'avais su...

Malheureusement, les deux armoires à glace se saisirent de lui avant qu'il puisse toucher son cristal. Ils s'échangèrent un sourire entendu et l'emmenèrent fermement, et sans le moindre ménagement, sur le bûcher de bois.

Tim était en fâcheuse posture : ses poignets étaient sur le point d'être irrémédiablement attachés au poteau du bûcher. Il ne s'était pourtant pas débattu. C'est pourquoi les deux gaillards furent tellement surpris lorsque, sans prévenir, il s'écria :

– Hé ! Ça chatouuuuille !!!

Tim fit un clin d'œil frimeur à la jolie sorcière – qui avait tournée son magnifique visage fatigué vers lui – et mit à profit les quelques secondes de perplexité qu'il avait fait naître chez ses agresseurs. Il se libéra un bras et, de la pulpe de ses doigts, toucha le joyau blanc qui pendait à son coup. Instantanément, une lumière bleue le recouvrit et le souffle d'un son zébra l'espace autour de lui.

Zachame !

Tim se retrouva violemment secoué. Avant qu'il ne comprenne à quel moment il était remonté, son agresseur se (re)présenta.

– Je suis le prévôt du village, alors obéis !

– Le préquoi ? Ah, oui... Bon, parlons sérieusement, M'sieur le Maire : vous devez libérer la fille, là. C'est pas une sorcière, vous le. ... Euh...

Tim s'interrompit. Il lui fallait trouver d'autres arguments.

– Pourquoi vous voulez la brûler, au fait ? questionna-t-il tout à coup comme s'il tapait la discute au bar du coin. Elle a l'air envoût... euh... inoffensive.

– Tu ne sais pas de quoi cette créature d'Outre-Monde est capable ! le remit en garde le prévôt. C'est un démon !!! Elle en a même la couleur ! ajouta-t-il en la montrant du doigt avec haine.

– Oh la ! Oh la ! Ça fleure bon le racisme primaire, là, sourit Tim. C'est un pléonasme, en plus. Allez, libérez-la, soyez gentil.

– Tu es un étranger, tu ne sais pas tout ce que cette sorcière a fait ! incanta le prévôt avec le soutien de l'assistance.

– Et bien dites-moi de quoi vous accusez la petite coquine, hein ? s'enquit Tim sur le ton d'un père grondouillant son garnement.

Il avait dit ça en se tournant vers l'envoûtante sorcière qui marmonnait étrangement.

Un fermier bourru, aussi large que dégoulinant de sueur, grimpa sur l'estrade qui ploya sous son poids.

– Elle a uriné dans mon chapeau !!! accusa celui-ci de son doigt sale et buriné.

– Ah, ouais ? J'aurais voulu voir ça ! se gondola Tim. Mais bon, c'est pas grave, ça, se reprit-il quand même. Juste une petite farce, hein ? demanda-t-il confirmation à la sorcière.

La farceuse en question stoppa ses mystérieux murmures et ouvrit en grand ses magnifiques et larges yeux blancs qui se découpaient sur son visage sombre. Tim fut électrisé.

– Ce n'était pas de l'urine, corrigea-t-elle dans un sourire mauvais. Enfin... pas seulement... De toute manière, il le méritait ! J'ai vu ce qu'il fait dans sa grange avec les filles du village !!!

– Ah, carrément... sourit Tim de toute la largeur de ses dents. Bon, ça n'a été qu'une mauvaise surprise en mettant votre chapeau, hein ? tenta-t-il de tempérer. Ça a juste dégouliné un peu... et schlingué pas mal ! Ah ! Ah ! C'est pas une raison pour...

– Si ce n'était que ça ! rugit le fermier. Le pire a été quand je l'ai enlevé à nouveau !

Et il souleva son galurin.

– Aaaaah !!! sursauta Tim les yeux dilatés d'effarement. Qu-qu'est-ce que c'est que ces truuuucs !!!

Sur le front du paysan coureur de jupons pointaient à présent deux petites cornes de démon !

– Ainsi, tout le monde connaît son crime !!! écuma la jeune fille.

– Attends, tu as fait ça et tu t'étonnes de passer sur le grill ?! s'exclama Tim, totalement ahuri.

– Je ne t'ai rien demandé ! le rembarra-t-elle. Et il n'avait qu'à pas essayer avec moi aussi !

– Ha ! Ha ! Elle a du caractère, la nénette ! apprécia Tim que rien ne démontait... ou pas longtemps. Alors c'était ça, la potion à l'urine ! Hé ! Hé ! C'est ce qu'on appelle le double effet « Qui-coule » ! apprécia-t-il. D'abord ça pue, puis après ça pousse ! Ha ! Ha ! Mais, dis, je croyais que les cornes, c'était pour les cocus, pas pour les infidèles ?

– Sa femme a assez souffert !

– Un cœur d'or, j'vous dis, se força-t-il à sourire comme un vendeur à la sauvette pas convaincu de son propre produit. Allez, vous voyez, elle mérite pas d'être brûlée... Ou juste un peu, alors ?... marchanda Tim dans un sourire crispé.

La révélation du paysan infidèle avait cependant excité encore plus les habitants du village.

– Depuis qu'elle est dans le village, l'eau rend malade ! harangua un autre paysan, qui, de colère, menaçait du poing. Brûlons-là !

– Ah, non, ça c'est pas nouveau, corrigea un autre d'un regard incertain. Moi, je fais confiance qu'au vin ! Hips ! Faites comme moi !

– Oui, mais le vin a tourné depuis qu'elle est là ! annonça un autre sous l'approbation générale. Ce n'est plus qu'une immonde piquette ! Brûlons-là !

– Et les grenouilles envahissent nos rivières ! lança une femme. Brûlons-là !

– Ouais, et les récoltes sont mauvaises ! Brûlons-là !

– Et elle attire les trolls dans le village ! Brûlons-là ! Brûlons-là !

– Brûlons-là ! reprit en cœur la foule déchaînée. Brûlons-là ! Brûlons-là ! Brûlons-là !

– Ouais, brûlons-là ! Brûlons-là ! ajouta un Tim pris dans le mouvement, tout en levant un poing vindicatif.

De surprise, Patné ressortit la tête de la poche de Tim, les oreilles baissée d'inquiétude. Il posa ses pattes sur le torse du garçon, ce qui le sortit de sa transe.

– Hein ? Euh… Qu'est-ce que je raconte, moi ?! se dit Tim en se frottant l'arrière du crâne. Allez, cache-toi, toi, lui suggéra-t-il en lui gratouillant affectueusement le haut de la tête.

La foule qui s'était plutôt contrôlée avant l'arrivée de Tim, était en ébullition à présent. La nuée incontrôlable, armée de torches menaçantes, grimpa sur l'estrade pour mettre le feu au bûcher sans plus attendre.

– Crétin !!! hurla la sorcière, ses magnifiques yeux plissés de rage. À cause de toi, je ne vais pas avoir le temps !!! Grrr… Tu as de la chance que je sois attachée !!! Misérable inconscient !!!

– Allons, allons, sourit Tim. La flatterie ne te mènera nulle part.

Devant les villageois en fureur, il dut pourtant se « réfugier » sur le bûcher de fagots.

– Tu fais bien. Ça va te faire gagner une étape, se moqua la sorcière à la peau chocolat.

– Que veux-tu dire ?! demanda-t-il, intrigué.

– Que doué comme tu es, tu vas te retrouver attaché au poteau une deuxième fois !

– « Une deuxième fois » ?!!! Tu t'en rappelles ?!!! s'exclama Tim, estomaqué – personne, sauf lui, ne se rappelait ses allers-retours dans l'avenir habituellement –. Mais dis, ma belle, tu mérites bien de te faire griller ! lui lança-t-il en ébouriffant ses longs cheveux noirs striés d'orange.

La sorcière ragea encore plus.

– Ne me touche pas !

– Mais c'est qu'elle mordrait ! se marra-t-il encore.

Il se tourna vers les villageois qui s'étaient massés sur la frêle estrade, avec, dans le poing, la flamme haineuse de leur torche ou le piquant menaçant de leur fourche.

– Brûlons cet étranger également ! proposa l'un en désignant le garçon.

– Moa ?! Vous rigolez ! J'la connais même pas ! jura-t-il en reculant de son mieux.

– C'est lui qui m'a tout appris ! prétendit la sorcière en tirant ses liens. C'est lui le responsable !!! Brûlez-le !!!

– Et bien, c'est pas la reconnaissance qui t'étouffe, toi ! critiqua Tim, soufflé. J'ai tout fait ça pour toi, hé ! Et bien, si j'avais su...

Il posa les doigts de sa main droite sur son cristal. Alors, le temps se figea l'espace d'une seconde puis rembobina.

Zachame !

– Je suis le prévôt du village, alors obéis !

Tim réfléchit avant de recommencer sa plaidoirie, se demandant si cette peste de prétendue sorcière méritait vraiment d'être sauvée. Il redonna un coup d'œil à ses formes douces et langoureuses, et perdit immédiatement ses doutes.

Sa deuxième tentative lui avait cependant appris une chose : il ne fallait pas exciter les villageois, il fallait même les calmer, voire les attendrir. Ils voulaient du spectacle, il allait leur en donner !

Il farfouilla une nouvelle fois dans son sac à malices et en ressortit un objet plat et noir. Il l'effleura et une lumière mouvante et dansante en sortit ! Un long hooooo ! parcourut la foule qui était déjà dans un début d'obscurité.

– Peuple de Gartaifesse ! s'exclama soudain Tim en se retenant de rire. Ce nom ! Ce nom !... En attendant la juste punition de cette horrible sorcière – il lança un regard mi-sadique mi-amusé à l'intéressée –, je vous offre le plus grand des spectacles ! Voici le...– il réfléchit à toute allure – ... le Miroir des Dieux. C'est comme un livre qui raconte lui-même les histoires, expliqua-t-il en leur exposant la dernière tablette électronique à la mode – car ce n'était que ça, évidemment.

Il confia le miroir magique au prévôt (que Tim persistait à appeler M'sieur le Maire) et regarda le gros magistrat ainsi équipé descendre l'estrade et rejoindre la foule avec une solennité ridicule. Dans un silence impressionnant, paysans, artisans et notables se regroupèrent autour de la tablette qu'ils placèrent avec dévotion en position verticale puis s'assirent en face, sur la terre battue de la place.

Tim regardait tout ce manège en se marrant. Avec les épisodes de « Plus cruelle la vie » que sa sœur y avait transféré la semaine dernière, les villageois allaient bien évidemment s'attendrir et oublier ces passe-temps barbares. C'était dans la poche.

Sans attendre plus, le garçon aux yeux saphir sauta sur le bûcher et s'attaqua aux liens de la jolie sorcière. Malheureusement, ils restèrent rétifs à ses jeunes doigts.

Au bout de dix minutes passées sur ceux qui lui liaient les poignets, il dut se résigner à essayer ceux de ses chevilles.

– Tu peux pas t'imaginer le nombre de filles qui voudraient m'avoir à leurs pieds ! plaisanta-t-il prétentieusement tout en tirant de son mieux sur les liens de chanvre. Hé ! Arrête de te tortiller ! finit-il par se plaindre.

– Quoi ? C'est la seule excuse que tu trouves pour ton incompétence ?! dénigra-t-elle.

– C'est... c'est pas ça... C'est que ça... ça me perturbe ! avoua-t-il en déglutissant, les yeux pleins d'étoiles.

– Il ne t'en faut pas beaucoup... grinça-t-elle.

– C'est pas une question de quantité, put-il corriger quand même, mais de qualité... Ouatchalaboumbah !

En dépit des dandinements sensuels de la jeune fille, Tim réussit enfin à faire céder les liens qui enserraient ses chevilles.

Il se releva fièrement au-devant la jolie sorcière... qui ne perdit pas un instant : elle souleva ses jambes souples et en entoura le cou du garçon.

– Pourquoi essayes-tu de me libérer !? Qui t'envoie ?! Dis-le-moi ou je brise la nuque de mes cuisses !!!

– Si... Si tu veux, réussit à articuler un Tim totalement subjugué par la douce chaleur de ce contact inattendu... et intime. Je peux pas rêver d'une plus belle mort, ajouta-t-il dans un soupir.

DES FÊTES À MAIRE

La créature féline parut perdue. Elle relâcha finalement son étreinte tueuse.

– Tu... Tu es complètement fou, lâcha-t-elle, estomaquée.

– Oui, de toi... précisa Tim encore sous le charme.

– Qu'est-ce que tu racontes ?! Coupe mes autres liens au lieu de dire des bêtises ! Vite ! Oh, non ! Les villageois reviennent !

Effectivement, la foule s'était à nouveau amassée autour du bûcher. Tim ne s'en alarma toutefois pas : leurs yeux n'étaient pas gorgés de colère... mais de larmes.

Le garçon laissa la sorcière pas encore totalement libérée et rejoignit le bourgmestre sur l'estrade.

– Ne pleurez pas, ne pleurez pas, incanta-t-il. Je vais vous mettre l'épisode suivant, proposa-t-il avec simplicité. Où est la tab... euh... le Miroir des Rêves ?

– Vous aviez dit que c'était le Miroir des Dieux ?! s'étonnèrent les villageois.

– Hein ?... Ah, oui... Euh, oui, oui, on l'appelle aussi comme ça, baratina-t-il. Alors, où est-il ?

– Nous l'avons détruit ! annonça le chef du village. Il ne racontait que des histoires tristes ! Nous voulons quelque chose de réjouissant !

– Potrache ! Ma tablette de Noël !!! 'Z êtes malades ! Vous savez le prix que ça vaut ?! s'exclama-t-il, plus ahuri que fâché. Et puis, ça peut aussi raconter des histoires rigolotes. J'avais quelques comédies qui arrachent bien. Évidemment, si vous l'avez détruite... Potrache, papa va m'incendier s'il découvre que son cadeau a fini sa vie sous les coups d'hystériques hyper-sensibles !

– Que le jeune et généreux étranger ne s'inquiète pas, nous avons ce qu'il nous faut, voulut le rassurer le prévôt, sa main droite potelée posée sur l'épaule gauche de Tim.

– Ah, oui, quelque chose de joyeux ? s'étonna le garçon tout réjoui. C'est vrai ?! – Tout allait s'arranger, alors, se dit-il – Et c'est quoi ?

– Un bon bûcheeeer !!! cria la foule en lançant des torches en une pluie enflammée.

Tim envoya une moue ennuyée à la jolie sorcière aux yeux en fureur et...

Zachame !

– 8 –

UN FREIN PEUT EN CACHER UN AUTRE

Cette fois, Tim réussit à revenir plus en arrière, juste après s'être débarrassé de sa toge engluée d'œufs cassés. Il s'en réjouit. Il valait mieux changer de stratégie.

– Finalement, viens avec moi, Nib, lança-t-il au troll.

– Copain toujours changer d'avis, fit remarquer Nib en se grattant le haut de sa tête rasée.

– C'est que, seul, j'arrive bien à libérer la tigresse de bronze, mais pas en restant vivant. Alors je cherche d'autres solutions. En quoi ça te paraît bizarre ?

– Nib pas comprendre, avoua le troll. Copain avoir même pas encore essayé.

– J'ai pas trop le temps de t'expliquer, Nib, mais disons que je suis capable de revenir en arrière quand ça foire. Et là, j'arrête pas de revenir en arrière !... Ah ! Ah ! C'est de vrais sauvages !

– Copain être enfin d'accord avec Nib, se félicita le troll. Toulisses être sauvages. Alors Copain et Nib tout casser ?

– Tu peux te battre contre un village entier ?! s'éclaira le garçon.

– Ben, oui... Évidemment.

– Super ! Et bien, je vois vraiment pas pourquoi je me suis embêté à...

– ... Mais Nib pas survivre, poursuivit le troll.

– Ah ! Évidemment, il y a ce *petit* détail... reconnut Tim qui dut déchanter. Bon, pas grave, j'ai une autre idée !

Sur le chemin, Tim chaparda un couteau bien tranchant sur l'étale d'un boucher qui se dépêchait de finir le travail de la journée afin de pouvoir assister au spectacle qui s'annonçait.

L'adolescent fit son chemin à travers la foule et monta sur l'estrade, suivi d'un Nib toujours couvert de sa bâche écrue. Le troll parut perplexe à la vue de la jeune fille délicieusement hâlée.

– Ça pas être sorcière, nota-t-il une fois assez près. Ça être juste gros morceau de chocolat. Miam ! se réjouit-il finalement.

Les deux ados furent rapidement rejoins par le prévôt et ses deux hommes de main.

– Nib, débarrasse-nous des deux là, s'il te plaît.
– Copain avoir dit de pas tout casser, non ?
– Pas tout, mais ceux-là, si, d'ac ?
– Comme Copain vouloir.

Avec une facilité déconcertante, le puissant troll rouge décolla les deux paquets de muscles du plancher de bois et les envoya dans les airs.

– Copain pouvoir libérer fille chocolat maintenant.
– On peut pas attendre un peu ? sourit Tim de toutes ses dents. Laissons-la cuire un peu, enfin, au figuré, je veux dire. Elle nous sera d'autant plus reconnaissante et appréciera encore plus sa libération... et ses libérateurs...Tu crois pas ?

Il jeta un œil au prévôt qui, une fois la stupeur passée, s'apprêtait à reprendre la main. Et la foule, qui bouillonnait, allait bientôt se mettre en branle.

– Bon, d'accord, on y va. À nous deux, M'sieur le Maire, sourit Tim en dégainant le couteau chipé au boucher.

Il s'approcha de lui, le menaça du pointu de son arme et lui murmura dans le creux de l'oreille.

– Maintenant, libérez cette fille ou je donne pas cher de vous.
– Qui crois-tu être ?! Tu ne pourras jamais me forcer à faire ça ! gronda le magistrat. Ce démon doit être brûlé !

Le sourire aux lèvres, Tim fit un léger signe de tête à Nib. Immédiatement, le troll approcha sa mâchoire puissante du cou du prévôt qui perdit instantanément de sa superbe.

– Et maintenant, qu'est-ce qu'on dit ?! jubila Tim de son sourire enfantin. On dit... On dit...
– Brûlez-les tous !!!
– Quoiiiii ?! se décomposa Tim, la mâchoire pendante.

Sur l'autre bout de la scène, une forme menaçante, écrasée sur un sceptre crépitant, s'était avancée avec lenteur. C'était le terrible Matachmize, grand prêtre de l'Ordre du Sceptre. Son visage acariâtre et rugueux presque totalement couvert par la capuche de sa robe de bure était craint dans toute la contrée et même au-delà. Derrière lui se tenaient douze prêtres de Cinquième Cercle, tous couverts d'une toge vert sombre sans capuche et traversé verticalement par un épais bandeau rouge sang.

– C'est pas du jeu ! rouspéta Tim. Vous pouvez pas faire ça ?! C'est M'sieur le Maire, le chef, non ?!

– Ça être Grand Mage ! Ça être Grand Mage ! répéta Nib d'une voix craintive en indiquant la silhouette voûtée. Grand Mages être très puissants ! Trolls se méfier de mages !

Les yeux de Tim, eux, s'allumèrent.

– Un Grand Mage ?... Tu veux dire : un magicien ?! Un vrai ?!!!

Un sourire de gamin au visage, Tim glissa le couteau dans son sac et fit quelques pas en direction du vieillard dont les petits yeux effrayants laissaient échapper une lueur verdâtre et fumante.

– Alors, c'est vrai ?! Vous êtes magicien ?! demanda-t-il tout excité. Depuis le temps que je voulais en rencontrer un !

Il sortit un livret corné de son sac ainsi qu'une cordelette blanche et, avant que celui-ci n'ait réagi, les montra au mage.

– Vous devez pouvoir m'aider. C'est le livre d'un de vos collègues, un ancien magicien du temps de mon père. C'est le puissant mage Axe. Vous connaissez ? Pas grave. Vous voyez, mon plus petit frère adore la magie, alors j'ai essayé un des ses tours. Mais rien à faire. Regardez, c'est à cette page. Je fais bien le nœud comme il l'indique, mais quand je tire dessus... il ne disparaît pas ! Évidemment, pour un grand magicien comme vous, c'est de la rigolade, le défia-t-il sans l'air d'y toucher.

La lueur glauque qui suintait du regard du vieux Matachmize, et qui terrifiait l'assemblée des villageois, s'éteignit. Avec empressement, comme pris à la gorge par le défi, le magicien passa son sceptre à un de ses suivants, compulsa frénétiquement le livret et commença à tortiller la cordelette de ses doigts bosselés et arides devant la foule figée de tension et de crainte.

Après s'être amusé quelques instants du spectacle surréaliste, Tim sauta sur le bûcher aux côtés de la sorcière chocolat qui psalmodiait toujours de ses lèvres douces d'étranges mots imprononçables. Il ressortit le couteau de son sac et s'attaqua aux liens qui attachaient les poignets de la condamnée. Il ne voulait toutefois pas louper le spectacle et donnait de temps en temps un regard réjoui au vieux croulant qui s'empêtrait avec la corde.

– Avec ça, on est tranquille pour un moment, susurra Tim dans le cou de la jeune fille ligotée. Il est bien occupé. Et ses moutons aussi.

Il allait donner le dernier coup aux nœuds récalcitrants quand il se sentit attiré par la douceur sensuelle de la peau chocolat. Il s'en rapprocha. Il déglutit avec peine. Ses lèvres s'approchèrent encore de l'épaule dénudée. Soudain, la sorcière tourna sa tête vers lui, le fusillant de ses grands yeux sans iris, totalement oranges et furibards !

Tim sursauta de surprise.

– Potrache ! La peur que tu m'as fait !!! s'exclama-t-il en se tenant la poitrine. Et... Ouatchalaboungah ! entonna-t-il finalement, admiratif. Comme Tornade dans les X-Men ! Et en couleur, en plus !!! Ça c'est la grande classe. Ça fait un peu flipper mais... En vert, tu y arrives ? questionna Tim, extatique. Ou en bleu ? En rouge ?...Et l'un avec iris et l'autre sans ? Ou clignotants ?

Vexée, la sorcière reprit ses (magnifiques) yeux normaux, mais toujours brûlants de colère.

– Au moins, ça t'a calmé, lâcha-t-elle, revêche.

– C'était juste pour un petit bisou... plaida Tim en mesurant un espace de quelques centimètres entre le pouce et l'index.

– Je ne te le conseille pas, menaça-t-elle encore.

– J'aime vivre dangereusement, sourit-il à outrance.

– Alors tu vas le pay... !

– C'est assez !!! hurla soudain le mage emberlificoté avec la cordelette.

Sa colère avait interrompu celle de la sorcière présumée. Il ne supportait plus les rires de la foule qui avait perdu de sa servilité. Il se débarrassa du morceau de ficelle avec mépris.

– Le Grand Mage ! s'inquiéta la sorcière.

– Ah, oui, tiens, il est moins joueur que prévu, reconnut Tim d'un ton léger.

– Quelle est cette supercherie ?! Ce « Axe » n'a rien d'un magicien ! Je vais lui montrer comment on fait disparaître les nœuds, moi !!!

Il se saisit à nouveau de son sceptre et, après quelques secondes de concentration, les liens de la sorcière disparurent !

– Il... Il m'a libérée ?!

– Oui, se marra Tim. L'orgueil, 'y a que ça qui marche avec des types pareils ! Mais dépêchons-nous avant qu'il se rende compte de sa bourde.

Il prit la plus que jolie adolescente par la main pour la faire descendre du bûcher du côté opposé à l'estrade, mais, en dépit de sa grande faiblesse après ces heures attachée au poteau, elle le rejeta violemment.

– C'est ma main que tu veux ?! l'incendia-t-elle.

– Tout contact est bon à prendre, sourit Tim d'un regard gourmand.

La jolie tigresse grogna en montrant le blanc de ses dents et se mit à descendre des fagots de ses pieds nus chancelants.

Elle et Tim n'allèrent cependant pas loin. Ils ne touchèrent même pas la terre battue de la place. S'ils étaient libres, le chemin vers la sortie ne l'était pas pour autant. Une foule hostile les encerclait.

– Potrache ! On est bloqué ! Nib ! Qu'est-ce que tu fous ?! Ramène-toi !

– Nib occupééééé !!! répondit le troll, encore sur la plateforme.

Il avait assommé le Grand Mage et ses suivants et se débattait à présent avec les villageois qui avaient là une occasion unique d'attraper un troll – ils ne se déplaçaient qu'en meute, habituellement. Et si Nib les assommait avec facilité, les envoyant valdinguer aux quatre coins de la place, le flot de Toulisses ne s'interrompait pas.

À la vue de leur nombre, ainsi que des fourches et des haches qu'ils brandissaient, Tim comprit que son ami troll ne pourrait tenir longtemps. Et ni lui ni la sorcière épuisée ne pourraient sortir du cercle des villageois en colère. Ils étaient coincés.

– Potrache ! Si près du but... Si j'avais su... laissa échapper Tim, un peu las.

Il approcha sa main droite de son cristal.

– Non, attends, ne fais pas ça ! ordonna plutôt que demanda la sorcière au teint merveilleusement hâlée.

– Attends quoi ?! Tu sais ce que je vais faire ? Tu...

Le beau Tim était une fois de plus soufflé par la jeune fille. Que savait-elle de son pouvoir ?

– Je suis libre, plaida-t-elle avec une impressionnante détermination dans la voix. Je préfère mourir ainsi que ligotée à un poteau. Et on n'a qu'à attendre un peu, elle...

Tim grimaça. Il aimait faire plaisir aux filles, mais tout ça n'était plus très drôle. Il préféra effleurer son joyau de cristal.

Zachame !

Tim se retrouva avec Nib juste après avoir « emprunté » le couteau du boucher.

– Nib, on va faire autrement.

– Pourquoi Copain toujours changer d'avis ? Copain être comme filles ? envoya-t-il d'un œil suspicieux.

– Nib, le cristal que j'ai au cou me permet de revenir en arrière. Tu comprends ? On vient d'essayer de s'emparer du maire mais il y a un genre de prêtre ou de magicien qui est venu foutre son cirque. Il a l'air de tout contrôler ici. C'est lui qui ordonne l'exécution, en fait, pas le maire, enfin le « prévôt » comme il s'appelle. C'est donc lui qu'il faut stopper. La question, c'est de savoir où il se trouve en ce moment. Nib, en as-tu déjà entendu parler ? Que sais-tu de cet empêcheur-de-libérer-en-rond ?

– Grand Mage sans doute venir de château, annonça le troll en montrant de sa paluche rouge et poilue le bâtiment fortifié sur le flanc du piton rocheux au-dessus d'eux. Mages et seigneurs être très copains.

Tim en déduisit que le prêtre devait être actuellement en chemin. Sans plus attendre, Nib et lui se précipitèrent vers le portique qui partait en direction du château. Ils n'eurent pas longtemps à attendre. Déjà, ils apercevaient la lente procession qui descendait la route grossièrement pavée. À sa tête, le Grand Mage, la tête baissée et la démarche voûtée, répandait autour de lui une dévotion suintante de crainte.

Tim et Nib, les bras croisés et les jambes écartées, firent barrage de leur corps. D'un signe de main discret, le vieux mage fit stopper ses suivants enveloppés dans leur toge verte et rouge.

– Mage ! Mage ! Attention, Copain. Mages être puissants ! recula le troll aux muscles d'acier.

– Bien sûr, bien sûr, et moi je suis Sainte-Thérése d'Avila, ricana Tim avec assurance. Juste des p'tits tours de passe-passe, c'est tout.

– Comment oses-tu entraver la marche du Grand Mage Matachmize, prêtre du Premier Cercle de l'Ordre du Sceptre, vers la justice céleste, étranger ?! le foudroya le prêtre en levant son bâton de bois au ciel. Tu vas regretter ta témérité !

Une clameur éclata parmi les fidèles.

– Copain faire attention ! le mit encore en garde son ami troll. Mage très puissant !

– C'est cela, oui… sourit Tim d'un ton détaché.

UN FREIN PEUT EN CACHER UN AUTRE

Il perdit son sourire lorsqu'une lumière aveuglante l'engloba ! Quand elle se fut évanouie, seul restait à la place du garçon téméraire : une mignonne grenouille verte !

– 9 –

ÇA PRÊTRE LE FEU !

Assis au milieu de ses vêtements d'humain du XXIème siècle, la rainette aux yeux saphir était abasourdie (ce qui faisait d'autant plus battre la patte de Patné).

– Nib avoir prévenu Copain, s'excusa le troll. Mage être très puissant !

– Très puissant ? Ah, bon, tu croas ? croassa Tim qui arrivait à trouver ça amusant.

– Copain ! Copain ! Quoi Nib faire avec grenouille et lapin ?

Pour toute réponse, le prêtre s'en alla dans un rire sadique, le reste de la procession à sa suite.

– Une grenouille, lâcha Tim dans un amusement consterné. Une grenouille, j'le crois pas.

– Oui, ça être horrible, acquiesça Nib. Grenouille être même pas mangeable !

– Hé ! Calme ta faim, Nib ! Et je parlais pas de ça. C'est juste que me transformer en grenouille, vraiment... ce vieux schnock n'a aucune imagination !

Il n'en dit pas plus et fit se poser sa main palmée sur son cristal qui gisait sous ses vêtements.

Zachame !

– Comment oses-tu entraver la marche du Grand Mage Matachmize, prêtre du Premier Cercle de l'Ordre du Sceptre vers la justice céleste, étranger ?! le foudroya le prêtre en levant au ciel son bâton de bois. Tu vas regretter ta témérité !

– À non, David Copperfield de pacotille, tu vas pas me faire le coup deux fois, hein ?

Avant que le magicien n'ait lancé le moindre sortilège, Tim lui chipa son gourdin de la main et, sous la clameur stupéfaite des fidèles, l'assomma avec.

Avec stoïcisme – voire avec inconscience, c'est selon – le garçon se détourna des suivants du grand prêtre qui se précipitaient sur lui.

– Nib, je crois que c'est pour toi, indiqua-t-il sobrement du pouce.

– Avec plaisir, se régala le troll en frottant ses larges mains l'une avec l'autre.

Deux minutes plus tard, les suivants avaient... suivi le Grand Mage au pays de Morphée. Nib, avec une conscience professionnelle dont son clan aurait été fier, les avaient amassés les uns sur les autres en un petit monticule grotesque vert et rouge.

Tim n'avait pas perdu son temps non plus. Il avait défroqué le prêtre et s'était drapé de sa tenue de bure.

– Potrache ! C'est donc vrai que les vieux schlinguent ! s'éclata-t-il en humant sa manche comme un connaisseur un Munster bien fait. Et celui-là doit être encore plus décrépit qu'il en a l'air ! Ah là là ! Ce qu'il faut pas faire pour les filles. Bon, je te laisse mon sac, Nib , tu y fais attention, hein ?

Après s'être assuré que Nib assommeraient – sans trop les croquer – le Grand Mage et ses suivants s'ils soulevaient la moindre paupière, Tim repartit, seul, vers la place du village au rythme du sceptre du prêtre.

À son arrivée, la foule s'ouvrit avec des murmures de respect et surtout... de crainte.

– Ça marche comme sur des roulettes, songea un Tim toujours confiant. Trop facile.

Malheureusement, avec la capuche tirée au maximum pour ne pas exposer sa jeunesse, il ne vit pas la première marche du petit escalier de fortune et s'y vautra méchamment.

– Aaaah ! Potrache !

Une grande clameur de surprise et de peur emplit instantanément la place. Le gros prévôt, dont le sang s'était subitement glacé, dévala l'escalier de l'estrade. Il savait que sa vie ne tenait plus qu'à un fil.

Le sorcier à la toge noire avait, lui, bien apprécié l'infortune du mage. Il ne portait pas les serviteurs de l'Ordre du Sceptre dans son cœur. Mais qui pourrait lui en vouloir ? Car après tout... c'était plus que réciproque.

ÇA PRÊTRE LE FEU !

Cette fois, le faux prêtre, aidé du prévôt, monta les marches de bois avec ses jambes plutôt qu'avec ses dents et dut reconnaitre que de cette manière était plus efficace... et surtout moins douloureuse.

Il atteignit le haut de la petite plateforme, mata rapidement la magnifique créature chocolat et se tourna vers la foule qui s'était mise à genoux.

– Bien chers fidèles ! s'exclama Tim en faisant rocailler sa voix juvénile. Nous sommes ici pour juger cette créature excitante euh !... tentante ! Non... Obsédante ? Entêtante ? Embêtante ? Oui, c'est ça : embêtante ! Ouh, ce qu'elle est embêtante !...

La foule était circonspecte. Que se passait-il ?

– Malgré tout, elle n'est pas si....

– Ce n'est pas un vrai prêtre ! interrompit une voix vindicative. Peuple de Gartaifesse, on vous ment !

Tim se tourna sur sa gauche, en direction du prévôt, mais cela ne provenait pas de lui !

– C'est moi qui te parle, imposteur !

Le garçon fut paralysé sous le choc ! C'était celle qu'il cherchait à libérer qui détruisait sa couverture !!!

– Chuuuuut ! Je suis là pour te libérer, enfin !

Il souleva légèrement sa capuche, lui envoya un sourire rassurant et fit cligner un de ses yeux saphir. Elle allait se calmer et lui manger dans la main, comme toutes, évidemment.

– On vous trompe !!! poursuivit la furie. C'est lui qu'il faut brûler !!!

– Qu-quoi ?!!! Mais t'es folle !!! Je...

Tim était pris à contrepied. Son charme implacable ne fonctionnait vraiment pas avec cette fille !

Dans la populace, la rumeur grandissait. L'opulent prévôt s'approcha du prêtre d'un air inquiet.

– Euh... Grand prêtre. Un exemple de votre magie calmerait les doutes.

– Les doutes ?! Veux-tu que je te transforme en grenouille pour ton impudence ?!

Sans attendre, le prévôt découvrit humblement le haut de sa tête grasse et mit ses genoux tremblants à terre.

– Peut-être quelque chose de moins... extrême, frémit-il. Un petit tour...

– Il en serait bien incapable ! le railla la jeune fille.

– Incapable, hein ? rebondit Tim, piqué au vif. C'est ce qu'on va voir !

Il farfouilla sous sa toge avec une telle frénésie que son cristal se retrouva exposé aux yeux de tous. Si personne ne trouva ce pendentif surprenant, ce ne fut pas le cas de l'inquiétant sorcier moustachu.

– Le Cristal !!! s'exclama-t-il, comme foudroyé. Ce n'est pas possible !!! Ce Grand Mage a le Cristal !!!

– « Le Cristal » ? Quel cristal, maître ? interrogea le benêt longiligne au visage pâteux qui le suivait comme un chien fidèle.

Sans quitter de son regard mauvais la pierre de toutes les convoitises, il assassina son disciple.

– Votre savoir, disciple, est aussi impressionnant que celui des Alopores des neiges !

– C'est un compliment, maître ?

– Pas pour les Alopores, lapida-t-il. Nous devons nous emparer du Cristal ! Nous avons là une chance inespérée !

Tel un Colombo des mauvais jours, Tim farfouillait sous sa toge la moindre de ses poches.

– Où j'ai bien pu le mettre ! grommela-t-il. Pousse-toi, Patné... Bon sang, je l'avais piqué à l'oncle Édouard. Pour son bien, évidemment... Oui, et aussi parce que c'est trop la classe... Ah ! Le voilà ! Maintenant, on va bien voir si je suis incapable de magie !

De sa main gauche, il sortit un petit objet de métal brillant. Il l'exposa aux incrédules du dessous, décrivit un cercle autour à l'aide de son bâton en marmonnant un vague borborygme de formule magique et, sous les yeux ahuris de l'assistance, fit apparaître :

– Du feu !!! hurla le prévôt en reculant. Le Grand Mage a fait apparaître un immense jet de flammes !!! Tous à genoux, incroyants, avant qu'il ne vous fasse payer vos doutes !

– Alors, on fait plus la maligne, hein ? sourit Tim à l'adresse de l'envoûtante prisonnière.

Vexée, la jolie sorcière en resta coite.

L'imposteur, lui, était lancé.

– Regardez, Mesdames et Messieurs, le feu céleste est mien ! en rajouta-t-il.

Et il envoya son briquet – car ce n'était qu'un briquet, évidemment ! – de plus en plus haut.

ÇA PRÊTRE LE FEU !

Pas rassasié, il coinça le sceptre sous l'aisselle et se mit à jongler avec la « flamme divine » !
– Je fais ce que je veux avec mon feu ! frima-t-il encore. Par ce que je le vaux bien ! Hé ! Hé !... Ouuuups !
Le briquet avait glissé des mains du maladroit et avait fini sa course derrière lui, dans les fagots de bois sec qui s'enflammèrent instantanément.
– Potrache de potrache !
– Quel idiot, mais quel idiot !!! invectiva la sorcière pleine de rage.
– Hé ! Tu voulais voir mon pouvoir, tu le vois !
– Oui, je vois ton beau pouvoir de nuisance !!!
Ce fut comme si sa chevelure de lave en mouvement avait crépité en écho à son ire.
– Fais pas cette tête, sourit-il avec détachement. Ça ne fatigue que moi, toutes ces tentatives. Ah, si j'avais su...
Cette fois, cependant, rien ne se produisit.
– Potrache ! Mon cristal est bleu ! Et... on croirait... Oui, il y a quelque chose d'inscrit dedans ! Marrant !
Il approcha le joyau du bleu de ses yeux.
– « Erreur fatale » ?!... À l'intérieur, c'est écrit « Erreur fatale » ?!... Marrant ! ne trouva-t-il rien d'autre à dire. Et bien, il m'aura tout fait, celui-là.
L'inquiétant personnage à l'habit aussi sombre que ses pensées ne manquait pas une miette du spectacle qui avait pris une toute autre tournure depuis quelques minutes.
– Ce n'est pas un vrai Mage, observa le sorcier avec intérêt. Cela change tout ! Et si... ? Non, c'est impossible ! Et pourtant...
Arrivés à la même conclusion – ou presque –, les habitants de Gartaifesse envahirent l'estrade, forçant Tim à sauter sur le bûcher. Le garçon n'en fut pas si désolé, mais il dut se rendre à l'évidence : la chaleur qu'il ressentait ne provenait pas de sa proximité avec la jolie sorcière. Il en profita tout de même pour se débarrasser de son déguisement qui, à la différence de son briquet, n'avait pas fait long feu...

Dès qu'il avait remarqué la lumière des flammes irradier au loin, Nib s'était emparé du sac de son copain, avait laissé le prêtre et ses suivants encore assommés, et était accouru. Malheureusement, quand il arriva sur place – après avoir joyeusement fait valser dans les airs quelques obstinés qui avaient eu l'inconscience de ne pas dénier lui laisser leur place aux premières loges –, il se rendit compte qu'il était déjà trop tard : un mur de feu infranchissable entourait le bas du bûcher !

– Quoi Nib pouvoir faire ?!!! s'écria-t-il tout perdu. Quoi Nib pouvoir faire ?!!! Trolls avoir peur de feu !

– Je sais pas, moi, pisse dessuuuus ! lui cria Tim, presque amusé de sa propre proposition.

– Mais Nib pas avoir envie ! protesta-t-il.

Si le sorcier n'avait pas cru ce que ses oreilles lui avaient transmis, il dut se rendre à l'évidence quand un jet de flammes plus fort que les autres éclaira le visage de celui qui voulait sauver le faux prêtre : un troll ! Sous ce drap, c'était bien un féroce troll !!!

Ce fut un choc dans ce que le sorcier aurait dû avoir dans la poitrine.

Nib regardait à présent les flammes comme hypnotisé par leur mouvement dansant. Copain était perdu. Déjà la chaleur léchait les pieds de Tim et de la beauté chocolat encore ligotée.

Le sorcier aux yeux fourbes se décida enfin.

– Il faut sauver le détenteur du Cristal, déclama-t-il à mi-voix. J'ai peut-être ce qu'il faut pour ça.

Il farfouilla dans sa besace et en ressortit une poignée d'herbe à la verdeur presque fluorescente.

– Regarde, avec cette variété très rare de *Diuretis somniferum*, nous pouvons donner un coup de main à son troll domestique. Et ce, sans trop nous faire remarquer. Nous avons juste à la lui faire avaler.

– Au troll ?!!! Oh ! Maître, quelle grandeur d'âme ! l'encensa son disciple, les mains nouées en forme de prière. C'est un si beau geste ! Quel sens du sacrifice !

– N'est-ce pas ?... Mais ne t'en fais pas, je trouverai bien un autre incapable comme disciple...

– Vous voulez dire que... ? Mais... – glup ! –... Je...

– C'est pour la cause, précisa le maître sorcier d'un insupportable sourire cruel. Ne te souviens-tu pas du premier enseignement des disciples de la sorcellerie ? questionna-t-il d'un ton impérieux en le brûlant du feu de ses pupilles.

– Je... Si, si, maître : « je sers la sorcellerie et c'est ma joie ». Glup !

ÇA PRÊTRE LE FEU !

La touffe à la main, le jeune disciple partit, déconfit, en direction de la terrifiante créature anthropophage enveloppée dans son drap blanc.

– Que Spydii, le grand alchimiste, me donne du pot ! rumina le serviteur infortuné. Je vais en avoir rudement besoin...

Avec angoisse, il s'approcha du troll. Il respira profondément et avança une main tremblante vers l'impressionnante mâchoire. Nib, déchiré qu'il était entre sa crainte du feu et son envie de sauver son copain, ne le remarqua pas immédiatement. Le disciple dut insister.

– M. le Troll. M. le Troll. Mangez ceci !.... S'il vous plaît, lui pria-t-il sans pouvoir maquiller sa crainte de finir dans l'estomac du goulu.

– Toulisse vouloir empoisonner Nib ?! enragea le troll.

– Non, non, pas du tout. Ce n'est que de l'herbe. Vous croire moi, ajouta-t-il dans le dialecte troll comme dans une réminiscence soudaine de ses cours de langues outre-humaines. Ça n'être que herbe.

– De l'herbe, oui ! Nib avoir raison : Toulisse vouloir empoisonner Nib ! insista le troll qui ne supportait pas les salades, qu'on les lui serve ou qu'on les lui raconte.

– Ça moyen sauver votre maître, explicita le disciple en montrant du doigt, le haut de la tête de Tim qui dépassait difficilement du dessus du mur de flammes. Et surtout, après, vous boucher nez ! Boucher nez !

Nib déglutit et engouffra la touffe verte que lui tendait le disciple. Ce fut une heureuse surprise pour le troll de découvrir que la touffe d'herbes était farcie... au Toulisse !

– Ma main !!! hurla le disciple de la sorcellerie.

Il courut vers son maître qui l'observait de loin et qui le reçut avec un agacement non feint. Il en tapait du pied, le bougre.

– Vous n'écoutez jamais rien, vous. J'avais dit : donnez-lui un *coup* de main.

– Bobo, maître.

À regrets – c'est dans la souffrance qu'on apprend le mieux – le sorcier lui passa un peu de son fameux onguent repousse-membre et posa à nouveau son attention sur le troll. L'inconscient au Cristal devait à tout prix s'échapper avant la venue de la garde... ou d'un vrai Mage !

L'herbe fut à peine parvenue dans son estomac que Nib dilata ses petits yeux noirs. C'était comme si une enclume lui était tombée sur

85

l'estomac... ou plus bas encore. De la vapeur sembla sortir de ses oreilles et il partit en tous sens dans une agitation désespérée. Il stoppa enfin, pour s'enfuir en laissant derrière lui un panache de poussière.

À travers les flammes, Tim l'aperçut, estomaqué.

– Mais qu'est-ce qu'il *broye* encore ?!

– Tu as tout gâché !!! lui reprocha encore la jolie sorcière alors que la chaleur des flammes se rapprochaient.

– Ingratitude, c'est ton deuxième prénom ?! la taquina-t-il en dépit de la situation. Et puis tu devrais être contente, j'en connais plein qui sauteraient dans les flammes pour être avec moi, ne put s'empêcher d'ajouter le modeste.

La jeune fille chocolat eut une moue moqueuse. Tim allait la taquiner à nouveau lorsque Nib fit irruption sur la place du village.

Il bouscula les villageois qui lui barraient l'accès au bûcher puis, avec frénésie, releva le bas du drap qui le recouvrait, souleva son pagne... et se déversa dans un flot puissant !

– Comme grand sage Lilu-Miné dire souvent : « important être de partir pissé ».

Rapidement, la moitié du bûcher se retrouva éteint. Mais les paysans ne laisseraient pas les condamnés quitter la place. Ils allèrent même jusqu'à s'en prendre au sapeur-pompier improvisé, l'empêchant, au prix de membres volant en tout sens dans un flot de sang poisseux, de rejoindre Tim et la sorcière.

– Hum... 'Y en a de plus en plus qui arrivent, et avec des haches et des fourches. Nib n'arrivera pas à passer, nota Tim avec flegme. Et vu que mon cristal est toujours planté, ça va être euh... intéressant.

L'optimiste béat n'avait pas porté attention à la lourde vapeur verdâtre qui s'élevait lentement des fagots couverts d'urine trolle. Pourtant, si son odeur n'était (étrangement) pas désagréable, elle devait être assez caractéristique pour alarmer la sorcière à la chevelure noire orangée.

– Bouche-toi le nez ! conseilla-t-elle autoritairement à son « sauveur ».

– Quelle drôle d'idée ! sourit Tim. Je suis sûr que tu sens très bon. Et comme tu es encore ligotée, c'est le moment ou jamais de le vérifier...

– Bouche-toi le nez, je te dis !!!

ÇA PRÊTRE LE FEU !

Indifférent au conseil prodigué, Tim approcha ses lèvres de la délicieuse jeune fille chocolat. Malheureusement pour lui, elle se détourna au dernier moment et lui mordit l'appendice nasal !

– Ahou ! Lâche-*boi*, enfin !

Mais rien n'y faisait. Tim avait beau se débattre, la furie tenait bon. Puis graduellement, elle relâcha l'étau de ses dents... et s'endormit.

– Potrache, quel foutu caractère, cette fille ! fit-il remarquer, une fois libéré. Et... Hé ! Elle s'est évanouie !? Quel effet je lui fais ! conclut-il pas peu fier, tout en se tenant le nez de douleur. C'est tout *boi*, ça, je...

Tim s'interrompit. Il balaya de son regard la place du village. Tous les habitants présents étaient dans les pommes. Que s'était-il passé ?

Nib, deux doigts occupés à pincer son petit nez de troll, sortit alors de la brume verte. De sa seule main libre, il arracha le poteau auquel la sorcière était attachée et le plaça sur son épaule puissante.

De son côté, Tim, le sourire frimeur, leva un pouce assuré comme si tout s'était déroulé comme il l'avait prévu.

Puis les compères déguerpirent à toutes jambes avec leur captive endormie.

DEUXIÈME PARTIE

– 1 –

PREMIER (FULL)CONTACT

Tim et Nib ne s'arrêtèrent qu'une fois arrivés à la lisière de la forêt. Seuls quelques points de lumière se détachaient à présent du fond de la vallée. Le village était loin.

– Copain vouloir morceau ? demanda Nib, la langue pendante.

– Hein ? Un morceau de quoi ?

– Ben, de chocolat ! répondit le troll, la mâchoire suintant de salive en désignant la jolie sorcière délicieusement hâlée encore inconsciente et attachée au poteau qu'il portait sur l'épaule.

Tim fut foudroyé sur place.

– Ça va pas la tête ?!!!

– Copain aimer chocolat, non ?

– J'ai pas dit ça ! Qu'est-ce que tu racontes ?!

– Copain vouloir croquer fille chocolat, non ? insista le troll.

– La croquer, oui... avoua Tim en dévorant des yeux la belle endormie. Mais... pas comme ça, enfin ! Allez, dépose notre petite sorcière sur l'herbe et libère-la, retrouva-t-il son sourire.

– Ça pas être vraie sorcière. Ça être juste bon morceau de chocolat, grognonna le troll en s'exécutant pourtant.

Il brisa ses liens avec une impressionnante facilité et l'allongea sur l'herbe de la prairie recouverte de l'humidité du soir.

– Nib être déçu... Nib aimer brochettes.

– Ça, c'est sûr qu'à elle toute seule, c'est ce qu'on appelle une jolie brochette de fille. Aaaah ! Je l'aime bien, celle-là ! lâcha Tim en appréciant sa propre plaisanterie.

Il farfouilla son sac, en sortit une barre chocolatée et la tendit au troll dépité.

– Nib pas aimer nourriture sucrée, lui rappela le grognon.

– Oui, mais il y a du chocolat dedans.

– Chocolat !!!? s'exclama Nib en s'emparant de la friandise.

Pendant que le troll dégustait – en trois secondes ! – la petite confiserie, Tim se pencha au-dessus de la sorcière.

– Elle est encore plus émouvante comme ça... susurra Tim, complètement sous le charme.

– Quand sorcière être endormie ? chercha à comprendre le troll qui avait toujours aussi faim.

– Non, quand elle me crie pas dessus ! précisa le garçon hilare. Dis, Nib, tu connais l'histoire de la Belle au Bois dormant ? questionna-t-il en s'approchant avec émotion des lèvres suaves de la tentatrice. Et bien je vais te me la réveiller d'un doux bai...

Paf !

– Elle est réveillée, commenta-t-il sobrement tout en se tenant la joue gauche, un sourire amusé de la mésaventure. Tu as vu ? Même sans la toucher, je lui fais de l'effet ! Hé ! Hé !

La charmante sorcière toussa, balaya le lieu du blanc de ses grands yeux en amandes, puis se releva avec grâce et langueur.

Tim en oublia sa douleur.

– Ouatchalaboumbah ! hulula-t-il en la voyant déployer ses formes aguichantes.

Il reprit son souffle et se présenta.

– Je m'appelle Tim. C'est moi qui t'ai sauvée, prétendit-il. Quel est ton nom, belle créature de la nuit ?

– Thamara, révéla-t-elle d'une mine défensive.

– Thamara ? Ouatchalaboungah ! C'est magnifique, ça ! Alors, Tham, je vais te...

– Thamara ! Mon prénom est Thamara ! corrigea la jeune fille avec fermeté. Tu me l'as demandé. Tu le sais maintenant.

– Pas de problème, Tham !

– Tu es idiot ou tu fais semblant ? le toisa-t-elle.

– C'est ce mystère qui fait mon charme, ne s'en laissa pas compter le dragueur invétéré.

La jeune sorcière ne chercha pas à comprendre. Elle se détourna et se mit en route. Elle avait une mission à accomplir.

Tim ne perdit pas une seconde et s'interposa.

– Hé ! Tu pourrais au moins dire merci ! Et où tu vas comme ça ? Me dis pas que tu veux retourner au village ?

Thamara releva la tête doucement et le fusilla de son regard de félin en colère. Elle grogna entre ses dents serrées :

– Et bien, je ne te le dis pas. Écarte-toi à présent !

– Tu n'iras nulle part ! s'interposa-t-il. Tu vas te faire attraper si tu retournes au village ! On a pas tout fait ça pour rien, quand même !?

– Je ne t'ai rien demandé !

– Peut-être mais comment tu penses t'en sortir là-bas, hein ? Ils feront qu'une bouchée d'une petite nénette come toi, dénigra le sexiste.

– Je suis presque aussi grande que toi ! le toisa-t-elle même si elle devait pour cela lever la tête vers lui.

– Tu parles, c'est grâce à ta super tignasse, ça. C'est ta version des hauts talons, hein ?

La jolie sorcière écumait de rage. Sa chevelure mouvante sembla en crépiter.

Elle tenta de s'écarter du garçon mais celui-ci lui fit à nouveau barrage. Ni une, ni deux, Thamara lui envoya sa main droite. Cette fois, le garçon était prêt et intercepta la gifle à temps.

– Mais, c'est une manie ! Tu aimes ça, de taper les garçons, hein ? sourit-il avec délice. Ça t'excite, c'est ça ?

Pour seule réponse, la main gauche de la jeune furie partit rejoindre l'autre joue de Tim. Une fois encore, il l'arrêta à temps. Les poignets de la sorcière bien tenus dans ses mains, il se mit à se marrer.

– Ha ! Ha ! Ça me rappelle, ces films comme « 'Y-t-il un pilote dans l'avion ? » ! Avec sa main droite, le gars stoppe la main gauche de la fille. Elle lui lance alors la droite et, lui, il l'arrête à nouveau. Il se croit sauvé et alors il se prend une impossible troisième main ! Tordant ! Ha ! Ha ! Mais là, ma belle, on n'est pas dans un film id... Ahoooooooooou !!!

– Sorcière pas avoir trois mains mais avoir genou ! fit remarquer le troll qui observait d'un peu plus loin.

Il avait préféré s'éloigner de la fille chocolat qu'il trouvait si appétissante (un peu comme Tim mais pas pour les mêmes raisons, évidemment). La tentation était effroyablement forte de la garder entre ses dents en couteau pour quelques mois... au moins un petit morceau.

De douleur, Tim enserrait son entre-jambes en sautillant et hululant.

– Ah ! La garce ! Ah ! La garce !

– Tim pas avoir ticket avec fille chocolat, analysa sobrement le troll alors que la sorcière avait détalée.

– Elle teste juste ma virilité, tenta-t-il de fanfaronner. Enfin, quand même, si j'avais su...

Zachame !

– Ha ! Ha ! Ça me rappelle, ces films comme « 'Y-t-il un pilote dans l'avion ? » ! Avec sa main droite, le gars stoppe la main gauche de la fille. Elle lui lance alors la droite et, lui, il l'arrête à nouveau. Il se croit sauvé et alors il se prend une impossible troisième main ! Tordant ! Ha ! Ha ! Mais là,...

Tim pivota tout à coup du bassin et évita le coup de genou assassin.

– Pas de ça avec moi, sourit-il, frimeur.

– Comment fais-tu ça ?! demanda la délicieuse furie que la surprise avait calmée.

– Il faut juste être vif. Mon secret, c'est une alimentation saine et équilibrée, déblatéra-t-il sur le ton d'une pub de troisième ordre.

– Non, je ne parle pas de ça. Je... J'ai l'impression que je t'avais donné un cou de...

– De genou dans les... ? Ah ! Ah ! Dans une autre réalité, sans doute. Hé ! Hé ! Mais t'en fais pas, j'en garde quand même un souvenir exquis.

– Et ton cristal n'était pas bleu tout à l'heure, fit-elle remarquer. C'est lui qui... ?

– Bleu ?! découvrit Tim en baissant la tête. Potrache ! Enfin, on n'a pas besoin de ça pour te protéger, frima-t-il avec assurance.

– Me protéger ?! Toi ?! Avec quelqu'un comme toi, je n'ai même plus besoin d'ennemi ! Tu es un vrai danger public ! accusa la sorcière.

– J'adore ce sens inné de la reconnaissance, apprécia-t-il, sarcastique. Rassure-toi, je suis pas seul, j'ai avec moi un...

– ... Un lapin ! s'écria la magnifique créature sombre, ses yeux déjà grands dilatés d'émerveillement. Un tout petit lapin ! s'attendrit-elle en inclinant son visage vers le mangeur de carottes.

Patné, croyant sans doute que Tim parlait de lui, avait sorti sa tête et ses oreilles blanches de la poche supérieure de la veste du garçon.

De surprise, Tim libéra les poignets de la jolie sorcière. Celle-ci n'en profita toutefois pas pour fuir mais pour s'emparer du lapereau de ses deux mains. Elle le plaça au creux de sa main gauche et se mit à le caresser de la droite.

– Oh ! Je le caresse et il grandit ! ronronna-t-elle, fascinée.

– Moi, c'est pareil, annonça Tim d'un regard tendancieux.

Thamara le fusilla de son regard de panthère tout en plaçant au coin de son bras gauche le lapereau qui n'arrêtait pas de grandir.

– Tu veux te retrouver avec des cornes sur le front ?

– C'est toi qui as les idées mal tournées. Je disais juste que c'était pareil avec moi : au début Patné grandissait quand je le touchais, se raccrocha-t-il aux branches.

– « Patné » ? C'est son nom ? demanda-t-elle de sa voix qui retrouva sa douceur et son velouté. Ce que c'est mignon ! roucoula-t-elle encore.

– C'est moi qui le lui ai donné, se glorifia le modeste. C'est comme ça que grand-père Tonnel appelle une drôle d'herbe dont les lapins raffolent. Enfin, c'est ce qu'il raconte.

En dépit de l'explication, le lapin grossissait toujours. Il devenait difficile à la jeune et fine sorcière de supporter son poids.

– Il faut être gentil avec lui, lui indiqua Tim, autrement, il a peur et il grandit. Tiens regarde, lui dit-il en approchant sa main de la sienne, je vais te montrer, il faut le caresser comme…

– Ne me touche pas ! se rétracta-t-elle. Tu es comme les autres !!!

Voyant la fille si agressive envers Tim, Patné doubla instantanément de taille, écrasant de son poids la jolie sorcière qui se retrouva bien bloquée.

– Là, tu peux pas dire que t'as pas été prévenue ! la nargua Tim, esclaffé. Ah ! Ah ! Allez, Patné, viens faire un câlin.

Le garçon tendit les bras vers le lapereau apeuré qui effectua alors un petit bond douloureux – pour la sorcière – et vint se faire flatter par son ami Tim. Avec tendresse, celui-ci prit dans ses bras la tête du lapin qui était aussi grosse que la sienne. Rassuré, Patné rétrécit quasi-immédiatement puis sauta jusqu'à la poche de Tim d'où il observa la sorcière se relever, les oreilles baissées de ce qu'il lui avait fait bien involontairement.

– Il n'y a pas à dire, tout foire avec toi ! lança-t-elle, méprisante. Même un petit innocent peut devenir une catastrophe dans tes mains.

– Ah, t'es gonflée – enfin, si j'ose dire –. C'est toi qui sais même pas tenir un petit lapin, reprocha Tim.

La sorcière plongea ses magnifiques et impressionnants yeux de félins dans ceux du garçon qui se troubla instantanément.

– Qu'est-ce qui te dit que c'est un lapin… lança-t-elle, sibylline, de sa voix profonde et douce.

– Quoi ?! sursauta Tim. Tu veux dire que c'est une lapine !!!... Une femelle ! J'aurais dû deviner, je les attire toutes !

– Une femelle ?! Ha ! Ha ! reprit la jolie sorcière qui lui offrit son premier rire – et un si ensorcelant ! Tu ne penses vraiment qu'à ça.

Tim la détailla d'un air perplexe. Qu'avait-elle voulu dire ? Les filles étaient toutes folles de lui. Celle-là devait être folle tout court.

– Hé, va pas vers le village, je te dis ! l'arrêta-t-il à nouveau.

– Va au diable !

– Tu rigoles ! J'aurais trop peur de t'y retrouver ! répliqua le garçon. Allez, sans rire, retourne pas là-bas. Ou alors on vient avec toi. Tu serais pas en sûreté dans ce village de fous.

– Ah, oui ? Et c'est ce gringalet à la maladresse légendaire et à la prétention sans faille, accompagné de son terrible lapin de baudruche qui va me protéger ? Laisse-moi rire !

Le garçon, un brin vexé, fit un signe de la main à Nib qui les observaient toujours de loin.

Avec appréhension, le troll avança à pas lourds.

– Je te présente Nib.

La jolie Thamara faillit défaillir.

– Un... un troll ?!

– N'ai pas peur. Il est pas méchant... enfin, si on le nourrit assez. Et c'est surtout lui qui t'a sauvé, en fait, reconnut-il finalement.

– Tu... tu contrôles un troll, une des plus dangereuses créatures outre-humaines ?! Personne ne peut...

– Qu'est-ce que tu racontes ? Je le contrôle pas, c'est un pote, répondit Tim avec simplicité.

L'éclaircissement fut pire encore. Un ami ? Comment pouvait-on se faire un ami de ces créatures primaires, violentes et anthropophages ?

Le regard que la mystérieuse sorcière déposa sur le garçon frimeur avait soudainement changé.

– Tu es... étrange... énonça-t-elle avec perplexité. Tu as des compagnons... surprenants...

Elle se reprit.

– ... Quoi qu'il en soit, je préfère agir seule. Alors je te préviens, ne me suis pas.

– Après ce qu'on vient de vivre toi et moi, c'est à la vie et la mort, plaida Tim en lui envoyant un clin d'œil drageur.

PREMIER (FULL)CONTACT

Si Tim avait pu décrypter les pensées de la coquine, il aurait pu entendre un « c'est ce qu'on va voir ! ». Elle passa la main droite sous le léger morceau de peau qui lui servait à dissimuler – bien difficilement – ses deux ballons arrogants et commença à farfouiller.

Ce fut comme si de la fumée sortait des oreilles de l'adolescent ! Même sa respiration devenait difficile.

Thamara sortit enfin sa main chocolat de son haut. Sans que Tim et Nib n'eurent pu réagir, elle lança à leurs pieds une petite graine qui, tel un chêne de Panoramix, se développa immédiatement en une plante gigantesque qui les entortilla de ses tiges puissantes. Ils étaient prisonniers !

– Et bien ? Je croyais que rien ne nous séparerait ? le taquina-t-elle en s'éloignant. Alors pourquoi tu restes... *planté* là ? Ah ! Ah ! Ah !

– J'adore son rire...souffla Tim, subjugué. Elle est encore plus craquante comme ça. Dommage que ce soit toujours à mes dépens...

– 2 –

RENDEZ-VOUS À L'ÉGLISE

Thamara avait grimpé par-dessus les fortifications du village avec la souplesse et l'onctuosité d'une panthère. Pas un bruit. Pas une hésitation. Ses pieds nus étaient sûrs. Son regard aiguisé. Heureusement que Tim n'était pas avec elle, le garçon n'aurait pu soutenir le délice des mouvements parfaits du corps tout aussi parfait de la jeune fille au teint hâlé avec soin.

Elle était enfin arrivée.

Du haut d'un toit de chaume, elle observa les alentours. Le village était endormi. Seuls crépitaient encore le rouge de quelques braises sur le bûcher qui aurait dû recueillir son dernier cri, son dernier souffle.

L'espace d'un instant elle dut reconnaitre que, sans l'intervention de ce garçon inconscient et maladroit, elle y serait restée. Puis la seconde d'après, elle lui en voulut presque plus qu'à ces superstitieux de villageois ! Non seulement, elle s'en serait sortie seule s'il ne l'avait empêchée de compléter son appel mystique, mais en plus, elle aurait pu récupérer tout de suite ce qui était sien. Elle n'aurait pas eu besoin de revenir ! Grrr ! Si elle le revoyait… !

La belle chasseresse passa de toits en toits autour de la massive église romane dont la flèche finissait par une longue et épaisse aiguille de métal. Un éclair dans ses yeux plissés de félin, elle stoppa sa course. Elle avait trouvé une issue. Alors, d'un bond gracieux et puissant à la fois, elle se projeta sur un des petits vitraux latéraux, se mit en boule avant de le briser au passage, dégringola d'une bonne dizaine de mètres et, telle une chatte, retomba sur ses pieds parmi les débris de verre teinté. N'importe quel humain, après une chute pareille, aurait, au moins temporairement, perdu l'usage de ses jambes. Pas Thamara. Mais si sa réception avait été parfaite et silencieuse, il n'en avait pas été de même de son entrée.

99

– Et ben, on peut pas dire que tu es du genre discret ! se moqua Tim qui l'attendait, les bras croisés, son sourire frimeur et ses yeux saphir éclairant la pénombre du lieu saint, tandis que son petit lapin déformait sa poche tellement il se marrait.

– Que fais-tu ici, toi ?! fusilla férocement la magnifique créature chocolat. Et comment es-tu entré ?!

– Disons que j'ai utilisé ce qu'on appelle vulgairement... une porte ! sourit Tim, narquois, en désignant le porche d'entrée. Moins classe, j'avoue, mais...

Le sourire frimeur du garçon ajoutait à l'humiliation. Ce garçon l'insupportait.

– Les églises sont toujours ouvertes... expliqua Tim en soulevant ses épaules, enfin, à cette époque.

– « À cette époque » ? Que veux-tu dire ?... Oh ! Et puis, je m'en moque ! Tu essayes juste de me détourner de mon but ! Ma première impression était la bonne, n'est-ce pas ? C'est *lui* qui t'envoie, l'accusa-t-elle en l'empoignant par le col.

– « Que veux-tu dire ? », rebondit-il malicieusement en répétant la phrase de la fille chocolat.

De rage, Thamara le relâcha et s'enfonça vers le chœur de l'église. À sa suite, et en dépit de la faible lumière du lieu, le garçon se régalait du déhanchement ondulant et onctueux de la magnifique sorcière. Quelle croupe !

Le coquin était tellement concentré sur ce tableau de rêve qu'il se prit la marche qui amenait à l'autel et s'étala de tout son long.

– Et c'est toi qui me reproche de faire du bruit ! lança Thamara en se retournant. Quel maladroit !

Tim se releva, le sourire béat encore aux lèvres.

– À qui la faute après tout ? souffla-t-il en se régalant du devant qui valait le derrière. Qui c'est qui déambule presque nue devant...

– ... Devant un petit garçon qui perd tous ses moyens à la simple vue de quelques courbes ? Oh ! Le pauvre chou !...

– « Petit garçon », « Petit garçon »... Tu... Tu as quel âge, au fait ?

– À peu près le même que toi... râla Thamara d'un pincement de lèvres d'évidence. Et ce, malgré la façon dont tes yeux me regardent.

– Qu'est-ce que tu veux dire par là ?! s'offusqua Tim dont le regard pétillait pourtant à la vue de la belle.

– ... Que tu es un obsédé ! conclut elle avec une pointe d'amusement dans la voix.

Elle lui tourna le dos et poursuivit sa fouille du bâtiment religieux.

– Moa ? s'étonna Tim, la main sur le torse. Moi, si innocent, si pur, si ti... ?

Il se tut finalement et observa – encore et toujours ! – la plus que charmante Thamara ausculter le moindre recoin. Il ne s'en lassait pas.

– Que recherches-tu, au fait ? Je peux peut-être t'aider.

– Ça m'étonnerait ! lapida-t-elle. Quand les villageois m'ont fait prisonnière, le prêtre du Troisième Cercle en charge de cette église m'a confisqué ma besace et tout ce qu'elle contenait. Je dois la récupérer. À tout prix !!!

– Hé, calme-toi, on va se faire repérer. Déjà que ta « Nuit de cristal » n'a pas été des plus discrètes...

Il s'approcha d'elle par derrière et posa avec une émotion non feinte sa main droite sur une de ses appétissantes épaules dénudées.

– T'en fais pas, on va retrouver ton sac, murmura-t-il avec chaleur.

Thamara se sentit mieux, supportée. Ces derniers jours avaient été si difficiles. Elle soupira...

Puis, tout à coup, elle repoussa vivement le garçon qui alla s'écraser sur un trépied qui trônait au centre du chœur.

– Arrête de me toucher !!! Aucun humain ne touche une créature d'Outre-Monde ! Jamais !

Choqué, plus du revirement de la jolie sorcière que de sa rencontre avec le mobilier sacré, Tim mit du temps à se relever.

– Je crois que c'est le début d'une belle amitié, lâcha-t-il finalement.

Une fois debout, il jeta un œil aux dégâts causés.

– Regarde, avec tes bêtises, tu m'as fait casser cette croix ! Il y a plus la barre horizontale. C'est du propre ! Et bien, si mon père voyait ça, il en rayerait le parquet de son manoir !

– « La barre horizontale » ? Quelle barre horizontale ? Le symbole de l'Ordre du Sceptre est... et bien, un sceptre, c'est tout ! De quelle contrée viens-tu ?

– Mais... Mais, et le barbu et sa croix ? Tu sais celui qui joue au boulanger à distribuer des pains, là... Je... Je...

Tim avait perdu son habituelle assurance. N'était-il pas *seulement* au Moyen-âge ?...

Il passa une main circonspecte dans sa chevelure brune et fine. C'était comme si une voix familière venait d'annoncer : « Vous venez d'entrer dans la Quatrième Dimension ».

Il sourit. Il en oublia même de se pincer.

– Ce sont les prêtres de l'Ordre du Sceptre, les détenteurs du pouvoir de l'Esprit, qui contrôlent tout ici, explicita la sorcière chocolat. Les seigneurs et même le roi ne sont que des pantins. Tu ne sais même pas ça ?!

– Et bien non, mais moi, je sais qu'ils laissent la porte ouverte, la coinça-t-il.

– Au lieu de faire le malin, laisse-moi chercher tranquillement.

– Si tu cherches ce que t'as pris le prêtre du troisième Cirque et bien...

– ... Du Troisième *Cercle*, corrigea Thamara. Tu es bête ou tu fais exprès ?!

– Cercle, cirque, c'est pareil. De toute façon, si c'est ça, c'est facile.

– Bien sûr... douta-t-elle en se pinçant la commissure de ses lèvres douces comme la rosée du matin.

– Tu n'as qu'à demander, persista Tim en soulevant ses épaules.

Sans hésiter, il s'approcha de la paroi de bois sculpté qui tapissait le fond du chœur et souleva un à un les petits rideaux verts qui la parcourraient. Il s'arrêta finalement quand il découvrit ce qu'il recherchait : une petite porte de métal doré.

– Tin-tin ! déclama-t-il, triomphant.

Satisfait de lui, il en souleva son sourcil gauche.

– C'est juste une porte. Rien ne dit qu'il y a mon sac derrière. Et, d'ailleurs, comment comptes-tu l'ouvrir, hein ?

Pas démonté, Tim passa la main sous... hum... la nappe verte qui recouvrait l'autel (quoi ? Déçu ?). Rapidement, il localisa le fin morceau de métal et l'exposa aux yeux surpris de la jolie sorcière.

– Co... Comment as-tu su ?! C'est de la magie !

– Mon aristo de père m'a forcé pendant des années à être enfant de cœur. Et le curé mettait toujours la clé là. Il pensait nous empêcher de trouver le vin de messe ! Ah ! Ah ! Il était sympa mais vraiment trop bête, celui-là.

Le garçon glissa la clé de métal dans la serrure finement décorée et ouvrit la porte avec lenteur, comme pour faire maronner la sorcière. Celle-ci n'apprécia pas. Elle le bouscula et força l'ouverture du logement secret.

La besace de peau tendue était bien là.

Sans attendre, elle s'en empara et l'ouvrit avec anxiété. Elle y trouva bien tous ses ingrédients, ses herbes, ses potions, quelques écuelles, un petit chaudron ainsi que de resplendissants cercles de douze centimètres de diamètre forgé dans l'or le plus pur. Il y avait également deux larges bracelets du même métal. Elle se para de ces bijoux plutôt primitifs mais qui magnifièrent encore sa beauté.

– Ouatchalaboumbaaaah !

La jolie sorcière fit fi des hululements de coyote du garçon extatique et continua à fouiller son sac. Cette parure n'était semble-t-il pas l'objet principal de sa venue en ces lieux dangereux.

Finalement, une Thamara rassérénée en sortit un objet blanc cassé de trente centimètres de long qui se découpait sur ses magnifiques mains hâlées.

– Une corne ?! s'étonna Tim. Tu as fait tout ça pour une simple corne décorée d'éléphants ?

– Ol*i*phant, pas éléphant, corrigea Thamara. C'est un oliphant, un cor.

– Peut-être, mais ton oliphant est décoré d'éléphants, insista-t-il.

L'étonnement entrouvrit la fière et secrète Thamara.

– Tu connais ces animaux ?! Ils existent ? demanda-t-elle en les désignant du doigt. Malgré leur petite taille, ils semblent si majestueux.

– « Malgré leur petite taille » ? Tu rigoles ! Les éléphants sont des animaux gigantesques. Tu en as jamais vu ? Même pas à la tél... Euh...

Tim, habituellement taquin, avait, cette fois, posé la question avec le sérieux de l'évidence. La jolie Thamara ne connaissait pas ce qui était représenté sur ce qu'elle semblait chérir plus que tout ?

Il ne resta pas sage longtemps. Avant que la sorcière n'ait placé l'oliphant dans son sac, il le lui chipa et le fit passer sans arrêt d'une main à l'autre.

– Ça ne mérite pas un bisou, ça ? quémanda-t-il en poussant sur ses lèvres.

– Rends-moi-le ! rugit la beauté chocolat.

– Hé ! C'est moi qui l'ai retrouvé ! Allez, un bisou, plaida-t-il en reculant.

Thamara tenta bien de lui dérober, mais le garçon était aussi vif qu'elle. Il l'évitait avec maestria, sautillant d'allées en allées. Derrière lui, la jolie furie ne décolorait pas.

Tim s'arrêta enfin, lui fit face et la nargua encore de ses yeux saphir plissés. Elle avait beau tendre le bras, elle ne pouvait atteindre son trésor.

– Tu vois que t'es plus petite que moi, la taquina-t-il encore.

Exaspérée, Thamara, avec la détente d'une panthère, bondit sur le garçon qui tomba à la renverse.

Si Tim était à terre, le bras gauche tendue au maximum pour éloigner l'oliphant, il n'en était pas dissatisfait : il avait l'immense plaisir d'avoir la jolie jeune fille à quatre pattes au-dessus de lui. Il ne perdait rien du somptueux décolleté qu'elle lui offrait sans le vouloir. Mieux encore, elle se mit à approcher ses lèvres de velours du visage tendu du garçon.

– Tu veux un baiser, c'est cela ? demanda-t-elle confirmation comme si elle s'apprêtait à signer un contrat avec le diable en personne.

Tim gloussa. Elle n'était plus qu'à quelques centimètres. Il tirait de son mieux sur les muscles de sa nuque pour accélérer la rencontre magique. Mais au moment où il crut son rêve réalisé, il sentit les ongles aiguisés de la fille lui griffer la main qui tenait l'oliphant.

– Traitresse ! déclama-t-il en s'étirant plus encore.

En fait, il appréciait que la conquête ne soit pas si facile.

– Tu as si peu de reconnaissance ? Après le bûcher dont je t'ai sauvée, maintenant, c'est cet objet d'ivoire que je retrouve pour toi. Et à t'exciter comme ça, tu risques de me le faire tomber. Allez, je te le promets : un bisou et je te le rends.

– Je ne te fais pas confiance.

– Moi non plus, c'est ce qui rend l'affaire pimentée !

– À cause de toi, on va se faire attraper à nouveau ! J'entends du bruit dehors !

– J'ai laissé Nib bloquer l'entrée, affirma-t-il avec décontraction. On a tout le temps de nous ébattre. Allez. Mon bisou.

Thamara plissa son regard déterminé.

– Passe-moi-le et je te donnerai un baiser – sur la joue, évidemment.

– Promis ? écarquilla-t-il les yeux.

– Promis.

Tim donna un coup d'œil à son cristal puis, à la surprise de la jeune tentatrice, il acquiesça. Thamara se remit debout, attendit que Tim fasse de même puis tendit la main.

– C'est promis ? s'assura une nouvelle fois Tim.

– Promis, allez, vite ! Il y a des combats devant la porte ! Tu n'entends pas le vacarme ? Ton troll ne va pas tenir longtemps !

Avec lenteur, le garçon approcha le magnifique cor fait d'ivoire sculpté.

Comme l'éclair, la main droite de Thamara jaillit et s'empara de l'oliphant.

– Et mon bisou ? répéta Tim en tendant la joue.

– Dans tes rêves ! lâcha la magnifique sorcière chocolat en se protégeant de sa main gauche.

Elle avait gagné.

Enfin, c'est ce qu'elle croyait...

– Je m'en doutais, révéla le garçon avec un sourire presque narquois.

– Et bien, ça montre que tu n'es qu'un idiot trop sûr de toi ! lapida-t-elle tout en faisant la place nécessaire dans sa besace. Je ne laisserai jamais quiconque obtenir la moindre faveur de ma part de cette façon... ni d'une autre, d'ailleurs.

Tim la laissa parler et effleura son joyau.

– Si j'avais su... sourit-il.

Zachame !

Cette fois, à la grande stupéfaction de Tim, le temps ne s'était ni rembobiné ni arrêté ! Ce qui ne veut pas dire qu'il ne s'était rien passé. Malheureusement pour lui...

– L'oliphant ! Où est passé l'oliphant ? demanda Thamara, ahurie. Et... qu'est-ce que c'est que cet anneau ?!

Un Tim allègre s'en saisit.

– Tiens, l'anneau de Nib et Lounguene ! Marrant !

– Marrant ?! rugit la sorcière. Tu trouves ça marrant ?!!! Qu'as-tu fait de l'oliphant ?!!!

Devant l'ire de Thamara, Tim mit l'anneau dans la poche de son jean et recula courageusement (?!).

– Euh... j'ai bien une idée, déclara-t-il en forçant son sourire, mais je crois pas que ça va te plaire...

– Ta pierre !!! devina-t-elle. C'est ta pierre qui a fait ça !!!

– Ah ouais ?... Ça ?... Hé ! Hé ! Ça se pourrait...

– Donne-la-moi ! ordonna-t-elle.

– Tu rigoles ! répliqua Tim en bondissant en arrière. Je veux pas prendre le risque que tu le...

Le garçon ne finit pas sa phrase. Son ami troll avait surgi des immenses portes de bois qu'il gardait jusqu'à présent de la force de ses muscles.

– Copain ! Villageois trop nombreux !!! Nib plus pouvoir !

– Ils sont trop forts pour toi ?

– Non. Nib avoir ventre plein !

Thamara eut un haut-le-cœur. Et pourtant, elle en avait vu des horreurs... Elle y avait même participé.

– Ah ! Dans ce cas... reconnut Tim d'un ton léger.

Dans un effrayant ramdam, une partie du village pénétra dans l'église, la torche et la fourche à la main. La seule sortie pour le jeune trio était à présent bloquée !

– On est coincé, reconnut Thamara, emprunte de défaitisme. On va tous se retrouver sur le bûcher !

– Nib aimer barbecue, précisa celui-ci en mâchouillant avec une discrétion toute trollienne les restes encore entre ses dents.

La sorcière lança un regard perplexe vers la masse rouge du troll. Elle savait ces créatures assez « basiques », mais quand même... Ne comprenait-il pas ce qui les attendait ?

– Ils ne nous ont pas encore... sourit Tim avec confiance.

– Ah, oui ? Ton cristal est bleu, lui fit-elle remarquer. Il ne fonctionne pas quand il est comme ça, c'est ça ? Et mes potions ne peuvent rien contre une foule déchaînée.

– Il y a d'autres moyens, assura-t-il, toujours aussi frimeur.

Il avança avec confiance vers le prévôt qui menait la foule en colère.

– Bravo ! félicita Tim en élevant la voix tout en applaudissant bien fort. Bravo ! C'était pas mal. Bien même !... Mais bon, il faut être honnête, on peut pas se louper pour la représentation finale devant le seigneur de Gartaifesse. On va donc la refaire. Hé, oui ! Hé, oui ! Je sais, vous êtes fatigués, mais il faut ce qu'il faut, hein ?

La foule resta sans voix. Seul le prévôt osa une question de ses bajoues distendues de bouledogue.

– Une représentation ?! Tout ceci ne serait qu'un spectacle de théâtre ? Pour le seigneur Féroze ?

– Et bien, oui ! Évidemment ! affirma Tim en soulevant ses épaules. Vous croyez quand même pas que tout ça est réel ?! Enfin, vous avez déjà vu des filles de cette couleur ?! dit-il en désignant Thamara d'un air dédaigneux. Et je vous parle même pas de ses cheveux. C'est de la teinture, évidemment ! Enfin !

RENDEZ-VOUS À L'ÉGLISE

Il mit sa main devant la bouche sensuelle de la jolie sorcière en lui susurrant de se taire mais celle-ci en profita pour le mordre une fois encore !

– Potrache ! Mais tu es croisée avec un troll, toi !

– Justement... Le troll, c'est un vrai ?... questionna un villageois tétanisé sous l'approbation incrédule de la masse des habitants. Les personnes qui se sont fait dévorer sous nos yeux, ils sont vraiment...?!

– C'est pour de faux, bien sûr. Allez, dis-leur, Nib !

Il se tourna vers le monstre rouge de terre et de poils.

– Pas pouvoir – Beurp ! –, refusa le troll. Moma toujours dire – miam ! – Nib pas parler bouche pleine.

– La bouche pleine !!! hurla une partie de la foule, les cheveux hérissés à toucher le transept !

– Il.. Il plaisante, évidemment, voulut temporiser Tim. Vous voyez bien qu'il n'est pas très propre : c'est un troll à tiques... Ah ! Ah !

Le jeu de mots tomba à plat. L'ambiance commençait à se solidifier.

– Mais bon, notre Seigneur reconnaîtra lui-même que nous méritons tous notre récompense, tenta le garçon en désespoir de cause.

– Nous serons payés ?!!! s'éclaira l'assemblée précédemment si méfiante.

– Évidemment, leur confirma Tim comme un politicien de talent. Nous le méritons tous. Ainsi qu'un peu de repos. La journée a été dure. Nous reprendrons demain, alors. Bonne nuit, braves gens de Gartaifesse !

Tim tenta un pas résolu vers le prévôt. Amadouée par l'argent promis, la foule s'ouvrit alors devant lui et ses acolytes. Il avait gagné !

Thamara n'arrivait pas à y croire. Elle balayait de son regard soupçonneux la masse villageoise tout en la traversant. Était-ce un piège ?

– Villageois bien sympas, apprécia le troll, tout en nettoyant ses dents de sabre avec décontraction. Et pas rancunier. Nib revenir de temps en temps pour en-cas.

Le trio impossible allait sortir indemne et libre de la foule encore si hostile il y a peu, quand il tomba nez à nez... avec Vakar, le capitaine de la garde !

– Mais c'est mon mangeur de lapin, ça ! se réjouit celui-ci en lui passant le bout de sa lame sous la gorge. Allez, arrêtez ce hors-la-loi !!!

– 3 –

SOUS TES REINS

L'ambiance s'était réchauffée parmi la population de Gartaifesse. Ce n'était cependant plus à l'idée de recevoir un pécule pour leur participation à un spectacle vivant, mais dans l'optique d'assister... à un spectacle de mort.

– Aaaah, capitaine ! s'exclama Tim avec un large sourire affable. Je me demandais ce que vous étiez devenu depuis notre dernière rencontre. On joue encore de l'épée, hein ? Malheureusement, on peut dire que vous jouez de malchance, vous, fit-il semblant de regretter. C'est la pleine lune, ce soir.

– Et alors ? questionna Vakar en fronçant le sourcil.

– « Et alors ? », « Et alors ? », qu'il me dit ! ajouta-t-il en s'adressant à une Thamara défiante et inquiète. Ah ! Ah ! Mais enfin, vous avez jamais entendu parler des loups-garous ? Regardez, dit-il en indiquant les quelques poils noirs qui se battaient en duels sur le haut de ses poignets d'adolescent.

– C'est avec ça que tu veux me faire peur ? se moqua le capitaine. Ah ! Ah !

– Ah, bien sûr, là, la lune est cachée par ce gros nuage au-dessus de nous, mais regardez, ajouta-t-il en pointant l'astre sélène du doigt, dans quelques secondes il ne l'occultera plus, et alors...

– ... Alors rien du tout, tu as déjà essayé de m'avoir avec ton monstre vert la dernière fois !

Tim parut ennuyé.

– Potrache... Je vous l'ai déjà faite, celle-là ?...

– Ah ! Ah ! On ne fait plus le malin, hein ?! On a peur, hein ?! Hein ?!

– Pas du tout, réfuta calmement Tim en haussant les épaules. C'est juste que je mets un point d'honneur à être original... Et ce n'est pas facile, vous pouvez me croire, assura-t-il avec ce qui aurait pu être pris pour de la sincérité. De toute façon, déclara-t-il le sourcil frimeur en pointant du pouce le puissant Nib qui était derrière lui. Mon copain le troll est encore avec moi.

Les soldats qui étaient autour du capitaine, resserrèrent les rangs avec fébrilité.

– Ce n'est plus la petite patrouille que tu as humiliée ce matin, vaurien, se gargarisa le dit capitaine. J'ai avec moi un détachement spécial, rien que pour toi.

– Ah ? Et vous êtes combien ? osa demander Tim, pas impressionné le moins du monde. Levez la main pour que je vous compte. Alors, un, deux – plus haut les mains, je vous vois pas dans le fond – trois, quatre, cinq…

La colère étirait les traits du capitaine, devenu presque aussi écarlate que le troll qui les menaçait.

– Baissez le bras, bande d'idiots ! ragea-t-il dans un signe de main affligé. J'ai trente-six hommes avec moi, là ! Ça sera bien suffisant pour en finir avec un gamin impudent !

– Suffisant, suffisant… il faut voir. Nib ? Trente-six, c'est jouable ? interrogea-t-il légèrement comme s'il s'apprêtait simplement à choisir les numéros du loto.

– Nib prêt à mourir pour Copain, lâcha le troll en se tapant le torse rouge et poilu.

Tim grimaça.

– Bon, bin… ça semble suffisant, dut-il acquiescer à la grande délectation du capitaine qui tenait enfin sa revanche.

Le petit malin ne l'entendait tout de même pas de cette oreille. Imperceptiblement, il fit glisser sa main jusqu'à son cristal. Une main couleur chocolat l'arrêta au dernier moment.

– Non, n'y touche pas, s'il te plait ! supplia presque Thamara. Si tu fais ça, on ne sait pas ce qui va arriver à l'oliphant.

Tim baissa sa tête décorée d'un sourire béat de félicité jusqu'à la main douce de la jolie sorcière qui… touchait la sienne !!!

Quand celle-ci s'en rendit compte, elle ne perdit pas une seconde et la retira vivement avec, dans ses grands yeux de chat sauvage, une rancœur féroce. Comment avait-il manigancé pour qu'elle le touche ?!

Tim était à se demander comment, sans utiliser son cristal, ils pourraient éviter le destin funeste qui les attendait, quand le nuage qui cachait la lune s'effaça enfin, laissant ses rayons sélènes éclairer le visage charmeur du garçon aux fascinants yeux saphir...

Si aucun lycanthrope n'apparut, des hurlements dignes d'une horde de loups sous la lune retentirent pourtant. Puis, comme par magie, une armada de jeunes paysannes forcèrent les rangs serrés de la foule et vinrent offrir à Tim la protection de leur corps affriolant que la nuit et leurs tenue modeste ne parvenait pas à dissimuler suffisamment.

– Ne lui faites rien ! couinèrent en cœur les fines et belles jeunes filles.

Tim avait la banane... enfin le sourire, dirons-nous. C'était comme un doux rêve, ces nanas qui voulaient donner leur vie pour lui.

– Les gamines, écartez-vous ! ordonna le capitaine qui perdait le contrôle de la situation. Allez, dispersez-vous !

– Jamais !!! répondirent-elles comme un seul homme... enfin, une seule femme... bon, toutes ensembles, quoi.

Une partie des charmantes (et charmées !) créatures vint alors au-devant du capitaine et des soldats de tête, et firent rempart de leur corps. Pendant ce temps, cinq jolies villageoises emmenaient discrètement Tim et ses compères à l'intérieur de l'église de l'Ordre.

– Ah ! C'est malin ! s'écria Thamara une fois de nouveau dans le lieu saint. À cause de tes « copines », on est de nouveau prisonniers ici !

– Si tu préfères retourner dehors, te gène pas, proposa Tim.

Thamara ne répliqua pas et suivit elle aussi les cinq jeunes filles jusqu'à une porte dérobée. Elles l'ouvrirent dans un grincement de maison hantée et ils s'engouffrèrent l'un après l'autre dans l'escalier obscur qui semblait s'enfoncer jusqu'au bout de l'enfer.

Les adolescents descendaient de plus en plus profondément sous terre, à la cadence des craquements des marches de bois presque vermoulues et des vacillements de la lumière des deux torches. Leur descente s'arrêta enfin. Ils étaient arrivés dans un tunnel humide qui se divisait en de nombreux bras, tous plus sombres et inquiétants les uns que les autres.

Après une centaine de mètres parcourus dans un silence angoissant, Tim, Thamara et Nib comprirent qu'ils étaient dans une sorte de labyrinthe. Heureusement, les belles paysannes – qui se retournaient toutes les cinq secondes pour envoyer des œillades au garçon si craquant – semblaient s'y retrouver, en tout cas jusqu'au moment où...

– Non, pas par là ! s'écria l'une.

– Si, c'est par là !

– Oui, par là pour aller chez toi !!! répliquèrent les quatre autres villageoises.

– Et par où vous voulez passer, alors, grosses malignes ?!

– Par là, évidemment ! répondit l'une d'elle d'un air méprisant d'évidence.

– Ah, ouais, je vois : vers chez toi !

À la surprise de Thamara, elle comprit que leur querelle ne portait pas exactement sur le chemin à prendre, mais sur le garçon de leurs rêves, chacune accusant l'autre de vouloir l'emmener chez elle !

– Bon, d'accord, déclama une des filles afin de débloquer la situation, mais n'oubliez pas qu'il est à moi ! prévint-elle. Rien qu'à moi !

– Ça va pas !!! C'est moi qui l'ai vu en premier !!! rugit une autre.

Avant que Tim n'ait pu exposer sa préférence – il n'en avait aucune, en fait, toutes ces filles lui plaisaient – elles commencèrent à se bousculer, se tirer les cheveux et se griffer pour finalement en venir aux poings ! La bataille fut épique et ponctuée de « il est à moi ! » rageurs et passionnés. Une première fut assommée quand l'arrière de son crâne rencontra une des poutres qui étayait le tunnel. La deuxième s'évanouit après avoir reçu une baffe qui avait failli lui arracher la tête, alors que la troisième tomba sous les coups de pieds des deux autres qui s'étranglèrent finalement l'une l'autre.

– Et bien, bon débarras ! lâcha Thamara d'un mouvement dédaigneux de la main. Ce qu'elles étaient pénibles ! « Viens par là ! » ; « Tu peux me tenir la main si tu veux. » ; « Hi ! Hi ! Hi ! » ; « Tu as des problèmes pour marcher ? Appuie-toi sur moi. » ; « Oh ! Ce qu'il est mignon ! », ajouta-t-elle encore en couvrant ses joues de ses mains ; « Et ses yeux ! Ses yeux ! Ooooh ! »... Pathétique ! conclut-elle d'un ton lapidaire.

– Moi, je trouve pas, apprécia Tim en admirant toutes ces jeunes et belles villageoises évanouies à ses pieds. C'est beau, des filles qui se battent pour vous, sourit-il à outrance.

Ce qui fit d'autant plus grimacer Thamara qui alla se saisir d'une des deux torches qui étaient à terre.

– Tu fais bien, Tham, elle allait s'éteindre, approuva le garçon.

    – C'était juste pour te l'enfoncer dans le fond de ta gorge de prétentieux !!! rugit la furie en s'avançant vers lui, la flamme menaçante.

    – Hé ! Calme-toi... Quoi que... la jalousie te va plutôt bien.

    – Jalouse ?!!! Moi ?!!!

    Tim la regarda avec un sourire satisfait qui allait presque d'une oreille à l'autre.

    – Quoi faire maintenant ? interrogea Nib en se grattant la terre rouge qui recouvrait son crâne rasé. Ça être vrai labyrinthe. Copain et Nib être perdus.

4

ET VOUS GOBEZ ÇA, VOUS ?

L'air perdu de son ami troll avait surpris Tim.
– Allons, Nib, tu as l'habitude de vivre sous terre, non ? positiva-t-il.
– Nib pas connaître ce souterrain.
– La sortie est par là, révéla Thamara d'une voix profonde et mystique alors que ses yeux étaient devenus complètement oranges, sans la moindre iris.
– Ah, et comment tu sais ça ? interrogea Tim, un brin goguenard.
– Je ne le *sais* pas, corrigea la sorcière le plus sérieusement du monde, je le sens, c'est tout.
– Et bien montre-nous le chemin, mon petit GPS chéri, se marra Tim. « À 100 m, à l'intersection, prenez la deuxième à droite », ajouta le garçon du XXIème siècle d'une voix robotique.
Et sous les insupportables indications routières de Tim, les trois adolescents poursuivirent leur chemin, laissant évanouies derrière eux les cinq filles qui avaient voulu les sauver. Il avait failli n'y en avoir plus que quatre – ou quatre et demi – d'ailleurs, la faim du troll ayant déjà repris des couleurs. Nib avait insisté et son copain était prêt à lui en laisser prendre un petit bout mais Thamara fut intraitable.
– Femmes, partout pareil : pas rigolotes, s'était plaint l'insatiable troll en secouant sa tête baissée de dépit.

Armés de la seule torche qu'il restait, ils pénétrèrent plus en avant dans le tunnel fait de bifurcations, de bras, de coins et de recoins sans fin. Ils stoppèrent finalement à la vue de formes blanches presque luminescentes flottant devant eux.
– Des fantômes !!! Des fantômes !!! hurlèrent en cœur Nib et Thamara.
– Ah, ouais, marrant, jugea sobrement Tim. On trouve vraiment de tout ici ! « À 100 m, au rond-point, prenez le premier fantôme à

droite ! » Ah ! Ah ! Bon, d'accord, j'arrête. Allez, allons voir ces têtes de drap !

Thamara retint Tim.

– N'y va pas !

– Tu te fais du soucis pour moi ? apprécia le garçon en se retournant sur la plus que charmante sorcière.

– Ces créatures sont dangereuses. Tu ne vas quand même pas aller à leur rencontre ?!

– Tu as bien dit que c'était par-là que la sortie se trouvait, non ?

– On ne peut pas se battre contre des fantômes. Il faut espérer qu'ils ne nous aient pas repéré. Viens, essayons de trouver un autre chemin.

– 'Y a pas de raison. Comme j'arrête pas de le répéter à Mathilde et Hugo, assura le garçon sans se dépêtre de son sourire : « les fantômes, ça n'existe pas » !

– Et ces silhouettes luminescentes, c'est quoi puisque tu es si malin ?

– Mais rien du tout. Juste une petite hallucination ou tout au plus du gaz qui s'échappe du sous-sol. Ça arrive dans les cimetières, pourquoi pas ici ? Je vais te montrer que c'est rien du tout.

Tim extirpa le petit lapin de sa poche et le fila à Thamara. Il partit ensuite dans le tunnel d'un pas léger, juste guidé par la lueur des silhouettes fantomatiques.

Il n'avait toutefois pas fait dix pas qu'une des créatures lumineuses, qui était à l'autre bout, se mit à foncer vers lui dans un mugissement de bateau à vapeur.

Il en fallait toutefois plus pour impressionner l'insouciant.

– Allez, viens, ma chérie ! appela Tim, les bras écartés.

– Mais il est malade !!! s'exclama Thamara, complètement effarée. Il va se...

– Ça être donc vrai, fit remarquer le troll de son sourire effrayant fait de dents acérées.

– Ah, tu es d'accord avec moi, se félicita-t-elle.

– Non, Copain avoir raison : fille chocolat être inquiète pour Copain.

– Tu ne vas pas t'y mettre, toi aussi ! le rabroua-t-elle. C'est juste que je ne suis pas aussi insensible que lui !

Dans un hululement sinistre, l'être éthéré accéléra encore et traversa le garçon téméraire dans un bruit gluant et visqueux.

– Aaaaaaaaaarg !

Tim s'effondra lourdement sur le sol poussiéreux, totalement inanimé. Si le fantôme bifurqua heureusement avant d'arriver sur Thamara et Nib, il laissa sur sa victime un liquide épais, luminescent... et mal odorant !

La jolie sorcière fut la première à rejoindre le garçon qui était totalement inerte. Elle se pencha au-dessus de lui, cherchant le moindre signe de vie.

– Hé ! Réveille-toi, le secoua-t-elle. Réveille-toi, euh... Comment s'appelle-t-il, déjà ?...

Timothée.

La voix qui lui avait répondu, à la fois enfantine et fantomatique, semblait avoir jailli de nulle part.

– Timothée ?! C'est toi qui as dit ça ? demanda-t-elle au troll.

Nib secoua la tête, aussi étonnée que la jeune fille.

– Ah ?... Bon, Timothée, réveille-toi ! Timothée ! Timothée !

– Mmmmmmmmmm ! borborygma Tim, les yeux toujours clos.

– Quoi ? Qu'est-ce qu'il a dit ?... Timothée, réveille-toi ! le secoua-t-elle de plus belle.

Patné bondit de la main de Thamara et, les oreilles en berne, vint s'assoir tristement sur le ventre poisseux du garçon.

Après un regard attendri envers le petit lapin abattu, Thamara rapprocha son visage de celui du garçon.

– Bmmmm mm bmmmm !

– Quoi ? Pouah ! Ce qu'il sent mauvais !

Elle se rapprocha toutefois afin de mieux entendre les étranges suppliques.

Elle n'était plus qu'à dix centimètres.

– Bmmchr mm bmmche !

Cinq centimètres.

– Bouche... à bouche... articula enfin Tim, mais toujours les paupières baissées. Peux pas... respirer. Bouche à bouche... Il faut me faire le bouche à bouche.

– Et bien pourtant, tu ne manques pas d'air ! explosa Thamara en se relevant d'un bond. Il faisait semblant !!! ajouta-t-elle, outrée, en prenant le troll à témoin tandis que Patné tapait de la patte à tout rompre. Quand je pense que ces idiotes se battaient pour lui ! Qu'elles le gardent ! Et si tu veux du bouche-à-bouche, demande à ton troll !

Instantanément, Tim se releva, un sourire idiot au visage.

– Je vais mieux ! Je vais mieux, Nib ! Je vais mieux, je te dis, insista-t-il en voyant le troll avancer. N'avance pas, j'te dit !

Le trio (enfin, le quatuor en comptant Patné qui, en dépit de l'odeur, avait repris sa place préférée dans la poche de Tim) reprit d'un pas volontaire sa progression dans le labyrinthe. Le garçon profita de ces quelques instants de paix relatif pour mettre au point un petit détail qui lui tenait à cœur.

– Comment tu as su pour mon vrai prénom ?

– Tu me l'avais dit, sans doute.

– Non, celui-là, même Nib ne le connaissait pas. Bizarre... Quoi qu'il en soit, appelles-moi Tim, Timothée ça me fait penser à un shampooing pour filles.

– Un « champouin » ?

– Ouais, une sorte de savon pour les cheveux.

– Alors ne change rien, mon petit Timothée. C'est tout toi, ça.

– Ah, bon ? tiqua-t-il.

– Mais oui. Qui n'arrête pas de se faire mousser auprès des filles, hein ?

– Ah, elle est bonne ! Je savais pas que t'avais de l'humour, Tham.

– Mon prénom à moi, c'est Thamara et pas un diminutif ridicule, mon cher Timothée ! répliqua-t-elle.

– D'accord, on va faire comme ça, Tham, conclut Tim avec une certaine satisfaction à l'idée de ce petit jeu qui s'instaurait avec la craquante sorcière.

Leur petite balade dans l'obscurité du labyrinthe souterrain prit fin lorsque la masse du troll rouge les arrêta.

– Lumières ! s'étonna Nib. Lumières être sur chemin !

– Encore des fantômes ? s'enquit Thamara avec une certaine angoisse.

Nib s'avança encore dans le tunnel de plus en plus étrange, suivi d'un Tim extatique ; qu'allait-il encore se passer ici ? Il ne fut pas vraiment déçu en découvrant que cette suite de lueurs était constituée d'un alignement... de champignons ! De petits champignons colorés et luminescents.

– C'est pas des loupiotes, c'est des lépiotes ! plaisanta Tim, éclaté.

– Ça être mangeable ? demanda immédiatement le troll.

– Ne me dis pas que tu as à nouveau faim ?!

– Et le dessert ? déclara tout content le troll d'un doigt doctoral. Copain penser à dessert ?

Sans plus attendre, le troll gourmand se baissa, cueillit le premier champignon qu'il rencontra – un vert – et l'engloutit.

– Il n'aurait pas dû, s'inquiéta la sorcière. On ne sait même pas ce que c'est. C'est peut-être toxique.

– Il fallait bien tester, excusa Tim avec simplicité. Et puis, à choisir, autant que ça tombe dans l'estomac d'un troll ! Alors, Nib ? C'est comment ?

– Sucré.

– Génial !

– Non, pas génial, corrigea Nib. Trolls pas aimer sucré. Mais champignons pas être mal quand même, sourit-il finalement.

Si le troll s'était illuminé de ce dessert impromptu, ce n'était pas seulement au figuré :

– Ouatchalaboungah ! s'ébahit Tim, un sourire enfantin sur le visage. Nib, t'es devenu fluorescent ! Ouais : vert fluo ! Marrant ! Tiens, j'essaye aussi.

Il fit quelques pas et trouva un champignon bleu. Il en prit une bouchée et...

– Ouaha ! Copain être bleu ! s'esclaffa Nib en le montrant de son gros doigt poilu. Nib essayer champignon jaune !

– Et moi un rouge !

– Ce n'est pas vrai ! protesta Thamara, affligée. Quels gamins !

Insensibles au commentaire réprobateur de la jolie sorcière, les deux adolescents s'enfoncèrent dans des branches opposées du labyrinthe et revinrent les bras chargés de champignons luminescents de toutes les couleurs. Ils se placèrent face à face, fermèrent les yeux puis Tim lança :

– Allez, dégaine !

Nib choisit un champignon au hasard et l'avala. Tim fit de même puis ils ouvrirent les yeux. Le troll phosphorait en orange alors que le garçon luisait de vert.

– Ouatchalaboungah ! La tête que tu as !!! éclata-t-il. Ah ! Ah ! L'orange est plus fort, t'as gagné ! Allez, un autre !

Ils baissèrent à nouveaux leurs paupières et recommencèrent.

– Ah ! Ah ! Violet, c'est moi qui l'emporte ! T'étais pas loin avec ton bleu, dommage ! Ah ! Ah ! Le délire ! Allez, encore !

119

Quand Nib ouvrit à nouveau les yeux, il éclata de rire en voyant son comparse jaune d'un côté et vert de l'autre.

– Copain avoir triché ! Hïng ! Hïng ! Copain avoir triché ! se marra le troll en se tapant la cuisse droite. Copain avoir mangé deux champignonnnnns ! Ah ! Ah ! Ça être possible, alors ? se réjouit-il. Nib aller chercher plein d'autres et manger champignons tous en même temps !!!

Nib s'enfonça encore plus dans le labyrinthe qui devenait plus sombre à mesure qu'il en ingurgitait les champignons luminescents.

– Mais bon sang, quel âge avez-vous ?! se désola encore Thamara.

– Le même que toi, c'est ce que tu disais, non ? lui fit remarquer Tim avec (im)pertinence.

– Nib vouloir devenir comme arc-en-ciel ! annonça Nib.

– Comment t'aurais pu en voir ?! objecta Tim en forçant sa voix pour que le troll puisse l'entendre du fond du tunnel.

– Grand-Pa toujours raconter histoires d'arc-en-ciel ! lui répondit le troll en hurlant. Grand-Pa dire arc-en-ciel être trop beau !

– Notre troll est un poète, en fait, fit remarquer Tim en lançant un sourire malin à la jeune fille. Enfin, ce qu'il y a de bien avec les trolls, c'est qu'ils ont peur de rien ! déclama-t-il avec assurance. Ça le gène pas de s'enfoncer comme ça dans ces boyaux sombres.

Soudain, comme une fusée lancée du fin fond de la nuit, Nib débola et passa entre Tim et Thamara, les faisant tomber au passage.

– Moma avoir raison !!! Moma avoir raison !!! hurlait le troll.

Encore sur les fesses, au propre comme au figuré, Tim et Thamara se relevèrent, aussi choqué par leur rencontre avec le troll que par son étrange comportement. Qu'est-ce qui avait pu mettre Nib dans cet état ?

Le visage dilaté par l'affolement, le troll revint finalement vers ses deux compagnons.

– Copain pas rester là ! Pakmal ! Pakmal !... Pakmal exister !!!

– Pakmal ? C'est quoi ?

– Pakmal être monstre tout rond et tout jaune ! décrivit Nib de ses bras massifs. Pakmal hanter tunnels ! Pakmal gober tout sur passage ! Nib avoir toujours cru Pakmal être histoire pour faire arrêter bébés trolls de manger !

– Pour les faire *commencer* à manger, tu veux dire, corrigea Tim, dans un haussement d'épaules d'évidence.

– Non, non, persista Nib. Plus difficile être empêcher petits trolls manger tout le temps.

– Si tu le dis...

– Copain et Nib repartir vers église ! suggéra le troll. Trop de choses bizarres être ici. Pas seulement champignons lumineux et fantômes mais aussi gros fruits un peu partout !

– Des fruits ?! sursauta Tim.

– Et ton troll a même trouvé un champignon multicolore ! nota Thamara. Il est plus gros que les autres et son chapeau est si grand et tombant qu'on croirait une boule.

Tim s'en empara (du champignon, pas de Thamara !) et l'observa d'un air perplexe. Tout cela lui rappelait quelque chose, mais quoi ?...

– Nib, par hasard, t'aurais pas vu également une cloche ?... Ou une clé ?

– Cloche fluorescente. Nib avoir vu cloche fluorescente. Comment Copain savoir ?

Un large sourire se propagea sur la face du garçon.

– Trop cool ! Allez Patné, cette fois tu restes avec moi. On va bien s'amuser !

Sans aucune explication, Tim repartit vers l'endroit où Thamara avait « senti » la sortie. À contrecœur, la fille chocolat et le troll rouge suivirent l'inconscient, enfin, à distance respectable.

Les joues gonflés du bon coup qu'il allait jouer, Tim continuait sa marche.

Quand il aperçut la luisante et menaçante silhouette d'un fantôme, il n'hésita pas et... pressa le pas !

Thamara était ahurie.

– Il remet ça ?! Ça ne lui a donc pas suffit tout à l'heure ? Il veut en finir avec la vie ?

L'inquiétude de Thamara décupla quand le nombre de fantômes fit de même. Trois êtres fantomatiques fonçaient à présent au devant du garçon. Ils étaient à deux mètres quand, avec une lumière de malice et d'assurance dans ses yeux saphir, il croqua dans le champignon multicolore.

Instantanément les trois fantômes se mirent à clignoter. Dès qu'ils s'en rendirent compte, ils freinèrent comme ils purent, mais ils étaient trop lancés. Le sourire gourmand, Tim, lui, accéléra encore. Et comme par enchantement, les créatures luminescentes, lorsqu'elles entrèrent en contact avec le garçon, disparurent dans une longue plainte pathétique.

Tim jubilait. Il n'arrêta cependant sa course qu'une fois au bout du tunnel. Il leva la tête et comprit que Thamara avait raison : un petit cercle de lumière se découpait dans l'obscurité au-dessus de lui.

Triomphant, il héla ses camarades et se mit à grimper la très longue et rugueuse corde qui les amènerait vers la sortie.

Il était si excité qu'il n'entendit pas Thamara lui crier que ce n'était pas *cette sortie* qu'elle avait « sentie ».

Nib ayant déjà suivi son copain sur la corde, la jolie sorcière – après un soupir dépité et une moue qui ne l'était pas moins – se mit à grimper également.

Elle se trouva un excellent accélérateur lorsqu'elle vit l'immense et insatiable Pakmal fondre sur elle.

– Dépêchez-vous ! leur intima Thamara qui apercevait déjà les dents acérées de la boule de poils jaune, des dents auprès desquels celles de Nib ressemblaient à des dents de lait de nourrisson. Viiiiite !

Tim atteignit enfin la dalle circulaire qui leur bloquait l'accès vers la liberté. Après quelques tentatives infructueuses – qui le couvrit copieusement de terre et de poussière –, il réussit à la glisser sur le côté.

Il s'épousseta les cheveux et la veste tout en préparant à la lumière ses yeux qui s'étaient habitués à la quasi obscurité du souterrain.

– Nib, ferme les yeux ! prévint-il le troll.

– Faites encore plus de boucan, c'est vrai qu'il n'y a pas assez de monstres à nos trousses ! lança Thamara, sarcastique. Et arrêtez de bouger comme ça, je risque de lâcher et le bouffeur de trolls n'a pas l'air contre un changement de régime !!!

– À non ! s'offusqua faussement Tim. Si quelqu'un doit te croquer... c'est moi !

Il tira sur ses bras et, d'un bond, s'extirpa de ce tunnel de cauchemar. Il tendit immédiatement la main vers Nib qui était bien moins leste. Ce fut enfin le tour de Thamara qui, en dépit du danger, refusa toute aide, et, telle une chatte, les rejoignit d'un bond souple et gracieux... sous le regard d'un Tim admiratif.

Une fois remis de la scène enchanteresse, le garçon passa les lunettes de soleil au troll et balaya de son regard plissé la salle en pierres soutenue d'épaisses colonnes dans laquelle ils se trouvaient à présent.

Au fait, où étaient-ils tombés ?

La réponse vint avec la lumière de torches enflammées et l'écho d'une voix satisfaite et horriblement familière, celle... du capitaine de la garde dont le sourire outrancier déformait le casque !

– On ne vous attendait plus ! lança-t-il à la cantonade en montrant de son bras la troupe armée... qui les encerclaient !

5

UN BLEU ENTRE BLANC ET ROUGE

La large salle de pierre au plafond bombé écrasait de son silence malsain le trio pris au piège. Ce fut le rire du capitaine de la garde qui y mit fin, résonnant atrocement dans la moiteur des murs plus épais que ceux d'un blockhaus. Derrière chacun des piliers massifs et à la décoration sommaire, un soldat vêtu de rouge était posté, l'épée au poing, l'air menaçant et décidé. Tim, Thamara et Nib étaient totalement encerclés. Cette fois, ils ne pourraient pas s'échapper.

– Je ne pensais pas que vous arriveriez jusqu'ici, en fait, reconnut Vakar dans une confidence de vainqueur. Ces donzelles ont vraiment perdu toute leur raison.

– Ouais, je fais souvent cet effet aux filles... frima Tim.

– Tu ne comprends pas. D'horribles légendes courent sur ce souterrain. Personne n'en ressort vivant, habituellement.

– Rien ne nous arrête, en conclut Tim, d'un ton bravache. Faites-vous en une raison : si un monstre et des fantômes ont rien pu faire, vous avez aucune chance.

– C'est ce qu'on verra, le défia le soldat de sa moustache asymétrique.

– C'est tout vu. Ah ! Si j'avais su...

Avant que Thamara n'ait réagi, Tim se saisit de sa gemme octaédrique.

Zachame !

– Je ne pensais pas que vous arriveriez jusqu'ici en fait, reconnut le capitaine dans une confidence de vainqueur.

– Potrache, c'est pas assez en arrière, ça ! s'exclama Tim en réactivant son cristal.

Zachame !

– Je ne pensais pas que vous arriveriez jusqu'ici en fait, reconnut le capitaine dans une confidence de vainqueur.

– Potrache, j'arrive pas reculer plus !!!

Voyant le teint blanchi du garçon précédemment si arrogant, le capitaine sourit de son air supérieur.

– On ne fait plus les malins, maintenant, je vois, apprécia-t-il de toute la largeur de ses dents jaunes et noires. Tu as compris que tu es perdu.

– Pas du tout, réfuta Tim qui reprit rapidement son sourire insouciant. Ça donne un peu plus de sel, voilà tout. C'est pas plus mal, en fait.

Une lumière cruelle parcourut le regard du capitaine.

– Éliminez-les-moi !

– Le... Le troll également ? s'inquiéta son second en tremblant à la vue du colosse rouge. Il... Il n'a pas tué de lapin, lui, plaida-t-il, magnanime. On peut peut-être l'épargner ?

– Oh ! Quelle générosité, tout à coup, fit semblant de s'émerveiller le capitaine.

– N'est-ce pas, hein ? acquiesça le second d'un sourire presque aussi idiot que sa personne. Je suis un tendre, vous savez.

Le capitaine parut proche de l'explosion nucléaire de dix mégatonnes.

– Ne serait-ce pas plutôt que vous faites dans votre culotte à l'idée d'attaquer un troll ?!!! Couard !!! Allez, tuez-les-moi tous !!! Touuuuuus !!!

Les soldats allaient s'exécuter et... exécuter, lorsque une voix autoritaire intervint.

– Que se passe-t-il en ma demeure ?!

Immédiatement, les soldats s'écartèrent devant la puissante silhouette du seigneur Féroze.

Enveloppé dans un long manteau, il avança d'un pas lent et assuré. Il était grand et large, ses riches vêtements peinant à dissimuler sa musculature. Son visage allongé était dur et buriné de nombreux combats, alors que sa chevelure brune mi-longue et son regard sans pitié instillait la peur à qui le croisait.

– Dois-je répéter ma question ? fusilla-t-il avec le calme froid de son autorité.

– Mon seigneur, je ne voulais pas vous ennuyer avec ça, miaula le capitaine en baissant la tête avec crainte. C'est juste un jeune gredin qui a libéré cette sorcière du bûcher qui lui était destiné.

– … Et qui s'est attaqué à un lapin de votre forêt, compléta le second au mécontentement de son capitaine.

– Quoi !!! rugit le seigneur en se saisissant de la gorge de son capitaine. Vakar, tu sais bien que je tiens à punir moi-même ces braconniers ! Amenez-moi le garçon !

Deux soldats s'avancèrent et s'emparèrent violemment des bras d'un Tim qui n'opposa aucune résistance. D'un regard, l'adolescent fit comprendre au troll, qui s'apprêtait à faire un carnage, de ne rien faire… au moins pour l'instant.

– Comment était ce lapin ? s'enquit fébrilement le seigneur Féroze d'une voix grave et affecté.

Tim ne s'en rendit pas compte, car il n'aurait sans doute pas répondit, et d'un air aussi joyeux (quoi que…) :

– Il était délicieux ! Une merveille ! précisa-t-il en joignant le bout des doigts de sa main droite devant la bouche. Sa chair tendre croustillait en surface, là où la flamme l'avait léché de…

– Quoi ?!!! Tu l'as mangé ?!!! beugla le seigneur alors que son visage s'était dilaté du rouge de la colère. Vakar, tu ne l'as pas arrêté à temps ?!

Il s'empara de l'épée d'un des soldats et fit un pas vers Tim.

– Personne ne doit toucher aux lapins de cette forêt !!! incanta-t-il alors que la lame caressait la jeune gorge de Tim. Personne !!!

– Hé, c'est pas moi qui l'ai tué, plaida-t-il honnêtement. C'est un vieux fou dans la forêt. Je lui ai juste chipé car je mourais de faim. Je pourrais pas faire de mal à un lapin, moi. La preuve, j'en ai un avec moi et bien vivant ; pourtant, il aurait mérité de se faire croquer, croyez-moi, c'est un sacré coquin, mais qu'est-ce que vous voulez, on s'attache à ces petites bêtes. Enlevez juste un peu votre cure-dent de mon cou et je vais vous le montrer, proposa-t-il d'un sourire. Vous qui aimez les lapins, il devrait vous plaire.

– Un lapin de ma forêt ?! Vivant ?! Et avec toi ?!

Tim acquiesça avec son indéfectible frime et plongea sa main dans sa poche de veste… vide !

– Hé ! Où est passé Patné ? s'interrogea-t-il en plongeant son regard incrédule jusqu'à la couture de sa poche désespérément dénué de lapereau.

Derrière lui, sans qu'il le remarque, Thamara finit de refermer sa besace, une besace qui venait de s'alourdir quelque peu.

– Je vous jure, sourit Tim à outrance. Je suis un ami des lapins, moi. Je sais pas comment il a...

– Ne croyez rien de ce qu'il dit ! prévint le capitaine Vakar en le montrant d'un doigt accusateur. C'est un affabulateur ! Nous l'avons surpris après son repas illégal ! Il doit être exécuté immédiatement !

– Tu as raison, Vakar. Je ne peux plus rien tirer de lui. Il n'y a plus qu'à espérer que...

Ses mots s'éteignirent dans sa gorge. Il se reprit. Pourquoi une telle malédiction s'était-elle abattue sur lui ?

– Ce criminel n'échappera toutefois pas à sa juste punition. Soldats, à mon commandement...

– Oh ! Ce qu'il est mignon !!! interrompirent de jeunes voix sensuelles.

Thamara se tapa le front d'un air affligé : ça recommençait !

Avec empressement, deux superbes jouvencelles avaient rejoins chaque côté du seigneur Féroze. L'une était une magnifique rousse habillée d'une longue robe ample de couleur blanche et l'autre était une somptueuse blonde habillée de la même robe mais rouge. Ces deux sœurs jumelles à la peau si blafarde étaient d'une très grande beauté mais la folie et la perversité que l'on pouvait distinguer au fond de leurs yeux verts pouvait décemment inquiéter (sauf si on s'appelle Tim, évidemment).

– Je vous avais dit de rester dans votre chambre, reprocha le seigneur, d'un ton légèrement ennuyé. Il fait froid et sale dans les étages inférieurs du château.

– Comment s'appelle cet ange, papa ? demanda la blonde en lançant une œillade appuyée au garçon charmeur.

– Oui, et présente-nous ! frétilla l'autre.

– Je... Bon, soit... consentit-il à contrecœur. Alors voici mes filles, Blanche, la blonde et Rose, la rousse. Elles sont la prunelle de mes yeux. Quel est ton nom, braconnier ?

– On m'appelle Tim.

– ... othée ! finit Thamara d'une grimace malicieuse.

– Ouais, c'est ça, sourit le garçon à l'adresse de la jolie sorcière. Elle, c'est Tham, riposta Tim, et le troll, c'est...

– C'est toi qui nous intéresse ! coupèrent les jumelles, le regard brillant. Les autres, vous pouvez les massacrer, ajoutèrent-elles d'une main dédaigneuse.

– Trop gentil, fusa Thamara. Au moins, je n'aurai plus à assister à ce spectacle affligeant !

Tim recula et se rapprocha du troll et de la sorcière.

– Tututu ! On ne touche pas à… – il marqua une hésitation puis se tourna vers la magnifique Thamara qui était presque aussi sombre que les filles du seigneur étaient claires – … à mes amis. Nous sommes inséparables, n'est-ce pas, Tham ?

La jeune sorcière grimaça un sourire.

– Oh, papa, laisse-le-nous, s'il te plait, ronronnèrent en cœur les jumelles. Il est si craquant ! Et les yeux qu'il a ! jubilèrent-elles, extatiques.

La réponse de leur seigneur et père ne vint jamais. Le claquement cadencé d'un morceau de bois sur les dalles la remplaça, un claquement qui annonçait la venue du grand prêtre Matachmize.

Appuyé sur son sceptre qu'il utilisait comme canne, il écrasa l'assistance de ses yeux de feux. Une crainte dévorante s'était solidifiée autour des soldats et même du puissant seigneur Féroze. Matachmize s'avança encore et s'arrêta devant Tim, lui balançant au visage son haleine pestilentielle de vieillard décrépi.

– Pour ce que tu as osé faire à un prêtre du Premier Cercle de l'Ordre du Sceptre, le mit-il en garde, je pourrais…

– … Vous brosser les dents ? compléta Tim avec impertinence.

Thamara fut soufflée par le cran, voire la folie, du garçon !

Le vieil homme se crispa. Il sentait l'ire lui monter à la poitrine. L'assistance retint sa respiration.

– L'Ordre nous enseigne la mansuétude et le pardon. Tu seras seulement… écartelé, sourit-il dans une cruauté sournoise.

– Ah, vous m'avez fait peur, soupira Tim d'un air soulagé. J'ai cru que vous me vouliez du mal.

Le grand prêtre grogna à faire passer le maigre petit-déjeuner des soldats dans leur culotte.

– Tu ravaleras tes mots quand tu sentiras chacun de tes membres se déboiter, se démantibuler, s'étirer, se craqueler… se délecta-t-il. Tu me supplieras de t'achever, tu peux me croire.

– Ça me ferait mal ! fanfaronna encore le garçon. Enfin, vous voyez ce que je veux dire… Ah ! Ah !

– Nous verrons ça. Demain matin, à l'aurore.

Tim perdit immédiatement son teint enjoué.

– À l'aurore ?!!! À non, pas ça, pas ça !!! hurla-t-il, les mains jointes. Pitié, pas si tôt ! J'adore les grasses mat'... votre grâce. Pitié !

La glotte remontée jusqu'aux narines par une rage irrépressible, le vieux prêtre s'apprêtait à lancer un sortilège destructeur à l'impudent. Il se figea pourtant. Le joyau de Tim que les dernières heures mouvementées avaient sorti de son sweater avait attiré son regard haineux. Pendant quelques longues secondes il sembla comme paralysé. Était-ce là un nouvel effet du cristal du temps ? Toujours est-il que lorsque le vieux représentant de l'Ordre du Sceptre reprit ses esprits, il sembla avoir oublié son ire.

– Qu'est-ce que je disais, moi ?... Euh... Oui... À l'aurore.

Et il se détourna enfin, s'éclipsant aussi vite qu'il était apparu.

À peine le repoussant vieillard avait quitté la salle que les deux jumelles assaillirent leur père.

– Père. Laisse-le-nous ! Allez !

– Enfin, mes chères enfants, je ne peux vous laisser avec un garçon. N'oubliez pas que vous devez rester pures.

À cette assertion les deux jeunes femmes gloussèrent en silence. Pures ! Ça faisait longtemps qu'elles ne l'étaient plus guère !

– J'ai de grands projets de mariage pour vous, poursuivit le puissant seigneur. La fatalité qui nous a frappés n'arrêtera par la destiné de notre famille, ajouta-t-il en serrant les poings de rage.

– Alors on ne les exécute pas maintenant ? s'enquit tristement le capitaine Vakar. Le troll et la sorcière, au moins ?

Le seigneur sembla s'assoupir dans une réflexion juste entrecoupée par les miaulements de ses filles. Finalement, il s'exprima.

– Matachmize a été clair. Le braconnier sera écartelé au levé du soleil. Tu sais ce qu'il en coûte d'aller à l'encontre d'un Grand Mage. Ce sera dans la basse-cour du château devant toute la populace, pour l'exemple. Et dans ma grande magnanimité, ses comparses le seront avec lui.

Vakar faillit s'étrangler de colère.

– Ce n'est que reculer pour mieux sauter, de toute façon, susurra-t-il finalement à l'oreille du jeune condamné.

– Oh, tant de choses peuvent arriver pendant la nuit, répliqua Tim en lançant un regard aguichant aux deux belles qui le lui rendirent au centuple avant de repartir vers les parties hautes du château.

Le trio de braconniers fut mené à un des cachots non loin, tout aussi humide et encore plus sombre. Thamara s'installa le plus loin possible du puissant troll ; elle ne pouvait toujours pas faire confiance à la créature anthropophage. Puis elle s'occupa du cas du garçon qui semblait s'amuser de la situation.

– Cette fois, tes admiratrices n'ont pas pu te sauver, fit-elle remarquer d'une voix narquoise.

– Ça a l'air de te faire plaisir, nota Tim avec un sourire intrigué. Tu serais pas un peu maso, par hasard ? De toute façon, je crois pas qu'elles me laisseront croupir ici. Tu as vu comme je les fais craquer ?! La nuit est longue, précisa-t-il tout en essayant de trouver un endroit libre de détritus et de déjections de rats. Au fait, vous savez où est Patné ? Il serait pas resté dans le tunnel quand même ? sembla-t-il s'inquiéter.

– Ah, tu te préoccupes enfin de ton petit protégé ! s'offusqua Thamara en glissant la main dans sa besace. Viens-là, toi, laissa-t-elle échapper tendrement. Ne t'inquiète pas, ils sont partis.

Avec tendresse, la jolie sorcière fit apparaître le lapereau qui avait alors la taille d'un bon gros lapin normal. Le sac de peau de la sorcière en était encore tout déformé. Patné, les oreilles baissées de reconnaissance, s'étira et fit un câlin de la tête au doux visage de la jeune fille. Il sauta ensuite joyeusement jusqu'à Tim.

– Ah, t'étais là, toi ? le flatta celui-ci alors que Patné rétrécissait à son contact. Alors, t'es copain avec notre coquine de sorcière à présent ? D'où vient ce changement ? Note que je comprends que tu préfères ses caresses aux miennes, moi c'est pareil, précisa-t-il en se régalant une fois de plus des courbes parfaites de la magnifique fille de bronze qui se découpait difficilement dans la lueur blafarde de la torche des gardes.

Malgré les ronflements quasi insoutenables du troll, Tim et Thamara finirent par s'endormir. Ce ne fut que quelques heures plus tard, qu'une suite de cliquetis provenant de la serrure les réveilla.

– L'heure de notre exécution a été avancée, semble-t-il, décrypta la sorcière d'un ton pessimiste tout en frottant ses yeux de chatte. Je ne me laisserai pas faire. Ils m'ont laissé mon sac et si ça se passe dehors, je…

– Tim ! Tim ! jaillirent des murmures excités. Viens !

Encore dans le coltard, le garçon se leva, incrédule. Rêvait-il ? Il avança vers la lumière virevoltante d'une torche et eut l'immense plaisir de découvrir derrière la porte de fer forgée les deux somptueuses filles du seigneur Féroze.

Le visage blanc, les sourcils bien dessinés, les yeux fins et acérés, la bouche grande et coupante, leur beauté était violente, et d'autant plus excitante pour ce grand « romantique » qu'était Tim.

– Allez, viens, mon beau Tim. Nous n'avons pas beaucoup de temps !

– De temps pour quoi ? questionna-t-il innocemment.

– Mais pour que ma sœur et moi goûtions à ta liqueur de vie, susurra Blanche avec langueur. Viens, répéta-t-elle en laissant sa langue mutine parcourir le haut de ses lèvres rouges et tentatrices.

– Liqueur de vie ?! Vous voulez dire… ? Ouatchalaboumbah ! s'exclama Tim quand il crut avoir compris. Je… Je suis tout à vous, mes belles.

– Et mon petit cadeau ? s'interposa le garde qui était jeune et plutôt frêle. Vous me l'avez promis, à moi et au gros Pierre.

– Ne t'inquiète pas, mon petit cochon, Blanche et Rose tiennent leur promesse, sourit la rousse avec perversion tout en barrant de son doigt fin la bouche du garde liquéfié de plaisir.

Aux anges, il ouvrit la grille rouillée dans un grincement à déchausser les canines d'un troll. Tim allait sortir de sa geôle lorsqu'une main sombre surgit.

– Attends ! le retint Thamara.

– Tu as peur pour moi ? frima Tim, d'un sourire satisfait. À moins que tu aimes pas me voir avec d'aussi belles filles ?

– N'importe quoi, s'offusqua Thamara en faisant une moue craquante.

– Ah ouais et pourquoi tu veux m'empêcher d'y aller, alors ?

– Je ne veux pas t'empêcher du tout, tu fais ce que tu veux avec ton… tes… avec tes envies. C'est juste que je ne veux pas rester seule avec ton troll et… passe-moi ton cristal !

Tim réussit à masquer sa surprise… et sa déception.

– Ah, c'est ça ! Et bien toi au moins tu perds pas le nord ! Tu me plais de plus en plus, décidément, ajouta-t-il en pinçant la joue ronde et souple de la jeune sorcière.

Thamara toisa l'insolent, lui montrant ses dents si blanches et parfaites, comme une panthère prête à bondir.

– C'est qu'elle mordrait !... D'ailleurs, ouais, tu mords, se souvint-il. Mais moi, tu vois, je suis pas si méchant : je vais même te laisser quelque chose.

Il plongea dans sa poche de veste et en sortit Patné qui était endormi.

– Prends-en soin, s'il te plaît, demanda-t-il en caressant délicatement ses longues oreilles. Ce qui va suivre n'est pas de son âge ! Ah ! Ah ! Allez, les filles, allons nous amuser !

Le Grand Mage Matachmize avait profité de l'effervescence qui avait irradié le château pour discrètement inviter dans sa luxueuse chambre aux gigantesques tapisseries en l'honneur de l'Ordre du Sceptre, trois femmes aussi friponnes qu'ambitieuses. Avoir les faveurs du prêtre avait de nombreux avantages, et pas seulement de profiter de boissons et de mets raffinés.

Après quelques joutes qui n'était plus de son âge et quelques pichets de vin fortement alcoolisé, le vieux pervers s'était endormi sous la magnifique table de bois massif qui trônait au centre de sa chambre. C'était toutefois un rêve des plus agités qui l'habitait. À son insu, une image obsédait son esprit alcoolisé. Le joyau ! Le joyau octaédrique que portait au cou le jeune braconnier ! Il avait l'impression tenace de l'avoir déjà aperçu quelque part. Cette sensation était rendue plus cuisante encore par le fait qu'il sentait que c'était important. *Très* important. Et pas vraiment pour lui, mais pour l'Ordre tout entier !

Son visage sec et creusé par les années se crispaient compulsivement.

– La Larme des Fées !!! hurla-t-il en s'éveillant finalement, ses petits yeux écarquillés d'horreur craintive.

Ça y est ! Il se rappelait. Le retour de notre héros dans son monde était compromis.

BONG !

Euh... Oubliez ce que je viens de dire. Cet idiot de Matachmize s'est relevé avec une telle vigueur qu'il s'est cogné sévèrement sa tête dégarnie et s'est rendormi aussitôt (il était sous la table, vous suivez un peu ?).

Reprenons : le retour du garçon *n'*était *pas* compromis, enfin pas plus qu'auparavant...

Tim parcourut les couloirs frais et étrangement déserts, chacune de ses mains tenue par un mélange exquis de douceur et d'autorité. Il arriva enfin dans la chambre des deux tentatrices. Elle était illuminée de mille feux, de tentures colorées et de magnifiques tapisseries de chasse. En dépit de l'été déjà bien avancé, une flambée réconfortante crépitait dans son foyer.

Rose verrouilla ostensiblement derrière eux, une lueur obscène au fond de ses yeux verts. Elle déposa la lourde clé sur un meuble à tiroirs en bois massif et sculpté avec soin.

Les deux sœurs ordonnèrent à leur hôte de prendre un bain dans un bac de bois empli d'une eau chaude et parfumée, la bave malodorante des fantômes du souterrain ayant laissé des traces un peu trop présentes au goût des princesses raffinées. Tim tenta bien de les convaincre de prendre un bain tous ensemble, mais les belles ne voulurent rien entendre et allèrent se préparer dans une salle attenante.

Une fois tout propre, Tim avait hésité à se rhabiller. Il se couvrit quand même de ses sous-vêtements, il fallait laisser une part de mystère....

Quand elles reparurent dans la salle aux lumières chatoyantes, les deux belles étaient encore plus tentatrices, leur austère chignon ayant fait place à de longs cheveux droits qui descendaient jusqu'au haut de leur postérieur rebondi. Les formes aguichantes ondulèrent avec grâce et sensualité au rythme de la flamme des bougies. Elles s'approchèrent du garçon qui, à chacun de leurs pas, perdait un peu plus de ses moyens. Tellement qu'il ne vit pas que leur regard, duquel émanait à leur première rencontre une gentille perversité, brillait à présent d'une lueur cruelle.

– Tu as bien fait de te mettre à l'aise, apprécia Rose en se pourléchant les babines à l'idée de croquer le beau garçon. On va gagner du temps.

– Oh ! Tu as gardé ton pendentif sur toi ? s'enquit Blanche en s'en saisissant, les yeux dilatés d'émerveillement. Je l'avais remarqué tout à l'heure. Il est magnifique. Donne-moi-le, ronronna-t-elle.

– Ah, tout est à toi ici, précisa-t-il en désignant son corps, mais mon cristal, ma belle, je peux pas.

– Tu n'en auras plus besoin, l'informa Rose.

Avant que Tim ne questionne, Blanche expliqua :

– C'est nous qui seront tes joyaux les plus précieux.

– C'est pas faux. Vous êtes magnifiques. Je sais pas laquelle choisir.

– Qui te le demande ?

– Vous avez raison. Venez plus près, mes poupées, enjôla Tim en écartant les bras vers les deux créatures chaudes de désir. Je vais prendre froid comme ça.

– Ce n'est pas grave, je le préfère bien frais, lâcha Rose en plissant ses yeux d'oiseau de proie. Viens ma sœur, goûtons-y !

– Oui, oui, goûtez-moi ! répéta Tim en écho.

Il frétillait d'impatience. Quel moment ça allait être !

Les mains fines aux longs ongles pointus de la rouquine parcoururent le corps frémissant de l'adolescent. Elles ne s'arrêtèrent cependant pas là où le coquin l'attendait – et l'espérait – : son cou.

– Pourquoi pas, après tout. On peut commencer par des bisous par là et puis... descendre petit à petit.

Apparemment conquises, les deux sœurs s'approchèrent, dans un sourire de délectation, de l'anatomie du garçon presque totalement dénudé.

Lorsque les lèvres accueillantes de Rose se furent posées sur sa peau, Tim se retrouva au Nirvana. Enfin, « posées », pas vraiment ; « écrasées » serait un terme plus approprié.

– Hé ! Sauvage ! la réprimanda gentiment Tim à qui s'était pourtant loin de déplaire. Tu aimes faire des suçons. Ouiiiiii !... Là, comme ça... Aie ! Gentille, on a toute la nuit... Aiiiie ! Potrache ! Ça fait mal comme ça !

Tim tentait de la décrocher de son cou, mais la vorace Rose s'y agrippait de toutes ses forces. D'autant plus que la belle Blanche s'était mise à aider sa sœur en immobilisant Tim de ses deux mains à la puissance inattendue et irrésistible. Le garçon neutralisé, celle-ci lui sourit avec gourmandise et férocité, tout en faisant courir sa langue mutine... sur ses canines surdimensionnées !!!

6

DES FILLES QUI ONT DU MORDANT

– Des vampires ?! s'étonna Tim, tandis que Rose lui suçait toujours du sang. Marrant ! Alors, toute cette histoire de liqueur de vie, c'était pas... ?

– Pour moi, si, révéla Blanche dans un soupir, les paupières baissées de regrets. Mais c'est Rose qui a gagné aux dés, cette fois-ci. C'est à son tour de boire ta liqueur de vie, et malheureusement pour toi, elle n'est pas comme moi. Comme pour le vin, elle préfère le rouge...

Ce fut comme si un énorme bloc de granit s'était écrasé sur l'adolescent habituellement si insouciant. Pourtant, ce ne fut pas la perspective de se faire vider de son sang qui l'avait choqué le plus.

– Vous m'avez joué aux dés ?! s'offusqua Tim. Vous... Vous savez que c'est très macho comme comportement ? les gronda-t-il comme des petites filles. Vraiment, vous devriez avoir honte, on croirait... euh... moi ! reconnut l'adolescent alors que Rose aspirait toujours son sang telle une sangsue rompant une interminable grève de la faim. J'ai pas le choix, dit-il calmement, je vais devoir... appeler à l'aide. Et je pense que votre père soit très content d'apprendre que ses filles chéries sont des suceuses de sang.

– Malheureusement, petit amour, non seulement personne ne croirait un misérable braconnier, mais, en plus, les murs de notre chambre sont totalement insonorisés. Tu es loin d'être le premier, tu sais.

Tim commençait à perdre ses forces. Il ne pouvait plus se permettre de palabrer.

– Si... Si j'avais... su...

Sa main droite arrêta de tenter de décrocher la suceuse affamée et, faiblement, descendit jusqu'à son torse.

– Oui, caresse une dernière fois ton joyau, l'encouragea Blanche d'une voix triste. Dans quelques secondes, il sera à moi. Ce sera – snif ! – comme mon cadeau de consolation.

– C'est cela, oui... Rêve...

Zachame !

Tim se retrouva juste après sa sortie de bain, en train d'accueillir les deux sœurs parées de leur nouvelle toilette.

Le cristal ne l'avait malheureusement pas fait assez retourner en arrière. Il était encore en petite tenue !

– Je... Finalement, je... je dois partir, annonça-t-il en forçant son sourire.

– Mais pourquoi ? s'inquiéta Blanche. Tu n'es pas bien avec nous ?

– Si, évidemment, élargit-il son sourire, plus si à l'aise à présent qu'il connaissait la véritable nature des splendides tentatrices qui lui faisaient face. Je me « sang » vraiment bien en votre compagnie. Mais je me rends compte que je suis un « sang »-cœur de laisser mes amis dans le froid et l'inconfort d'une prison alors que moi je suis là à passer du bon temps dans la délicieuse compagnie de deux vamp...

– « Vamp » ?!!! se braquèrent les deux filles.

– « Vamp » ? J'ai dit « vamp », moi ? questionna-t-il dans un rictus crispé. Hé ! Hé ! Pas du tout, mentit-il tout en reculant imperceptiblement devant les deux créatures de plus en plus menaçantes. Ah, oui !... « Vamp ». Ah ! Ah ! Vous allez rire – et être flattées – dans le pays d'où je viens, les femmes fatales comme vous sont appelées des vamps... Ah ! Ah ! Il va valoir que je me penche sur l'étymologie de ce mot, moi, ajouta-t-il en pensées. Ce pourrait-il que... ?

– Alors pourquoi veux-tu nous quitter ? miaula Blanche en s'approchant du garçon en tenue plus que légère.

– Bon sang, vous comprenez pas ? mélodrama Tim avec une tristesse bien trop feinte. Je « sang » que... « sang » moi, mes amis vont se faire du mauvais sang... On se revoit « sang »-faute, hein ? Sang rancune ?... Euh... Au fait, vous pourriez me passer mes vêtements qui sont derrière vous, là ? Hein ?

– Viens les chercher, le défia Rose. Blanche, je crois qu'il a compris. Il n'est pas seulement beau comme un dieu, il est intelligent : il nous a percées à jour !

– Ah ! À défaut d'autre chose, sourit Tim. Hep ! Hep ! Hep ! N'approchez pas ! leur lança-t-il en les voyant se rapprocher un peu trop.

À regrets, il dut reconnaître qu'il devait éviter tout contact physique avec ces lascives et troublantes créatures. Elles en voulaient à sa vie (à défaut de son homonyme masculin). Seule sa vitesse pouvait peut-être le sauver.

D'un bond, il jaillit vers la pile de vêtements bien rangés (en boule) mais la rouquine aux canines pointues s'en était déjà emparé !

– Ouatchalaboungah ! Quelle vitesse ! C'est des vitamines de cyclistes que vous prenez ?

Une fois sa bravade lâchée, il recula. En dépit de son sourire, il se savait en mauvaise posture : les deux vampires assoiffés de sang s'apprêtaient à bondir sur lui. Il devait utiliser à nouveau son joyau, en espérant qu'il le renvoie plus en arrière...

Zachame !

Quand la lumière bleu électrique s'estompa, Tim comprit qu'une nouvelle fois, son cristal n'avait pas produit l'effet escompté, mais alors pas du tout ! À sa grande surprise – et son plus grand bonheur ! – Rose s'était soudain retrouvée complètement nue !

– Ouatchalaboumbah ! T'es encore mieux en tenue d'Ève, dis ! s'exclama le coquin, ses yeux saphir dilatés de plaisir. Quelles courbes !

Dans un grand cri aigu à briser les quelques vitres du château-fort, la suceuse de sang se rendit compte de sa situation, laissa tomber les vêtements et les chaussures du garçon, et alla se réfugier derrière les tentures rouge et blanc du lit en baldaquin.

– Ouatchalaboumbah ! L'arrière vaut le devant, ajouta Tim, sans vergogne. Allez, montre-toi ! Ne joue pas les saintes Nitouches.

Rose s'écrasa encore plus derrière l'un des quatre poteaux du lit.

– Dommage... Ah, là là ! Comment j'ai réussi à faire ça, moi ?! C'est... C'est le meilleur super-pouvoir du monde !!! s'écria-t-il en explosant de joie.

– Blanche, fais attention, c'est un magicien !!! la mit-elle en garde, tellement bouleversée que son assurance d'oiseau de proie avait disparu. Regarde, il m'a piqué ma robe !

Tim souleva un sourcil étonné. Qu'est-ce qu'elle racontait ? Il ne lui avait pas piqué ses vêtements, il les avait juste fait dispa... Il comprit enfin lorsqu'il suivit le doigt accusateur de la beauté dénudée et découvrit la robe en question... sur lui !!!

– Alors, ça ! Mon cristal a pris ses vêtements pour me les mettre ! laissa-t-il échapper avec un sourire en coin. Marrant ! Notez que ça me va plutôt bien, s'amusa-t-il en tirant au niveau de ses hanches sur la douce texture du tissu blanc.

La blonde était plus perdue que jamais. Que devait-elle faire ? Avant qu'elle ne le décide, la voix de Tim annonça :

– Allez, à ton tour, ma belle ! s'exclama-t-il en la dévorant déjà du regard.

– Non, non, supplia de ses mains affolées le vampire habituellement si cruel et implacable. Pas moi ! Pas moi ! Ce... Ce n'est pas convenable...

Le sourire salace, Tim se dit qu'il ne pouvait laisser échapper une pareille occasion.

Zachame !

Dans une lumière bleutée, les vêtements de la blonde, qui étaient seyants à la taille mais amples aux bras, vinrent s'ajouter à ceux de sa sœur sur les épaules de Tim.

Il n'en avait cure. Il se régalait du spectacle.

– Hé ! T'es une vraie blonde, apprécia Tim, les yeux dilatés d'extase. Et quelle ligne ! se régala-t-il encore. Aux cheveux près, vous êtes vraiment jumelles ! Ouatchalaboumbah !

L'anatomie affriolante des deux filles vampires si pudiques était à présent prisonnière du blanc et rouge des tentures tombant à chaque extrémité du lit en baldaquin. Bref : elles étaient neutralisées.

Tim ne put s'empêcher une dernière blague :

– Ah ! Ah ! Vampires ou pas, vous êtes de coquines coquettes avant tout ! On pourrait presque dire que... – il reprit sa respiration –... bien enroulées dans leurs tissus, des filles bien roulées se sont bien fait rouler ! Ah ! Ah !... Oh, mes bons mots n'ont pas l'air de vous... « emballer » ? osa-t-il rajouter d'un air faussement attristé.

Pour toute réaction, les deux vampires se mirent à crier de toute la force de leur arrogante poitrine. Tim élargit encore son sourire et se fit un plaisir de leur rappeler... que leur chambre était insonorisée...

Après un dernier éclat de rire devant leurs faces grimaçantes, Tim ramassa ses affaires, sans toutefois enfiler plus que ses baskets. Il savait qu'il n'avait pas tout son temps. Il s'empara de la clé et passa la porte.

Il l'avait à peine verrouillée derrière lui, que les vampires femelles se ruèrent à sa suite, tambourinant de toutes leurs forces surnaturelles. Tim ne joua pas plus longtemps avec le feu et détala avant que la porte ne sorte de ses gonds.

En dépit des deux longues robes qui l'empêchaient de trop longues enjambées, Tim arpentait les couloirs de pierre avec célérité. Il passait de la lueur d'une torche murale à une autre, remerciant sa pierre de ne pas lui avoir mis également les chaussures de ces filles. D'autant que la semelle en caoutchouc de ses baskets lui permettait de se mouvoir sans laisser échapper le moindre bruit. C'est ainsi qu'après de nombreux allers-et-retours dans les corridors et escaliers sans fins, il atteignit en toute discrétion les geôles du château.

Tim put vaguement distinguer l'étroite salle de garde grâce à la lueur vacillante de la lanterne posée au sol. Par chance, il n'y avait qu'un seul soldat. Bonheur supplémentaire : il lui tournait le dos !

Il était posté devant la grille de la prison de Thamara et Nib, assis sur un tabouret de bois, lourdement affalé sur son épée, assommé qu'il était par la fatigue et la vinasse. L'odeur caractéristique qui flottait autour de lui ne laissait aucun doute.

Tim jubila devant sa chance insolente.

– Trop faciiiile !

Sur la pointe des pieds, Tim s'avança derrière le militaire, un sourire mutin à l'idée du bon tour qu'il allait lui jouer. Il n'allait faire qu'une bouchée de ce gringalet de garde.

Le garçon fit encore deux pas, souleva au plus haut un des tabourets de la salle et l'abattit avec force sur le casque du garde.

Tim fut soufflé : le militaire n'avait pas bronché ! Perplexe, il jeta un œil interrogateur à son arme plus que sommaire, la cogna de ses phalanges en un rapide test de solidité, puis, rassuré, envoya un nouveau coup bien pesé sur la tête. Rien. Il asséna un troisième, un quatrième puis un cinquième coup qui finit par briser le tabouret de bois.

Ce fut alors seulement – sans doute réveillé par le bruit – que le garde se retourna d'un œil hésitant. Puis, dans une lenteur dramatique, il se leva, exposant à la lumière glauque de sa lanterne, sa masse impressionnante de gras surmontée d'une tête barbue et ronde qui laissait échapper une haleine fétide et alcoolisée.

– La relève ! songea un Tim décontenancé. 'Y a eu la relève !

Voyant l'impasse dans laquelle il se trouvait, il passa sa main droite sur son cristal... mais rien ne se passa. Il baissa la tête : son cristal était bleu !!! Il n'y avait pas de doute : il allait passer un mauvais quart d'heure. À moins que...

– Je viens pour la relève ! tenta-t-il d'une voix qu'il voulut martiale.

– Ça c'est sûr, ça va relever ! grogna le gros garde. Hé ! Hé ! Allez, viens – Hips ! – près de moi, ma p'tite princesse.

– Princesse ?! Qu'est-ce que... ? Potrache !

Tim se souvint alors qu'il portait la tenue des filles du seigneur ! La pénombre et l'alcool dont le garde avait abusé faisaient le reste : il le prenait pour la belle et tentatrice Blanche !

– Heu... Tout doux. Tout doux. Je...

Il réfléchit rapidement puis annonça d'une voix suave tout en dandinant des épaules :

– Plus tard pour ton petit câlin, mon nounours. D'abord, ouvre-moi la porte de la cellule des braconniers, s'il te plaît.

Le gras du bide tituba et s'avança lentement vers la jeune beauté (?!). Avec une vitesse inattendue, il l'empoigna par le col et tira violemment sur la robe qui se déchira partiellement, révélant...

– Une autre robe ! faillit dessoûler le gros barbu. Qu'est-ce que c'est que cette – Hips ! – histoire ?

– Je suis... très prévoyante, minauda Tim d'une voix la plus aigue possible en tentant, dans un mouvement surjoué de pudibonderie, de rajuster le lambeau de tissu blanc sur ses épaules. Bon, je vois que tu es un gros malin, toi, alors, pour te montrer que je moque pas de toi, en échange, je te passe la clé de la chambre de ma sœur et moi, proposa-t-il en faisant passer la dite clé devant les yeux embrumés du gros garde.

– D'accord... Tu... – Hips ! – Mais tu perds rien pour attendre.

Il s'empara de la clé de la geôle et l'inséra dans la serrure. Enfin... il essaya. Il dut s'y reprendre à plusieurs fois. Et chaque tentative infructueuse augmentait la tension de Tim ; les vraies princesses pouvaient débouler à tout moment, et avec des gardes ! Pour accélérer les choses, le travesti temporaire passa devant le colosse de graisse, s'empara de la clé, l'inséra du premier coup et la tourna dans la serrure déjà bien rouillée.

Mais profitant que la « princesse » était affairée, la masse du garde imbibé la coinça contre la grille et approcha tout à la fois sa langue gluante vers son visage et le coupant de son épée sous sa gorge.

– Tu vas pas couper à un baiser, princesse ! Si tu vois ce que je veux dire. Hé ! Hé ! Viens par là que je te donne un avant-goût de notre nuit de folie. Allez – Hips ! – ou je te coupe la tête !

Malheureusement pour lui (mais heureusement pour Tim), ce ne fut pas la bouche de la princesse de ses rêves que le gros garde rencontra, mais celle... du troll glouton qui était derrière la porte que Tim avait fini par ouvrir...

– Ah ! Nib a l'amour dévorant ! nota Tim, d'un ton désinvolte en regardant le troll se bâfrer.

– C'est horrible ! s'insurgea Thamara en sortant à son tour de la prison de pierres. Comme peux-tu t'en réjouir ?!

La jolie sorcière avait trop vu de ces boucheries tout le long de sa jeune vie. Elle n'avait pas fait tout ça pour assister aux mêmes horreurs ici.

– Hé, c'est pas ma faute si dans cette prison ils nourrissent pas assez les trolls ! protesta faussement Tim, la main sur le cœur.

Avec une grimace réprobatrice, Thamara tendit le lapereau qui, inquiet de cette agitation, faisait déjà une bonne quarantaine de centimètres. Ce fut seulement à ce moment-là, quand elle fut assez proche du garçon, qu'elle aperçut sa tenue singulière !

D'abord surprise, elle se couvrit pudiquement de ses mains, parvenant difficilement à dissimuler le sourire qui s'était dessiné sur son visage doux et rond. Elle ne tint toutefois pas longtemps et explosa de rire.

– Tu es encore plus pervers que je ne le pensais ! s'esclaffa-t-elle. Ah ! Ah ! Habillé en fille ! J'aurai tout vu avec toi !

Entre deux bouchées, Nib y ajouta son rire grinçant.

– Hïng ! Hïng ! Copain être déguisé ! Hïng ! Copain être très drôle !

S'il fut légèrement vexé, Tim le cacha admirablement bien. Il jeta juste ses yeux saphir dans ceux, hilares, de la belle chocolat puis, tout en s'inclinant, dit d'un ton au charme déterminé :

– Pour toi, je suis prêt à tout, Tham. Allez, sortons d'ici avant que...

Il fut interrompu par le barrissement des trompes d'alerte qui retentirent de chaque coin du château.

– Potrache ! Même pas le temps de remettre mes vêtements !

143

– Pour quoi faire ? Ils te vont à ravir, le taquina Thamara, le visage encore dilaté de son sourire effaré.

– Et, voilà, c'est déguisé en fille que je lui plais ! s'adressa-t-il au lapereau qu'il tenait dans la main. Elle est encore plus détraquée que je le pensais !

Tim récupéra son sac au fond du cachot et y fourra ses habits à l'exception de sa veste dont il se couvrit. Dans la poche supérieure gauche, il put ainsi y placer un Patné tout heureux de retrouver sa place.

Le garçon du XXIème siècle, la sorcière et le troll se mirent en route. Ils montèrent les premiers escaliers qu'ils rencontrèrent, dévalèrent un long corridor sans rencontrer personne, bifurquèrent une première fois, puis une deuxième, tombèrent sur un cul-de-sac, firent demi-tour et reprirent leur course.

Finalement, sentant qu'ils tournaient en rond, ils s'arrêtèrent.

– Où est la sortie ? demanda Thamara en se tournant vers Tim.

– Qu'est-ce que tu veux que j'en sache ?! répliqua le garçon d'un air ahuri. Je connais pas ce château, moi. J'ai juste eu de la chance de retrouver le chemin de votre prison, c'est tout.

– Tu te prends vraiment pour le centre du monde ! le cassa la jeune sorcière à la chevelure d'ébène délicatement zébrée de feu. Ce n'est pas à toi que je le demande.

– Ah ouais, et pourquoi tu t'adresses à moi ? fit remarquer Tim en soulevant les épaules.

Thamara l'ignora et répéta :

– Où est la sortie ? À droite ? précisa-t-elle en abaissant son visage vers... Patné !!!?

La tête et le bout des pattes avant à peine sortis de la poche supérieure de la veste de Tim, le lapereau baissa ses longues oreilles.

– À gauche, alors ?

Instantanément, les appendices du lapin pointèrent vers le ciel.

– On va par là, indiqua Thamara.

– Tu crois que c'est un lapin qui va te donner le chemin ?!!! se moqua Tim. T'es complètement fêlée, toi !

Un regard menaçant de la sorcière l'incita à ne pas en rajouter.

– Tu as une autre idée ? lâcha-t-elle.

– Des idées, il m'en vient des tonnes quand je te regarde, susurra-t-il de ses yeux mi-clos.

Après une grimace énervée, Thamara se détourna et partit dans la direction « indiquée » par le lapereau.

– Impossible comprendre femmes, lâcha un Nib abasourdi.

Nib et Tim se regardèrent d'un air interrogateur tout en se tapant la tempe du bout de l'index... puis ils suivirent la jolie sorcière d'Outre-Monde.

À chaque croisement, et sous le regard ahuri des deux garçons, Thamara interrogeait le lapereau. Et à la stupéfaction de ces incroyants, ils arrivèrent finalement dans la cour du château qui baignait dans le silence de l'obscurité tout juste ébréchée par la pâleur de la lune rejoignant l'horizon.

Après une seconde d'hésitation, Tim, Thamara et Nib se lancèrent. Il fallait profiter de ce que la cour était déserte. Enfin, c'est ce qu'ils crurent jusqu'à ce que les premières flèches vinrent s'écraser à leurs pieds.

Ils accélérèrent leur course.

– La herse !!! hurla Thamara en la désignant. Ils abaissent la herse !!! Dépêchez-vous !!! Timothée, ton troll !!! Vite !

En effet, le massif troll n'était pas Ben Johnson. Il soufflait comme une vieille loco en fin de vie. C'est ce qui lui coûta une flèche dans le haut de son dos musclé et épais !

Dès que Tim s'en rendit compte, il amena sa main vers son cristal qui palpitait. Nib le devina.

– Non ! Pas besoin ! hurla Nib entre deux respirations. Trolls être résistant ! Copain continuer ! Vite !

Nib fut le dernier à passer la herse, et de justesse. À tel point qu'elle brisa la flèche dans sa descente.

En dépit du supplément de douleur induit, le troll n'avait pas arrêté sa course. D'ailleurs, il était tellement lancé que, tel un rhino en plein charge, il ne le pouvait pas. Il y avait cependant un « léger » obstacle sur sa route :

– Le pont-levis !!! s'écria Thamara la main droite barrant ses lèvres plissées d'inquiétude. Il est levé !

– T'excite pas, Tham, lança Tim d'un ton désinvolte. Comme ça, il va nous l'ouvrir, ton pont-levis levé.

Malheureusement, si Nib s'écrasa puissamment contre la paroi du pont, le bois renforcé de métal fut sérieusement fragilisé mais tint bon.

La voie était coupée devant eux, les soldats affluaient derrière la herse et pour couronner le tout, leur allié troll était blessé.

TIM ET LE CRISTAL DU TEMPS

Comment dire ?... Ah, oui : ils étaient mal.

7

RUGIR DE PLAISIR

Si comme précisé précédemment, notre trio d'aventuriers était méchamment acculé, Tim observait tout cela avec un incroyable détachement.

– Je voudrais pas vexer Patné, mais je crois qu'on va se faire descendre comme des lapins, là.

– C'est tout ce que ça te fait ?! l'incendia la sorcière d'Outre-Monde.

– Non. En fait, ça m'embête beaucoup, corrigea Tim, sobrement.

– Ah, quand même !

– … Non, c'est vrai, poursuivit l'ado sur un ton toujours aussi calme et posé, Ça m'embête de devoir finir avec des habits de filles sur le dos. Ma réputaton va en prendre un coup.

Thamara soupira de dépit. Cet idiot était indécrotable.

– Ils ne nous ont pas encore ! jura-t-elle soudain.

Le regard déterminé, la sorcière chocolat fouilla sa besace. Il ne lui fallut que quelques secondes pour trouver ce qu'elle cherchait.

– Dis à ton troll d'avaler ça ! ordonna-t-elle.

– C'est demandé si gentiment, ironisa le garçon. Nib, tu as entendu ce que t'as prescrit la doctoresse de charme ? Allez, ouvre la bouche, mon petit tyrannosaure.

– Ah, non ! Nib pas vouloir pisser partout comme dernière fois ! refusa Nib en secouant son gros doigt.

– C'était pas Tham qui te l'avait donné, corrigea Tim.

– Sorcier et sorcière être pareils. Nib pas confiance !

– Dépêchez-vous, les soldats arrivent !!!

– Il va pas pisser partout ? Tu es sûre ?

– Ce n'est pas du tout mon style, le rabroua-t-elle. Allez, donne-le-lui, vite !

Nib avala la petite graine à la couleur suspecte dans une grimace de dégoût qu'un marmot face un salsifis n'aurait pas renié. La sorcière n'y fit pas attention et lui intima de faire face aux militaires qui se massaient devant la herse.

– Ça va lui faire cracher des flammes, c'est ça ? supposa Tim, amusé à cette idée.

– Hum... Peut-être pas comme tu le crois, sourit-elle, énigmatique. Tu ferais quand même mieux de t'écarter de ton troll.

Tim était à se demander ce que la sorcière leur avait concocté lorsqu'une explosion derrière eux volatilisa le pont levis !

Le garçon comprit ce qu'il s'était passé quand il vit Nib se tenir le postérieur en grimaçant de ses dents acérées.

– Ouah ! Fondement de Nib brûler ! Ouah ! Brûler comme si Moma avoir surpris Nib en train de piquer dans pot de confiture de bébés Toulisses !

– Ah, ouais, pas du tout ton style, hein ? fit remarquer Tim en regardant Thamara du coin de l'œil. Ah ! Ah ! Et puis, regarde-moi ce travail... Bon, c'est vrai qu'il y a plus de pont-levis pour nous bloquer, on peut pas te retirer ça... mais, bon... maintenant on a les douves du château...

Thamara fit une moue désolée en regardant le garçon de ses magnifiques yeux blancs éperdus.

Et la situation empirait : la herse les séparant des soldats commençait à se relever et les archers s'amassaient dans la bretèche située au-dessus d'eux. Ils allaient être à nouveau fait prisonniers ou tout bonnement exécutés sur place !

Nib, qui ne semblait pas dans son assiette (un comble pour un troll !), déclama tout à coup :

– Nib avoir idée !

Le troll s'empara de Thamara d'un bras et de Tim de l'autre.

– Dis à ton troll de me lâcher !!! Je ne veux pas sauter dans le vide, moi !!! se débattit la sorcière. Il est fou !

– Euh... Tu devrais écouter la dame, Nib. Je suis pas sûr que ça soit si... marrant que ça...

Le troll ignora les protestations. Il tourna le dos aux soldats prêts à tirer, se rapprocha du bord du gouffre, et, dans un « prout ! » à la fois puissant, odorant et désopilant, le trio s'éleva dans les airs, franchit les quelques mètres de douve et s'écrasa comme des pommes trop blettes un soir d'automne.

À peine remis du choc, Tim et Nib se relevèrent et se tapèrent dans la main en affichant un large sourire jubilatoire.

– Ah ! Ah ! « On n'a pas d'idées, mais on a des pets trolls ! » Ah ! Ah ! Tordant ! Allez, on le refait ! On le refait !!!

– Ouais ! Ouais ! Ouaaaaais !!! beugla le troll en sautant de joie sous les yeux ahuris des soldats... et de Thamara mais pour d'autres raisons.

– Ça va pas la tête ?!!! hurla la sorcière en tirant Tim par le col. Barrez-vous de là !

Il fallut qu'une flèche vint leur lécher les pieds, pour que les pommes blettes se décident enfin à détaler, ne se sentant pas l'envie de jouer les fils de Guillaume Tell.

Tandis que le trio infernal s'éloignait de Gartaifesse à grandes enjambées (enfin, sauf Tim, empétré dans ses robes), un étrange couple hétéroclite errait péniblement dans la pénombre des couloirs du château. Enfin, quand je dis couple, ce n'était pas à proprement parler des amoureux.

– Je me sens faible, maître.

– C'est moi qui vous tire, je vous signale !

– Mais pourquoi toujours moi, maître ? gémit le disciple en raclant le sol de son dos meurtri. Pourquoi vous m'avez laissé entrer le premier dans cette chambre où il y avait ces deux créatures suceuses de sang ?

– Je vous donne l'insigne honneur de passer devant moi et vous vous plaignez ?! Rien ne vous arrête.

– Et pourquoi avez-vous pris tant de temps pour intervenir ? se plaignit encore le malheureux disciple. Je ressemble à une vieille passoire bleue !

Le sorcier à la moustache noire éclaira son visage d'un sourire sadique.

– Allons, allons, ce teint livide vous va à ravir, le railla-t-il. C'est très à la mode. Et puis, arrêter de geindre, petite nature, et remettez-vous debout. Le détenteur du cristal ne doit pas nous échapper !

La vision qui accueillit Tim à son réveil le lendemain aurait paru effrayante à plus d'un : le large et puissant troll le surplombait, les bras musculeux et poilus croisés avec assurance et un grand sourire de carnassier sur son visage carré.

– Nib ? Déjà réveillé ? s'étonna Tim en s'étirant avec la grâce d'un orang-outan.

149

Le troll se mit à rire de son rire grinçant et presque inquiétant.
– Qu'est-ce que j'ai dit ?
– « Déjà ». Copain avoir dit : « déjà ». Hïng ! Hïng ! Soleil être levé depuis longtemps. Copain toujours dormir ! Même fille chocolat être partie...
– ... Cherchez des croissants frais et bien chaud ?! s'illumina instantanément Tim.
Il grommela.
– Ouais, il y a peu de chance... se rendit-il compte tout en se recoiffant comme il put. Ça va encore être ses touffes d'herbes sèches, ses racines tordues et dures, et des glands moisis comme hier soir. Brrr ! Ça m'est resté sur l'estomac.
– Nourriture sorcière avoir pas empêché Copain bien dormir. Hïng ! Hïng ! Et Nib pas savoir quoi être « croissants », mais frais et chaud en même temps, ça pas être possible, déclama le troll avec un certain bon sens.
– Pas faux, reconnut Tim.
Il se leva en s'époussetant, appréciant en particulier de ne plus être affublé de ces foutues robes.
Une fois un peu débarbouillé, il s'empara d'une des pommes pas encore assez mûres que Thamara leur avait cueillies et la croqua (la pomme, pas Thamara, malheureusement pour lui).
– Au fait, ta blessure va mieux ?
– Nib plus mal du tout. Fille chocolat être gentille... pour une femelle, évidemment. Médecine sorcière être efficace.
– Tu parles ! Elle t'a enlevé la flèche de ton épaule pour me la planter dans le cœur, observa Tim, pas si mécontent que ça.
– Copain être amoureux ! Danger ! mit-il en garde d'un air sombre. Filles être cruelles avec garçons.
– Prends pas ton cas pour une généralité, se moqua Tim. De tout de façon, t'as pas besoin de t'en faire, je suis pas amoureux de cette petite sorcière. Elle est mignonne, c'est vrai, et même un peu plus, mais potrache quel caractère ! Tout mais pas ça !
– Nib pas croire Copain. Nib voir comment Copain regarder fille chocolat.
– Je suis pas amoureux d'elle, répéta Tim d'un ton léger, enfin... pas plus que d'une autre, précisa-t-il d'un sourire en coin. Pourquoi en choisir une après tout ? Elles sont toutes si belles... Au fait, elle est partie où ?

– Fille chocolat partie dans cette direction, expliqua le troll, les sourcils inquiets. Pas être bonne idée. Yeux malveillants observer Copain, fille chocolat et Nib depuis hier.

– Qu'est-ce que tu racontes ? se moqua le garçon insouciant. Qui donc nous vaudrait du mal ? Je crois plutôt que t'as les pétoches à l'idée que ta dulcinée te retrouve ! Ah ! Ah ! Allez, j'y vais, l'amour n'attend pas !

Tim se mit en chemin en se marrant, laissant le troll avec ses doutes et le reste de leurs affaires.

– Nib venir avec Copain ?

– Suuuurtout pas ! affirma celui-ci avec une lueur coquine dans les yeux. Tu comprends pas que c'est un truc pour que j'aille la chercher et qu'on se retrouve tous les deux, seuls, dans l'intimité des grandes herbes ?

Tim marcha tout droit jusqu'à la lisière de la forêt. Là, il poursuivit à travers la végétation de l'été en suivant celle qui semblait fraîchement aplatie. Après quelques minutes d'une recherche vaine, il s'arrêta et scruta l'horizon. Il se figea tout à coup !

Parmi les herbes mouvantes sous la brise légère, le garçon avait aperçu une forme sombre et menaçante. Et s'il avait du mal à l'admettre, plus elle se rapprochait, plus il était sûr que c'était là... une magnifique panthère noire !

– Oh, oh, j'ai cru voir un 'ros minet, annonça Tim tel un certain canari. Un *très* 'ros minet, même. Qu'est-ce qu'il peut bien faire là, bon sang ?! Aïe ! se pinça-t-il à nouveau. Potrache, je rêve toujours pas ! Potrache de potrache, mais je suis tombé où, moi ?

Une question plus pressante chassa cette dernière : serait-ce cette créature qu'aurait sentit son copain troll ?

Pendant que Tim se brûlait les neurones en conjectures, le félin glissait avec souplesse sur la prairie qui jaunissait jour après jour sous la brûlure du soleil d'été. Ses oreilles aiguisées étaient aux aguets. Rien ne lui échappait : le moindre souffle, la plus petite respiration, la plus légère caresse sur l'herbe, le... craquement d'une branche de bois mort sous la chaussure d'un maladroit ? Euh... ah, oui, ça aussi.

– Potrache !

La panthère n'hésita pas une seconde et se dirigea vers sa proie. L'adolescent regretta instantanément d'avoir demandé à Nib de rester au campement. Il y avait d'ailleurs tout laissé, même son sac à malices. Il n'avait emmené que Patné qui dormait encore dans sa poche de veste. Il savait que le lapereau n'appréciait guère de se retrouver seul avec le troll glouton.

Le goût de l'aventure lui revint pourtant vite. Il sourit.

Il garda même cette attitude lorsque la bête au noir bleuté se trouva au-devant de lui. Il devinait toutefois que son mini-lapin serait dans un tout autre état psychologique que le sien s'il apercevait le « chaton ». Il rabattit les oreilles du lagomorphe (et oui, j'ai réussi à m'en rappeler !) sur ses petits yeux fermés. C'est que le lapereau magique aurait pu éclater comme un ballon de baudruche.

Bien campé sur ses jambes, Tim fit face au félin.

– Allez, avance, chérie, avance.

Le garçon se savait rapide, pourrait-il toutefois se mesurer à la légendaire vélocité d'une panthère ?

Une fois assez proche, la bête bondit ! Tim s'écarta avec assurance et lui botta le derrière !

– Touché ! C'est toi le chat ! osa-t-il lancer avant que la panthère ne se soit retournée.

Sans attendre la fin du rugissement de colère de ce nouveau Chat Botté, Tim piqua un cent-mètres jusqu'au premier arbre qu'il rencontra et y grimpa avec une aisance surprenante pour un citadin. Assis sur une branche à deux mètres du sol, il observa, de son air amusé habituel, le félin lui passer dessous. Il le perdit lorsqu'il vit la panthère se planter sur le tronc de la puissance de ses griffes. Crispée sur l'écorce de l'arbre, elle avança une patte, puis une autre, une autre encore. Elle se rapprochait.

– Bon, assez joué, se dit Tim.

Il tira sur la cordelette de son joyau pour le sortir de son sweater mais...

– Potrache ! Ça recommence !

Le cristal était bleu... et Tim aussi.

La panthère noire, qui rugissait à chaque décimètre de progression, étendit soudain sa patte droite et vint en planter les griffes à deux centimètres de la jambe de pantalon du garçon ! Elle avait cependant fourni un tel effort qu'elle en avait perdu l'équilibre et était à présent pendue en l'air, seulement accrochée par quatre griffes ! Et peu profondément.

– Oah ! Là, t'es mal, mon minou ! se marra Tim en se penchant vers la panthère tout en faisant bien attention à ne pas faire tomber son petit passager de poche. Ta situation me paraît bien instable. Juste tenue par quatre petites griffounettes. Ah ! Ah !

Le félin rugit de peur et de colère mêlés. Pas impressionné, Tim approcha ses doigts.

– Tu sais, en fait, je t'aime un peu, dit-il d'un ton badin. Je dirais même que je t'aime...

Il décrocha une des griffes acérées de l'écorce de l'arbre.

– Beaucoup...

Il en enleva une deuxième.

– Passionnément...

Une troisième.

– À la folie...

Les rugissements étaient à présent teintés de douleur.

– Pas du tout... conclut Tim, complètement hilare en voyant le gros chat tomber vers le sol. Allez, on va voir si t'es un matou ou une tartine !

Au dernier moment, la superbe panthère noire lui prouva qu'elle n'avait rien d'une tranche de pain beurrée et se réceptionna sur ses quatre pattes.

Le garçon applaudit la prestation comme à un spectacle de foire.

– Ouatchalaboungah ! Quelle classe !

Le prédateur ne s'en alla toutefois pas. Il se mit à faire les cents pattes autour de l'arbre d'un pas velouté et sûr, et dans d'inquiétants feulements.

– Potrache ! Elle est rancunière, en plus ! 'Y a plus de doute à avoir : c'est une femelle ! Ah ! Ah !

Si les rondes sans fin et ponctuées de coups de griffes sur le tronc ne semblaient pas altérer la bonne humeur de Tim, il en était tout autre pour le petit lapin qui s'était réveillé.

– Patné, arrête ça, tu vas déchirer ma poche !

Il sortit le lapereau et le flatta avec une tendresse rassurante. Mais en dépit des mots doux qu'il lui susurrait, le lapin poursuivait son expansion.

– Que veux-tu qu'il nous fasse ? Il peut pas monter, tu as bien vu, non ?

Voyant que le lapin grossissait toujours, il le plaça trente centimètres plus haut, dans le creux d'une branche.

– Bon, tu restes là et moi je vais le chasser, d'accord ?

À cette idée, Patné fut foudroyé d'effroi : son ami Tim allait se faire déchiqueter ! Il gonfla instantanément et à un point tel que la branche cassa sous son poids. Et, lui, ce n'est pas sur ses quatre pattes qu'il retomba mais... sur la queue de la panthère noire !

Dans un rugissement déchirant de surprise et de douleur, le félin s'enfuit à travers les herbes de toute la vitesse que lui permettaient ses membres surpuissants.

– Ouatchalaboungah ! T'es le plus fort, Patné !!! Ah ! Ah !... « Ce matin, un lapin a tué un chat-sœur ! » entonna-t-il à tue-tête. « C'était un lapin qui, c'était un lap... ».

– Oh, le grand courageux ! jaillit une voix impertinente.

La chansonnette resta bloquée dans la gorge du frimeur. Thamara les avait rejoint ! Campée avec grâce sur ses jambes magnifiquement fuselées, elle levait sa tête douce et charmante en direction du garçon.

– Son lapin à terre et lui réfugié dans un arbre ! se moqua encore la jolie sorcière dont l'épaisse chevelure ondulée flottait légèrement sous la brise. La terreur de la prairie ! Ah ! Ah !

– N'importe quoi ! Je jouais juste à chat perché avec Patné, ne se déstabilisa pas le garçon, le sourire toujours crâneur.

Et de la branche d'arbre, Il sauta au devant de Thamara.

– ... Et je sens que je vais croquer une belle petite souris, lui lança-t-il en dardant ses yeux dans les siens.

– Tu ne faisais pas autant le malin tout à l'heure, le défia-t-elle.

– Ah, ouais, et qu'est-ce que tu en sais ? T'étais pas là.

– C'est ce que tu crois, répondit-elle d'un sourire énigmatique.

Puis Thamara se détourna et repartit en direction de leur campement sommaire de sa démarche légère et envoûtante.

– Tu y comprends quelque chose, toi ? demanda Tim à son lapereau – qui avait reprit sa taille et sa place –. Non ? Et ben moi non plus...

8

CONFIDENCES POUR CONFIDENCES

Les trois jeunes gens avaient poursuivi leur voyage à travers le pays moyenâgeux jusqu'à la fin de l'après-midi. Ils s'étaient installés finalement dans une clairière à la mousse confortable et s'étaient mis à déguster avec décontraction des friandises trouvées en chemin : pour Thamara, des baies ; pour Tim, des pommes ; et pour Nib, un... sanglier.

Ce moment de repos autour d'un feu réconfortant fut enfin l'occasion pour le garçon aux yeux saphir de raconter un peu plus en détails ce qu'il s'était passé avec les filles du seigneur Féroze.

– Vampires ? questionna le troll entre deux bouchées discrètes (ou presque). Quoi *cha* être ?

– Des créatures puissantes assoiffées de sang humain, expliqua Tim d'une voix dramatique. C'était terrible, abominable. J'ai failli y rester. Seuls mon courage et mon intelligence m'ont permis de m'en sortir.

Il voulait manifestement impressionner la jeune sorcière si craquante.

Ça ne fonctionna pas vraiment.

– Ah ! Ah ! Ça t'apprendra à suivre des filles que tu ne connais pas ! se moqua Thamara dans un rire à faire chavirer les cœurs les plus endurcis.

– Tu suis bien des garçons inconnus, toi, répliqua Tim du tac au tac en lui lançant son regard de braise.

– Mais moi ce n'est pas pour assouvir le plus bas des instincts. Je n'ai tout simplement pas le choix.

– Ah, je vois : tu es tombée follement amoureuse de moi. T'en fais pas, t'es pas la première, assura Tim avec humilité (ah, ouais ?!).

– Ne te moque pas de moi ! le rembarra la sorcière chocolat qui monta immédiatement sur ses grands chevaux.

– Me moquer ? Qu'est-ce que tu racontes ?! s'étonna honnêtement le garçon.

– Tu es comme les autres !!! Tu veux me faire croire que je suis une fille pour abuser de moi ! Pour m'utiliser !!! Mais je ne suis qu'un démon d'Outre-Monde ! Un démon !!!

Elle se mit violemment debout, laissant tomber au sol les baies qu'il lui restait.

– Ah ! Ah ! N'importe quoi ! se marra Tim, aussi amusé que confondu.

– Je ne vois pas en quoi ce serait n'importe quoi ! La couleur de ma peau, ce n'est pas de la peinture ! Et je suis comme ça partout !

– Bien sûr que non, pas dans tes petites mimines, par exemple, crut finement jouer le garçon.

La jolie sorcière lui exposa l'intérieur de ses mains et lui prouva – une fois de plus – qu'il avait tort. Le brun de sa peau la recouvrait entièrement, et uniformément !

Non seulement Tim ne l'avait pas remarqué (et pourtant, on peut dire qu'il avait eu l'occasion de voir les mains de la jolie Thamara de très très près) mais ça ne le surprit pas outre-mesure. Pire, ça lui donna juste une idée des plus... déplacées.

– Bon, va pour les mains, mais tu... tu peux pas être comme ça partout ? fit Tim en feignant l'effarement. Tu... Tu plaisantes, là, ce n'est pas possible. Vraiment partout ?... Non, je te crois pas.

Piquée au vif, Thamara commença à relever le pagne qui lui servait de jupe.

Tim était tétanisé, la mâchoire pendante et les yeux dilatés par l'extase. Ils devaient sans doute aussi clignoter car Thamara le remarqua. Elle stoppa presque au haut de ses cuisses somptueuses qui appelaient la caresse.

– Ah, ouaaaaais....bien joué, le félicita-t-elle avec un sourire fripon. J'ai failli marcher.

– Qu'est ce que tu vas croire ? C'était uniquement dans un but scientifique, plaida Tim. Non vraiment. Et puis si tu veux que je te prouve que tu es aussi humaine que moi, il n'y a qu'à faire une expérience.

– Une expérience ? douta la jeune fille en fronçant ses longs et fins sourcils.

– Oui, confirma-t-il en la regardant langoureusement dans les yeux. En cours de biolo, on nous a appris que des espèces sont différentes si elles ne peuvent pas se reproduire entre elles.... révéla Tim avec sourire salace.

Thamara se cabra.

– Je vois... grimaça-t-elle avec toutefois un léger amusement qu'elle dissimula de son mieux ; ce garçon ne doutait vraiment de rien mais avec une telle fraîcheur... et un tel charme ! Tu ne penses qu'à ça, décidément !

– Ah, bon ? Il y a d'autres choses auxquelles penser ?

Voyant Thamara se refermer de tristesse, Tim se décida à être plus sérieux.

– Hé, Tham, vraiment, tu crois pas tous ces fous de Gartaifesse, tout de même !? T'as rien d'un démon, enfin physiquement évidemment, parce question caractère... Hum... Je m'égare... sourit-il, coquin. Écoute, d'où je viens, il y a plein d'autres filles comme toi... enfin presque.

– Et où serait ce pays ? finit par demander la mystérieuse Thamara.

Tim se pinça les lèvres.

– En fait, c'est pas *où*... mais *quand*. Je sais que c'est dur à croire, mais je viens de l'avenir, et pas qu'un peu : à peu près 800 ans après votre époque !

– Nib pas comprendre mais adorer quand Copain raconter histoire ! intervint le troll avec enthousiasme.

– C'est pas une histoire, Nib, c'est la vérité. C'est mon cristal qui m'a transporté ici je sais pas comment. Vraiment, Tham, tu es tout à fait humaine. Ne crois pas ces idiots superstitieux qui voient des démons partout.

Si sans hésitation l'insouciant avait mis de côté sa chevelure noire aux mèches oranges (la dernière mode dans le coin, sans doute), sa couleur qui la recouvrait entièrement (une particularité génétique des plus fascinantes), ses yeux parfois sans iris (un habile tout de passe-passe), il aurait peut-être changé d'attitude s'il avait aperçu ses petites et mignonnes oreilles... pointues !

Thamara avait écouté Tim avec un regard de défiance, comme si elle avait redouté de le croire...

Après un soupir, elle s'était levée et s'était enfoncée dans l'obscurité de la forêt. Elle ne revint qu'au coucher du soleil, les bras chargés de baies, racines, champignons, feuilles et herbes de toutes sortes. Elle

157

prépara une soupe des plus délicieuses aux dires de Tim et même du carnivore troll.

– Timothée, tu ne m'as pas dit comment tu t'en es sorti avec ces deux filles, questionna une Thamara plus en confiance après leurs compliments culinaires.

– J'ai usé de mon charme, évidemment, frima le garçon. Tu sais, ce petit truc qui te fait frétiller quand tu me regardes de tes yeux de chatte...

– Ah, d'accord. J'ai compris : tu les as fait fuir en leur proposant un baiser.

– Hein ?... fut-il pris à contre-pied. Mais pas du tout. C'est l'inverse. Elles en mourraient d'envie, oui ! Mais ce n'est pas ça. Disons que... que je les ai... euh... neutralisées.

– Et comment ? insista Thamara de plus en plus intriguée – pourquoi ce frimeur se montrait tout à coup si peu prolixe en détails ?

– ... Copain avoir déshabillé filles vampires ! expliqua Nib que Tim avait mis dans la confidence entre-temps.

Thamara était effarée.

– Ah ! Ah ! Ça, c'est la grande classe ! Ah ! Ah ! Ah !

Tim se vexa légèrement et envoya un regard en biais au troll qui se cacha la tête dans les entrailles de son en-cas.

– Ne lui en veux pas, ah ! Ah ! Je n'ai pas l'habitude de tant rire. Dis-moi plutôt comment tu as pu t'attacher les services d'une telle créature. Ça paraît incroyable.

– Nib a quitté son clan et sa famille pour échapper à sa promise. J'y suis un peu pour quelque chose alors il m'a pris en amitié.

– « amitié » ? répéta Thamara en se refermant soudainement. Les trolls n'ont pas d'amis humains, que des repas.

– Marrant, tu fais à Nib le même genre de procès que celui dont tu te plains. Toi aussi, tu te laisses aller aux préjugés.

– Tu ne comprends pas. Aucune créature d'Outre-Monde ne peut avoir d'ami humain, répéta-t-elle en serrant les dents comme si elle répétait à regrets ce catéchisme mille fois entendu.

Tim ne se rendit pas compte qu'avec l'assertion ainsi reformulée la sorcière chocolat s'y incluait...

La mystérieuse Thamara décida cependant de ne pas lui laisser le temps de le comprendre. Quelque part, elle appréciait d'être considérée comme autre chose qu'une créature maléfique. Même si c'était un mensonge. Un mensonge à ce garçon crédule. Et surtout un mensonge à elle-même.

– Et... et toi ? s'enquit-elle alors. Que fais-tu par ici ?

– Je te l'ai dit. Mon cristal m'a envoyé dans votre époque alors je laisse l'aventure me guider jusqu'à ce que je trouve un moyen pour rentrer chez moi.

– Oh ! Alors pourquoi n'essayes-tu pas de... ?!

Elle s'interrompit brusquement.

– Que j'essaye de quoi faire ? reprit Tim, appâté. Tu sais comment je pourrais repartir ?!

Thamara baissa la tête de culpabilité.

– Non... Non, pas vraiment mais... Il y a des magiciens qui pourraient peut-être... Certains sont très puissants.

– Ah, ouais, j'y avais pas pensé... Mais je sais pas pourquoi, j'ai la vague impression que le vieux Matachmize ne serait pas très coopératif... À moins que tu en connaisses un autre, Tham ?

– Pas... Pas particulièrement... De toute manière, il y en a un peu partout, surtout auprès des grands seigneurs. C'est de là qu'ils peuvent exercer au mieux leur influence. Enfin, quand je dis « au mieux »...

– Prêtres être plus cruels que trolls, lâcha Nib pour expliciter les sous-entendus de la fille chocolat.

Tim comprit avec une certaine mélancolie qu'il n'était pas prêt de retourner chez lui. Il ne pouvait compter que sur les caprices de son cristal...

– Ainsi, Timothée, – et contre toute attente – tu ne serais pas ici uniquement pour compter fleurette à toutes les demoiselles du coin ? le taquina la jeune fille qui se laissait à nouveau aller à la bonne humeur.

– Oh, Tham, tu peux arrêter de m'appeler comme ça, nous sommes plus... intimes après ce que nous avons vécu, toi et moi.

– Comme tu veux... *Timothée*, sourit-elle, pernicieuse...

– Mais c'est qu'elle a de l'humouuuuur ! apprécia Tim. Allez, sans rire maintenant, dans quelle direction on a le plus de chance de trouver un mage qui puisse résoudre mon p'tit problème ?

Thamara plissa son visage comme si elle tentait de retenir les mots qui remontaient sa gorge.

– Euh... Vers l'est, lâcha-t-elle enfin d'une voix incertaine. Oui, c'est la meilleure direction.

– Ah ouais ?... rebondit Tim.

Il lança un regard scrutateur à la cachotière.

– D'accord, ma belle, annonça-t-il d'un sourire canaille tout en se mettant en marche, alors on va vers l'ouest.

Thamara fulmina tellement qu'on aurait dit que de la fumée s'échappait de ses oreilles !

– Grrr ... Je le hais ! glapit-elle.

Ça fit bien rire le troll et le lapereau. Nib se tenait le ventre de rire, un bras appuyé à un charme ramassé, alors que Patné commençait à avoir mal à la patte de se la taper ainsi.

Ils reprirent leur sérieux au passage de la jolie furie. Ils savaient qu'ils allaient se faire fusiller de son puissant regard d'ivoire, voire pire : orangé. Il n'en fut toutefois rien. Sa tête était baissée, comme écrasée par le poids d'un lourd secret. Et si le troll et le lapereau ne s'étaient pas regardé l'un l'autre dans un ahurissement commun, ils auraient peut-être pu voir poindre la lueur d'une larme au bas de ses paupières closes.

– 9 –

ESCALE À BURE

Le trio de jeunes gens était arrivé dans une nouvelle vallée quand, à contrecœur, Thamara se résigna à reparler à l'insolent. Elle se devait de lui confier les inquiétudes qui étaient siennes depuis trop longtemps : elle sentait qu'ils étaient épiés, et pas par des yeux bienveillants. Ne voulant pas mettre ses compagnons en danger, mais ne pouvant s'en séparer, elle se devait au moins de les mettre en garde. Et puis, peut-être se trompait-elle ?...

Si elle voulait se rassurer, ce fut loupé : Tim, d'un ton léger, lui apprit que Nib avait le même sentiment. Puis sans vergogne, il passa les doutes de la jolie sorcière par-dessus l'épaule et profita de l'occasion pour en savoir plus sur la créature mystérieuse et veloutée qui les accompagnait.

– Et toi, Tham ? Que fais-tu par ici ? demanda-t-il tout en menant le groupe sur cette suite de collines herbacées. Tes parents habitent ici ?

Thamara sembla foudroyée sur place.

– Tu ne veux vraiment pas comprendre, hein ?!!! Comment pourrais-je avoir des parents ?! Il n'y a personne comme moi ! Je ne suis pas humaine ! Je suis juste un démon d'Outre-Monde ! Un démon, je te dis !!!

– Et un « démon » peut pas avoir des parents ? crut bon de rajouter l'apprenti psychologue.

D'un pas décidé, Thamara dépassa Tim et reprit la tête du petit convoi sous les yeux ahuris du garçon, de Nib et de Patné.

L'étendue constellée de bottes de foin, qu'ils traversaient depuis quelques bonnes centaines de mètres déjà, indiquaient clairement qu'ils se rapprochaient d'habitations humaines. Il fallait être prudent. Un troll et un démon pouvaient rapidement se faire prendre à partie et se retrouver empalés ou amenés au bûcher sans autre forme de procès.

161

Thamara, toujours en éclaireuse (ouais, en fait, elle boudait toujours), arrêta sa marche en haut de la petite colline qui dominait la vallée en dessous et observa de ses yeux plissés le nuage de poussières qui s'avançait dans leur direction.

– Oh, non... Tout mais pas ça... se lamenta-t-elle en apercevant trois chariots.

Pour lui occasionner cette réaction, on aurait pu penser qu'ils étaient remplis de féroce soldats qui viennent jusque dans nos bras égorger nos f... (Euh... bin quoi ? Ça doit être libre de droits à présent, non ?). Toujours est-il qu'il n'en était rien. Ce n'était qu'un de ces petits convois chargés d'habitants des villages environnant Gartaifesse qui venaient offrir leurs services au seigneur Féroze, pour une année ou plus, avant de rentrer dans leur famille, riches de leur labeur.

Alors qu'est-ce qui embêtait de la sorte la jolie Thamara, me direz-vous ? Des filles, des dizaines et des dizaines de filles. Les chariots en étaient remplis ! Des filles, toutes jeunes et incroyablement belles !

Thamara revint en courant vers ses compagnons de voyage.

– Ah, je savais bien que tu pourrais pas rester loin de moi bien longtemps ! frima Tim, le sourire charmeur déployé.

La sorcière ne sembla pas y porter attention.

– Cachez-vous ! Cachez-vous ! Des chariots arrivent ! s'écria-t-elle d'un air alarmé. Cachez-vous derrière les bottes de foin !

– Et c'est quoi le problème ? questionna Tim en haussant les épaules. Tham, je t'ai dit que c'était des bêtises tout ça. T'es pas un démon. Ils vont rien te faire.

Il s'exécuta pourtant mais, une fois derrière une meule, il extirpa de son sac les jumelles de son père et observa le convoi apparut en haut de la colline.

– Des filles ! Des tonnes de filles !!! hurla-t-il, extatique.

Voyant ce spectacle féérique, le garçon en question eut immédiatement la banane (je parle de son sourire, hé !... Quoi que...).

– Et tu voulais qu'on se cache de ÇA !!! T'es malade ?!

– ... Ou jalouse, ricana le troll. Hïng ! Hïng !

Tim sortit de sa cachette et s'avança vers les belles. Et comme la sorcière le redoutait, à la vue du plus que charmant Tim aux yeux saphir, elles sautèrent des carrioles encore roulantes et se précipitèrent dans sa direction, se dandinant comme des dindons pour une poignée de maïs. Il y en avait partout !

Sans hésiter, l'« aimant » de ces dames déroba deux draps parmi ceux qui couvraient les bottes de foins qui les entouraient.

– Comme on dit à mon époque : « sortez couverts ! », se marra-t-il. Ah ! Ah !

Ni la jolie Thamara ni le puissant troll ne comprirent l'allusion, ce qui ne les empêcha pas de s'en couvrir jusqu'à la tête. Et si le troll n'appréciait guère de dissimuler ainsi son beau et doux pelage, la fille à peau chocolat se sentait mieux ainsi. Pourtant...

– Je croyais que je n'étais pas un démon, lui rappela-t-elle tout de même avec une pointe d'ironie. Je n'ai donc pas besoin de ça, non ?

Tim fit une moue coincée.

– Si, si, t'es un horrible démon, se dédit-il, se sentant peu à peu envahir par une chaleur intense à l'approche des appétissantes silhouettes féminines. Ouh là là, que tu fais peur !

– Traître ! fulmina la sorcière.

– Tu vas quand même pas me faire louper ça ? insista Tim avec une évidence innocente.

– Oh, regardez ce garçon, là !

– Je l'ai vu en premier !

– Non, moi ! Ce qu'il est mignonnnnnn !

– Je vais le manger tout cru, moi, annonça une en faisant passer avec langueur sa langue mutine sur le haut de ses lèvres.

– Il est beau comme un dieuuuuuuuuu ! hulula une.

Le dieuuuuuuuuu en question était sur un nuage. Ce qui fit enrager encore plus Thamara. Comment pouvait-il apprécier ces gazouillements mièvres ? Leur regard sans vie, leur air ahuri, leur sourire idiot, leurs lèvres pendantes ?

– Et ses yeux !!! gémirent en cœur la trentaine de filles en chaleur dans une clameur enivrante (enfin, pour Tim). Oh ! Ce bleu !

Déterminée, Thamara s'approcha de la foule d'hormones en folie et s'interposa.

– Et vous avez vu les miens ?! clama-t-elle en faisant apparaître le vide de ses yeux oranges.

La meute se figea.

Thamara se réjouit intérieurement.

Finalement, une des filles lui répondit :

– Euh... Désolée, mais on préfère les garçons.

Thamara reçut un coup sur la tête qui fit grassement se marrer Tim et Nib.

– Et ma couleur, vous avez vu ma couleur ?! insista-t-elle en se découvrant partiellement. Je suis un démon ! Un démon d'Outre-Monde, vous entendez !

Elle avait accompagné sa dernière phrase d'un sourire cruel.

Le gargouillement d'œstrogènes fut paralysé une nouvelle fois.

– Tham, nonnnnnn, protesta mollement Tim.

Thamara appréciait son effet. Elle avait pris sa petite revanche. Ces pimbêches allaient déguerpir sans demander leur reste, cette fois.

– Vous... Vous n'êtes pas humaine ? bredouilla une fille d'une voix hésitante.

– Exactement, sourit la sorcière avec délectation.

Thamara en rit intérieurement.

– Géniaaaaaal ! s'écrièrent les jeunes femmes en chaleur.

– « Génial » ?! reprit une Thamara estomaquée.

– Eh, oui ! Ce petit canaillou n'est rien que pour nous !!!

Et elles s'emparèrent de Tim, l'enlaçant, se frottant à lui avec toutes les parties de leur corps et en essayant de l'embrasser. Une, plus tenace et plus excité que les autres allaient atteindre les lèvres tendues de Tim quand Nib intervint.

Il plongea ses bras puissants dans l'essaim grouillant, en extirpa son copain et, suivi de Thamara, effectua une percée digne d'Obélix dans une légion romaine.

– Vous n'êtes que des jaloux ! rouspéta le frustré, flanqué sur l'épaule droite de Nib, en voyant s'éloigner ces rêves voluptueux. Des jaloux de mes yeux bleus, voilà ce que vous êtes ! Avec des amis comme vous, on n'a pas besoin d'ennemiiiiiiis !

Le soleil n'avait pas encore fini sa course au-dessus de la tête de Tim, Thamara et Nib quand ceux-ci atteignirent la bute du village de Bure. Celui-ci était entouré de ses hautes palissades, elles-mêmes surmontées de longs pics de métal forgé.

Les créatures d'Outre-Monde vêtus de leur drap, l'équipe au complet fut autorisée à passer la seule porte de la fortification. Celle-ci était toutefois si étroite que le musculeux Nib dut passer en crabe.

Ce fut sans doute ce qui le déconcentra de la sorte.

– Oups ! faillit s'étrangler le troll.

– Un problème ? s'enquit Tim dans un sourire moqueur. C'est le deuxième sanglier de ton casse-croûte qui passe pas ? Ouah ! J'ai

l'impression de parler à Obélix ! se rendit-il compte en s'esclaffant. Sérieusement, t'as jamais pensé à les faire cuire avant ?
– Cuire ?!!! sursauta Nib. Cuire pas être bon pour santé ! Trolls être délicats, prétendit-il. Trolls préférer manger naturel.
Tim et Thamara échangèrent un regard mi-atterré, mi-amusé.
– Mais ça pas être problème. Nib avoir fait grosse erreur : Nib avoir avalé dernier morceau de Toulisse entre mâchoires. Nib devoir avoir nouveau morceau rapidement !
– Ça va pas la tête ?! On va se faire repérer !
– ... Et c'est horrible ! ajouta la sorcière, de sa moue dégoutée.
– Copain devoir savoir : trolls mâchouiller dès que trolls être bébés. Et trolls faire ça depuis générations ! Trolls pas survivre sans mâchouiller ! Nib avoir besoin de mâchouiller viande Toulisse. Tout de suite !... Ou juste p'tit mollet, alors ? insista Nib. Tout petit ?... Discrètement ?...
Thamara se planta devant le troll qui était un peu plus petit qu'elle et le menaça de son doigt chocolat.
– Si tu touches à un seul des habitants de ce village, je te transforme en... en...
– Comportement surprenant pour quelqu'un qui se considère pas comme humaine, la railla Tim. Et puis si tu pouvais vraiment faire de la magie, tu l'aurais utilisée sur nos petits soldats d'hier.
Thamara se tourna vers l'incrédule.
– Et ce que j'ai donné à ton troll, c'était quoi ? Tu as vu ce que ça lui a fait ?
– Ta cuisine habituelle me fait le même effet, osa Tim.
– Tu veux tester ma magie, alors ?! le défia-t-elle.
– J'attends que ça... osa Tim, son visage dilaté de plaisir.
La mystérieuse sorcière se concentra et commença à psalmodier entre ses dents serrées. Instantanément, ses grands et splendides yeux perdirent leur pupille au bénéfice d'un orange des plus impressionnant.
Tim en perdit sa superbe pendant quelques secondes.
– Gentille, gentille... T'énerves pas, tenta-t-il de tempérer. Et puis, j'ai peut-être une solution. Nib, viens par-là.
Le troll tremblait à présent. Comme un drogué, il était en manque. Ses petits yeux noirs s'étaient injectés de sang et malgré lui, ses babines découvraient sa mâchoire de tyrannosaure.
– Toulissssssse... Toulisssssse...

– Éloigne-toi de lui, il va te dévorer ! le mit en garde Thamara qui s'était déjà mise à l'écart de la voracité de l'anthropophage. Je te l'avais dit : les trolls ne peuvent pas avoir d'amis humains !

– Toulisssssse... Toulissssssse... répéta le troll comme un dément.

– Justement, j'en ai un peu sur moi, révéla Tim à la surprise de Thamara. Essaye voir ça, Nib. Tu m'en diras des nouvelles ! Fais juste attention à pas les avaler, c'est que j'en ai pas tant que ça.

Tim fit voler dans les airs dix petits morceaux couleur chair qui virevoltèrent avant de tomber dans la mâchoire fébrile du troll en manque.

Les dents du terrible carnivore s'activèrent et, après une première grimace, Nib retrouva ses sens.

– Horrible au début mais délicieux après bonne mastication. Tendre. Très tendre. Jamais goûté ça. Ça être quelle partie de Toulisse ?

– Un grand cuisinier ne révèle pas ses secrets, se gonfla le garçon du XXIème siècle en soulevant un sourcil en direction de la sorcière (et en se félicitant d'avoir fait le plein de chewing-gums en vue de son séjour chez sa mère...).

Le troll apaisé, ils purent se remettre à la recherche d'une auberge où passer la nuit. Tim, suivant comme toujours (et avec délectation) les formes ondulantes de la si jolie sorcière, se mit même à chanter à tue-tête :

– Couleeeeur caféééé, que j'aime ta couleeeeur café ! Couleeeeur caféééé...

Il fut interrompu par un étonnant appel au secours... du puissant troll !

Dans un même mouvement lent, Thamara et Tim se retournèrent vers leur compagnon. À leur grande stupéfaction, ils ne le trouvèrent pas. Derrière eux, il y avait juste une immense masse ronde haute et large de quatre mètres, une masse gluante, visqueuse ... et rose !

– Estomac de Nib ! Estomac de Nib ! paniqua le jeune troll rouge sous sa toile de tissu. Estomac de Nib être sorti !!!

Tim était littéralement plié en deux.

– Nib avoir soufflé et estomac être sorti !!! expliqua encore le troll tétanisé.

Tim s'essuya les yeux, fit le tour de l'immense bulle de gomme et atteignit son ami.

– C'est pas grave, Nib, c'est pas ton estomac mais juste les morceaux de Toulisses que je t'ai donnés. Ravale tout, c'est tout.

– Copain être sûr ?

Le troll finit par s'exécuter et ne le regretta pas : le gomme mâchouillé avait encore meilleur goût à présent. Sans doute, les différents débris et détritus jonchant le sol qui s'y étaient collés...

– C'était gonflé, mais ça a marché, se congratula Tim en souriant à Thamara. Il a mangé personne et on va pouvoir dormir dans un vrai lit !

Ils poursuivirent à travers le village au rythme des gargantuesques mâchonnements du troll rouge. Ils finirent par arriver à la place principale sur laquelle était érigée une plateforme de bois. Voyant cela, la sorcière chocolat tira un peu plus sur la partie du drap qui lui couvrait la tête.

Une fois plus près, elle se rasséréna : ce n'était pas un bûcher. C'était juste une estrade sur laquelle avaient été déposées des branches d'arbre. Et au milieu de ces branches pointait un grand tube... en plastique ?!

– Oh, mon sabre-laser ! se réjouit Tim comme s'il retrouvait un vieux copain. Je l'avais laissé dans la forêt après ma fui... euh... après mon combat *héroïque* contre l'armée du capitaine Vakar, prétendit-il.

– Tu t'es battu seul contre ce monstre ? douta Thamara. Et tu en es ressorti vivant ?

– Évidemment, persista le bonimenteur. Enfin, avec mon épée. Je me demande comment elle est arrivée là, d'ailleurs ?

Un vieil habitant du village s'approcha des étrangers et leur apprit que l'épée magique avait été retrouvée dans une forêt non loin de Gartaifesse. C'était là qu'un habitant de Bure l'avait trouvée. Elle attendait là que l'Élu, le puissant guerrier à qui elle appartenait, se manifeste.

– « Le puissant guerrier » ?! s'illumina Tim dans un sourire pétillant de fierté. Ouais, c'est tout à fait ça !

Sans réfléchir plus, il se précipita sur la construction de bois, monta les quelques marches et s'arrêta devant son épée érigée tel un monument à sa gloire.

La vie du village s'était instantanément suspendue. Tous les habitants stoppèrent leur activité et vinrent former un attroupement silencieux. Plutôt flatté, Tim s'appuya avec frime sur ses jambes écartées, respira lentement sous les yeux avides et s'empara de la poignée de plastique. Dans un roulement de tambour imaginaire, il fit, avec une lenteur calculée, monter et descendre sa cage thoracique. Les spectateurs étaient à point, tétanisé par l'événement.

Satisfait de son effet, Tim hurla au ciel tel un Musclor de bas-étage :

– Par le pouvoir du crâne ancestraaaal !

Il tira sur l'épée bloquée par les branches et la délogea avec majesté.

– Je détiens la force toute puissaaaante !!! ajouta-t-il tout en brandissant comme un étendard l'épée de plastique au bout de son bras droit.

Le sourire frimeur, le garçon tendit l'oreille, s'attendant à recevoir les chaleureuses félicitations des habitants. Ce ne fut pas exactement le cas…

– Pose ça, idiot, tu vas te faire mal ! l'invectiva un villageois sous les rires de la masse des spectateurs pourtant déçus.

– Ouais, pour qui il se prend, ce jeune étranger ?! Allez descend de là !

– Il y en a qui ne doutent de rien ! Il est ridicule !

Ce fut un Tim grimaçant qui envoya un regard perdu vers la foule hilare. Ses compagnons n'étaient pas en reste : la jolie Thamara appréciait à sa juste valeur ce petit moment de honte pour le garçon toujours trop sûr de lui, tandis que le troll grinçait de son rire caractéristique.

– Tu ne crois quand même pas qu'aucun de nous n'est capable de l'enlever de son socle de branches quand même ?! le harangua le vieux villageois de tout à l'heure, son visage encore plus plissé par le rire qui le traversait. Allez, remets l'épée à sa place ! L'Élu est celui qui sera capable de lui redonner sa magie, évidemment ! Arh ! Arh !

– Sa magie ? demanda Thamara en faisant bien attention à baisser la tête pour cacher la couleur de son visage. Elle est vraiment magique ? Pourtant Timothée…

Elle avait du mal à croire que ce bonimenteur puisse connaître quoi que ce soit à la magie.

Tim, lui, avait compris. Il avança un doigt vers le long bout de plastique qu'il avait replacé dans son fourreau de branches et pressa sur le bouton marche. Rien. Ni la lumière éclatante. Ni le son vibrant.

– Potrache ! Les piles sont à plat ! Et oui, il a dû rester allumé pendant plusieurs jours d'affilé.

ESCALE À BURE

Il mit à terre son sac à la Mimie-Mathy et le farfouilla de partout. Un sourire triomphant finit par se dessiner sur son visage. Il sortit deux petits cylindres métalliques, se remit debout, avança vers le sabre-laser puis s'exclama en levant le doigt en direction du ciel :
  – Oh !!! Là ! Une sorcière en tutu sur son balai à poils courts acheté à Butorama !
  Les têtes s'élevèrent comme un seul homme à la recherche de la sinistre silhouette noire.
  Tim ne perdit pas une seconde, dévissa le culot du manche, en ressortit les piles et les remplaça par les nouvelles juste avant que la foule n'ait reposé son attention sur lui.
  – Regardez ! clama-t-il en tenant le jouet de plastique entre ses deux mains jointes. C'est moi l'Élu ! Regardez !
  Il appuya sur le bouton et... rien ne se passa.
  – Potrache ! J'ai dû mettre les piles dans le mauvais sens !
  Thamara était affligée. Nib, lui, se bidonnait de plus en plus sous son drap.
  Alors que des villageois vindicatifs se mettaient à monter sur l'estrade de bois, considérant que le jeune étranger outrepassait leur hospitalité, Tim tenta le tout pour le tout.
  – Oh !!! Là-haut ! Un dragon rouge à turbo-réacteurs intégrés !
  Il y eut des cris de peur, des hurlements stridents et, à nouveau, les têtes repartirent vers le bleu du ciel presque éteint.
  Ce fut un bourdonnement inquiétant qui les ramena sur terre. Sur l'estrade, Tim faisait virevolter son sabre de lumière dans une chorégraphie san-ku-kaïenne.
  Immédiatement, les villageois se mirent à genoux et acclamèrent l'Élu.
  Tim était aux anges, il rayonnait ; enfin, au moins jusqu'à ce que le vieil homme annonce :
  – L'Élu va nous libérer ! Il va tuer le terrible Barbekiou !
  Le garçon força son sourire.
  – Euh... J'ai peut-être gaffé, là...

10

TOUT FEU, TOUT FEMME

Tim retrouva son sourire insouciant lorsqu'il apprit que le terrible Barbekiou était un dragon. Un dragon !... Ah ! Ah ! Comme s'ils existaient ! Pauvres superstitieux !

Il n'essaya surtout pas de leur parler des dinosaures et autres découvertes paléontologiques. Le garçon du XXIème siècle allait ainsi pouvoir jouer au héros sans le moindre risque. Il avait juste à ramener la jeune vierge – les yeux de Tim s'étaient allumés à cette idée – qui avait été donnée en offrande au « dragon » la veille au soir.

Plus simple encore, les villageois savaient où était localisée l'antre du monstre de flammes. Une pure formalité, je vous dis.

Après un repas et quelques menus préparatifs, Tim, Thamara et Nib, suivis par une longue procession de villageois, se rendirent sur la colline où le terrible Barbekiou avait son repaire. Les deux compagnons de l'Élu étaient plus à leur aise à présent car on leur avait procuré, à la place des draps « empruntés » sur les mottes de foin, des toges à capuche, solides et découpées sur mesure, une spécialité du village de Bure qu'ils appelaient simplement « robe ».

La foule n'osa pas avancer plus loin et laissa l'Élu et ses amis s'approcher de l'antre du terrible Barbekiou. C'était une cavité creusée dans une paroi rocheuse nichée dans une clairière de l'immense forêt entourant le village de Bure. Les villageois retenaient leur respiration, n'osant perturber la concentration du jeune héros.

Le héros en question, les yeux brillants de frime et de fierté, alluma son épée-laser, répandant parmi les paysans crédules une clameur de dévotion et d'espoir.

– Timothée, n'y va pas !!! lui en pria Thamara. Tu ne peux rien contre un dragon ! Ce sont des créatures très puissantes, plaida-t-elle.

– Bien sûr, bien sûr, mais que veux-tu, je suis l'Élu, déclama-t-il d'un ton résigné. J'ai pas le choix. C'est mon destin.

Il remonta son menton dans un mouvement fataliste et fit un pas en direction de la grotte.

– Passe-moi au moins Patné ! l'arrêta Thamara.

– Pour quoi faire ? Il dort et il risque rien, je te dis.

Ce ne fut qu'une fois le garçon enfoncé dans l'antre de la bête que Thamara remarqua que son seuil était jonché de cadavres humains. Voilà comment le jeune téméraire allait finir !

Nib en fut plus affecté encore : une bonne partie des squelettes Toulisses avait encore quelques lambeaux de chair ! Quel gâchis ! Un gâchis que le gastronome se mit en devoir de nettoyer de ses dents voraces. Et puis, il faut dire qu'il adorait grignoter en regardant un bon spectacle.

Si, après avoir reçus les dernières acclamations et applaudissements de la foule de spectateurs, Tim avait pénétré dans la grotte avec lenteur, majesté et solennité, il en ressortit bien plus vite, le feu aux fesses, au propre comme au figuré !

– Un dragon !!! Un dragon !!! hurlait-il en se tenant le postérieur.

– On n'arrête pas de te le dire ! fit remarquer Thamara dans un délicieux mouvement de ses douces épaules chocolat.

– Mais... ça n'existe pas !

– Ah ? Et qu'est-ce qui t'a mis les fesses à l'air comme ça, lui fit-elle remarquer dans un rire mutin en observant les deux demi-lunes du garçon ainsi exposées.

– Potrache ! Mon jean !

Une avalanche de rire envahit la forêt, une avalanche qui finit de réveiller le lapereau. Une oreille, puis deux sortirent de la poche de Tim et Patné bondit sur le sol rocailleux.

– Après tout, Nib bien vouloir goûter viande cuite, plaisanta le troll en admirant les fesses légèrement roussies.

– N'en rajoute pas, Nib ! Et toi non plus, Patné, tu vas te fouler la patte ! Et tu ferais pas le malin si tu avais été éveillé tout à l'heure ! Ah, si j'avais su...

Zachame !

Les yeux brillants de frime et de fierté, Tim alluma son épée-laser dans une clameur admirative.

– Timothée, n'y va pas !!! lui en pria Thamara. Tu ne peux rien contre un dragon ! Ce sont des créatures très puissantes, plaida-t-elle.

– Euh... Je crois que tu as raison, ma p'tite Tham, déclara le garçon à la grande surprise de la jeune fille. On va peut-être se barrer en toute discrétion, hein, qu'en penses-tu ? lui susurra-t-il en saluant avec assurance la foule qui l'observait.

– J'en pense que je te préférais avec les fesses à l'air, fit Thamara, les joues gonflées de retenir son rire.

– Mais... ça n'est pas arrivé, lâcha-t-il, fasciné. Enfin, ça n'est *plus* arrivé !... Ouatchalaboungah ! Tu serais vraiment capable de te rappeler mes petits allers-et-retours, alors !? Comme quand tu étais sur le bûcher ?

– Euh... Je ne sais pas de quoi tu parles, j'ai juste l'impression de t'avoir vu ainsi... corrigea la jolie sorcière qui en rougit imperceptiblement.

– Fille chocolat prendre désirs pour réalité ! lança Nib en grinçant de rire.

Thamara fusilla le troll de ses yeux plissés.

– Bon, ça change rien. J'ai pas trop envie que notre sorcière au cœur de pierre se moque encore de mes fesses brûlées. « Aride Moqueur et la Croupe de Feu », c'est pas mon préféré ! Allez, tu nous fais un écran de fumée avec une de tes petites potions et hop ! on file vers de nouvelles aventures.

– Tu t'es engagé à sauver cette fille, lui rappela la sorcière d'une voix froide. Sauve-la.

– Mais tu me disais de ne pas y aller ?!

– C'était juste pour la forme. Tu dois la sauver !

– « La sauver » ? T'en as de bonnes ! Ce dragon fait dix mètres de haut !

– Huit mètres, corrigea la jeune fille en descendant d'un ton.

– Dix ! C'est moi qui l'ai vu, quand même !

– Huit... persista Thamara d'une voix tremblante, les yeux dilatés d'effroi.

– Qu'est-ce que tu...

Un Tim interrogatif se retourna et découvrit derrière lui un impressionnant mur d'écailles verdâtres. Il leva la tête. Encore. Encore. Et découvrit au-dessus de lui la large gueule du dragon qui le surplombait de ses ~~huit~~... ~~dix~~... bon, de sa hauteur, quoi.

– Ah ouais, huit, reconnut Tim avec une incroyable désinvolture. Il paraissait plus grand dans la grotte. Marrant.

Le dragon cuirassé était sur ses pattes de derrière, les pattes avant atrophiées mais menaçantes et les ailes de chauve-souris déployées. Il approcha sa gueule surmontée d'immenses narines d'où sortaient des volutes de fumées nauséabondes. Il sembla *schmiquer* le garçon. Après une hésitation, la créature ailée repoussa son long cou en arrière et projeta son jet de flammes brûlantes.

Heureusement, Thamara tira l'inconscient avant que celui-ci ne se trouve brûler vivant.

Tous trois coururent jusqu'à la lisière de la forêt et se réfugièrent chacun derrière un arbre. Là, Tim éteignit son sabre-laser et le rangea dans son sac qu'il avait récupéré sur le chemin de sa fuite « héroïque ». Il replaça le tout sur ses épaules et, de ses mains enfin libres, s'enquit de l'essentiel :

– Ouf ! Mon jean est sauf ! se réjouit-il en se palpant l'arrière train.

– Merci qui ?

– Je vois quelle partie de mon anatomie te tient à cœur, jubila Tim d'un œil coquin.

Une Thamara grimaçante regretta son geste salvateur l'espace d'un instant. Elle comprit toutefois que leur petite chamaillerie était hors de propos : le dragon était déchaîné à présent. De sa queue hérissée d'épines pointues comme des pics, il tapait sur le sol avec une puissance inimaginable tout en lançant la fureur de ses flammes vers la foule.

Celle-ci ne se le fit pas dire deux fois et déguerpit sans demander son reste. Bon, c'est vrai que Tim, Thamara et Nib ne furent pas plus courageux et s'enfoncèrent plus avant dans l'enchevêtrement rassurant des arbres de la forêt dense.

Il est important pour notre histoire de noter que, même sans compter les villageois, nos héros n'avaient pas été les seuls à s'enfuir à la vue du lance-flammes préhistorique. Il y en avait eu d'autres, plus discrets... et peut-être plus dangereux, comme les paires de petits yeux pernicieux qui les suivaient avec attention depuis leur départ du château de Gartaifesse...

Les trois jeunes gens s'arrêtèrent une fois à bonne distance de la tanière du monstre et s'installèrent un petit camp.

Après sa rencontre avec un vrai dragon, on aurait pu croire que le garçon du XXIème siècle pétri des certitudes scientifiques de son

174

époque n'ait plus à la bouche que cette incroyable découverte. Pourtant, la seule chose qui semblait le préoccuper était tout autre :

– Potrache ! Pour un vrai lit, c'est loupé !

– Nib aimer dormir dans forêt.

– Ouais, avec tous ces bruits bizarres, ces feuilles qui vous chatouillent le nez, ces petites bêtes qui vous montent dans le cou... Brrrr...

– Copain préférer grosses bêtes comme dragons ?

– M'en parle pas ! Tham est bien capable de vouloir encore que je sauve la jeune sacrifiée ! Elle est vraiment timbrée ! Je voulais juste récupérer le sabre de Charles-Henri, moi. Elle est où d'ailleurs ? se rendit-il compte en balayant l'obscurité de ses yeux plissés.

– Sorcière partie chercher nourriture pour végétariens ! Hïng ! Hïng !

– Je suis pas végétarien, corrigea Tim. C'est juste que je mange pas de viande encore sur pattes, moi.

– Copain pas savoir ce que Copain louper, persista le troll en engloutissant le chevreuil qu'il avait « cueilli » sur leur chemin de fuite.

Thamara s'était vraiment surpassée. La soupe qu'elle avait préparée plut une fois de plus au garçon plus habitué aux BigMac et aux pizzas synthétiques qu'à une bouillie de racines, de tubercules, de champignons, de fèves, de sauge, et d'autres composants inconnus.

Voyant le garçon en de meilleures dispositions, Thamara se lança.

– Timothée, j'ai un plan pour sauver la prisonnière de Barbekiou.

– Ah, ouais ? Je *brûle* d'entendre ça ! se marra le gentil sexiste.

– Je vais te transformer en dragon, révéla la sorcière dont les yeux s'étaient dilatés comme ceux d'un scientifique fou en plein délire mégalo.

Tim resta figé quelques longues secondes.

– Euh... Tu rigoles, là ? Tu veux que je me batte contre cette créature ?! T'es décidément givrée !

– Mais non, pas te battre. Juste faire ce que tu sais faire le mieux.

– Ah ? Et c'est quoi, ce que je sais faire le mieux ?

– Séduire, tiens ! précisa-t-elle en le caressant de son regard de chatte.

Tim lança ses yeux perdus au troll qui finissait son chevreuil.

– Euh... Désolé, mais il n'est pas mon type. Je les préfère moins... euh... poilus ! Enfin, moins *écaillus*.

– Ah, c'est ça qui te gêne ?! éclata la craquante sorcière dont le regard brillait de malice. Rassure-toi... c'est une femelle.

– Ah, bon ? T'es sûre ?

– Tu peux me faire confiance.

– Ça, je crois pas, non...

– ... Je sais les reconnaître, je veux dire, corrigea-t-elle, un brin vexée.

– Ah ouais ? À quoi ? À leurs grands cils, leur poitrine opulente et leur sac à main ?

Thamara soupira devant la bêtise de ce garçon.

– Si, quelque part, elle n'avait pas été interloquée par ton – hum ! – charme de mâle, elle t'aurait gobé tout cru sans la moindre hésitation !

Tim croisa les bras dans une protestation qui ne resta silencieuse que peu de temps.

– De toute façon, je vois pas comment tu pourrais me transformer en un monstre pareil.

C'était comme si la mystérieuse Thamara avait attendu cette phrase d'incrédulité. Elle se mit alors à énoncer sur le bout de ses doigts gracieux :

– Avec de la bave de crapaud, du venin de salamandre, de la poudre de sang de dragon, du...

Tim déglutit avec aversion tandis que la sorcière poursuivait avec une délectation non feinte.

– ... Un morceau de charbon de bois, quelques lamelles d'ailes de chauve-souris, un peu de soufre, du...

– Hors de question que tu me fasses avaler cette mixture à faire vomir un tricératops !

Un sourire à la commissure des lèvres, Thamara se détourna et alla chercher le mini-chaudron qu'elle avait fait chauffer, à petite flamme, à la suite de leur repas. Elle la tendit au garçon.

– Allez, allez mon bébé, sourit-elle amusée et cruelle. Tu voulais la sauver, la belle fille en détresse, n'est-ce pas ? Tu voulais te pavaner devant elle ? Et bien tu pourras le faire... mais avec une longue queue constellée de piquants !

Nib et Patné – qui étaient de plus en plus copains – se régalaient du spectacle.

Tim finit par avancer les lèvres mais, au dernier moment, bouscula Thamara qui en laissa tomber la mixture !

– Oh, pas de chance ! s'exclama-t-il faussement. Quelle déveine.

Sans montrer la moindre contrariété, la jeune sorcière nettoya sommairement l'étrange et épais mélange qui lui était tombée dessus.

– Tu me déçois, Timothée. Tu n'es pas aussi joueur que tu le prétends, en fait, sourit-elle quand même de toute la blancheur de son magnifique sourire.

– Je m'cn moque, s'éclaira Tim. Ton plan est à l'eau. Nananère ! Je sais pas comment tu as pu croire une seconde que j'accepterais d'avaler ton gloubi-boulga !

– Oh, mais je n'y ai pas cru un instant, révéla Thamara.

– Ah ouais ? Et qu'est-ce que tu viens d'essayer de me donner à l'instant ?

– Ça ? répondit-elle en léchant sensuellement un de ses doigts encore maculé de la mixture. Un délicieux jus de fraises mélangé à un reste de pâte de châtaignes. Une merveille. C'était notre dessert.

Tim était déconfis (ture de fraises, évidemment). Thamara en profita pour en rajouter une couche.

– Je m'en doutais depuis le début, mais à présent, c'est clair : tu n'as vraiment aucun goût ! assassina-t-elle. Au fait, mon petit Timothée prévisible, comment te sens-tu ?

– Très bien puisque j'ai pas ingurgité ta mixture infernale, fanfaronna-t-il.

– Tu avais pourtant l'air de l'apprécier, sourit-elle avec délectation. Tu m'en as même redemandé, ajouta-t-elle d'un ton léger.

Tim et Nib se regardèrent en soulevant les sourcils. Cette fille est encore plus folle qu'ils ne l'avaient cru de prime abord. Tim n'avait rien avalé en dehors du....

– La garce ! Le repas !!! T'aurais pas osé !?

Thamara n'était plus en état de répondre tellement elle rigolait. Même Nib se remit à se marrer sous le regard réprobateur de Tim, un Tim qui partit tout à coup dans un coin de la clairière se mettre nerveusement deux doigts dans la gorge. Sans résultat.

– Comment as-tu osé me piéger !? Je peux pas avoir confiance en toi ! Tu es... Tu es… Tu es bien une fille !!!

– Ça être grosse insulte, acquiesça un Nib sarcastique.

Tim reprit pieds… et son sourire assuré.

– De toute façon, ça existe pas, ça, des potions qui transforment en dragon.

Comme en réponse à l'assertion du garçon, ses oreilles se dilatèrent, se courbèrent et virèrent au vert sombre. Thamara, Nib et Patné étaient de plus en plus écroulés.

– Ça marche pas des trucs pareils ! persista Tim qui n'avait pas sentit les changements qui s'étaient opérés en lui. Tout le monde le sait. Et puis, t'es pas une magicienne.

Le troll et la sorcière chocolat devaient se tenir l'un l'autre : derrière Tim et son courroux, une longue queue avait commencé à dépasser de l'arrière de son jean !

– Arrêtez ça, elle est pas magique cette potion !

– Oh que si !

Ces deux phrases firent tilt dans la tête du garçon bercé par les aventures d'Astérix. Il se retourna et aperçut son nouvel appendice qui dilatait sa ceinture. Il se dévêtit rapidement avant d'exploser ses baskets, retira frénétiquement son pantalon en quatrième vitesse, sa chemise, son T-shirt... et même le plus intime de ses vêtements.

Le séduisant adolescent avait à présent la forme d'un jeune mais puissant et redoutable dragon, tout de feu et d'écailles.

Il sourit. Ne pouvait-il pas, ainsi, se venger d'autant plus facilement de cette peste de sorcière ? Il tendit son bras droit atrophié et griffu, attrapa la responsable de son état et approcha son museau démesuré au-devant du tentant postérieur de cette canaille de sorcière.

– Et maintenant, qu'est-ce qui me retient de brûler ce que tu fais habituellement danser devant moi ?

Thamara se tourna de son mieux afin de bien regarder Tim dans les yeux. Et, un doigt devant sa bouche mutine, elle lâcha en faisant semblant d'hésiter :

– Hum... Peut-être l'envie de redevenir le cornichon que tu étais ? pétilla-t-elle soudain.

De la fumée sortit des gigantesques nasaux du dragon. Tim la relâcha le plus indélicatement possible et grommela :

– Toi, évidemment, t'as pas besoin de potion ! T'en a déjà le caractère !

Le jeune dragon tourna des talons et, tapant de ses lourdes pattes arrières de rage ou de maladresse, qui pourrait le dire ?

– Oui, moi, mais bon... – il quitta la forêt.

11

ALLONS-Y, DRAGONS !

La mauvaise humeur de Tim n'avait pas duré. Très rapidement, il avait pris le parti d'en rire : jouer au dragon, ça allait être marrant (n'était-ce pas un de ses mots-fétiches, après tout ?) !

Et la colère passée, il s'était souvenu que quelque chose lui manquait. Son cristal ! Il l'avait laissé parmi ses vêtements envoyés aux quatre vents. S'il ne pouvait le prendre avec lui (il n'avait pas de poche dans sa peau de dragon, évidemment !), il ne voulait pas que Thamara s'en empare non plus. C'est qu'elle en profiterait peut-être pour s'éclipser, celle-là. Il était donc retourné au campement et avait confié la gemme à un troll de toute confiance. Il avait également logé un des deux talkie-walkies de son petit cousin à l'intérieur de la longue trompette qu'était à présent son oreille gauche. Il pourrait ainsi communiquer avec Thamara à qui il avait confié l'autre, et l'appeler à la rescousse si nécessaire.

Après avoir une fois encore grommelé contre cette traîtresse de sorcière, Tim entra dans la tanière de la bête. Mais il fit à peine un pas crochu dans la grotte que la dragonne se jeta sur lui, le renversa et le plaqua à terre !

L'apprenti dragon était à sa merci, écrasé qu'il l'était par le monstre de plusieurs quintaux. Complètement impuissant – complètement bloqué, je veux dire – il balaya de son regard de nyctalope l'antre de la créature aux fines ailes de chauves-souris.

– Je vois pas la fille ! informa-t-il Thamara à travers le talkie-walkie.

– Elle doit être là ! Cherche encore !

– Facile à dire, protesta-t-il d'un susurre. Je suis complètement coincé, ajouta-t-il en battant vainement de ses ailes de peau tendue.

Tête baissée, narines dilatées et yeux reptiliens froncés, la femelle inspectait le nouveau venu... qui n'en menait pas large pour une fois. Qu'allait-elle faire de lui ?

179

– Tes yeux ! lui suggéra la sorcière à l'origine de ses malheurs. Montre-lui bien tes yeux !

Tim tendit son long cou, releva la tête et dilata ses yeux de saphir en direction de la femelle. Celle-ci eut un grognement équivoque puis elle ouvrit sa gueule du fond de laquelle une lueur rouge et chaude irradiait.

– Je crois que notre *chair* Barbekiou a fini son analyse ! frémit Tim en faisant crisser les ongles pointus de ses pattes arrières sur le sol froid de la grotte. Et elle est claire : je suis une chipolata !

Comme pour lui donner raison, la dragonne projeta son feu sur le long cou écailleux de Tim.

– C'est... C'est agréable, soupira-t-il d'aise.

– Agréable ?! Hé, dis, tu n'es pas là pour prendre du bon temps, je te rappelle ! Il y a une fille à sauver ! Allez, dépêche-toi, Timothée ! Dépêche-toi !

– Fille chocolat être jalouse de femelle dragon ! s'esclaffa Nib qui tenait un Patné anxieux dans ses grosses mains poilues.

Thamara se retourna avec un tel feu dans les yeux que le troll faillit en avaler son chewing-gum.

– Ce n'est pas ça du tout ! précisa-t-elle en faisant transparaître l'inquiétude qui était sienne. Le temps presse. Il peut redevenir humain à tout moment à présent !

– Sorcière pas savoir combien de temps potion durer ?

– Non, je ne sais pas exactement combien il en a avalé. Il avait l'air d'aimer ça et il en a reprit, mais combien, je ne sais pas... Et il prend plus de temps que prévu !...

Même si la jeune sorcière avait informé son cobaye de ses doutes, il n'en aurait sans doute pas tenu compte. Il faut dire qu'il avait autre chose en tête... enfin, quand je dis en *tête*...

La femelle dragon, bien à son affaire, frétilla de sa longue queue aux piques plus courts mais plus nombreux que ceux du jeune dragon, la lança en sa direction et vint l'entortiller autour de celle de Tim.

– Ouatchalaboumbah ! hulula le garçon. Je vois que j'ai affaire à une dragonne dragueuse... Euh, glup !... J'ai pas appris la reproduction des dragons à l'école, mais... Glup ! Je crois que je vais avoir un cours accéléré... Je... J'imaginais pas ma première fois ainsi, mais au moins, cette occasion-là, tu vas pas me la gâcher ! lança-t-il à l'adresse de Thamara.

ALLONS-Y, DRAGONS !

Tim avait raison. Thamara ne gâcherait pas son idylle, mais quelqu'un d'autre... si ! Et un quelqu'un beaucoup moins sexy : un dragon de dix mètres de haut – mesure exacte, cette fois.

Lorsque Thamara le vit pénétrer dans la grotte, elle se figea. Quelle erreur ! Barbekiou n'était pas cette femelle mais le puissant et féroce mâle qui venait d'entrer !!!

Ignorant ce léger détail, Tim ne réagit pas de la manière la plus appropriée à l'arrivée du nouveau dragon.

– Hé ! Ne fais pas cette tête, ma petite dragonnette ! claironna-t-il en ouvrant ses ailes accueillantes et en accompagnant son geste d'un clin d'œil charmeur. Quand il y en a pour une, il y en a pour deux !

Le nouvel arrivant rugit et, d'un coup de queue, sépara les deux tourtereaux, envoyant la dragonne infidèle à l'autre bout de la grotte.

Tim se remit debout mais au lieu d'en profiter pour s'enfuir, s'approcha de la créature repoussante et tapota de la membrane de son aile droite l'effrayante mâchoire du puissant reptile.

– Oh ! La jalouse, le grondouilla Tim avec affection. C'est pas joli-joli, tout ça.

Un coup de queue cataclysmique le fit s'écraser contre le mur de la grotte.

– Je retire ce que j'ai dis, Tham, lâcha le jeune dragon encore sonné. Comparée à celle-là, t'es pas jalouse d'un poil, en fait.

– Arrête ton délire ! hurla la belle à l'autre extrémité du talkie-walkie. Va-t-en de là, il va te déchiqueter !!!

– Tu changes tout le temps d'avis, toi ! Je croyais que tu m'avais envoyé là pour mon charme irrésistible ? interrogea le garçon qui allait déjà mieux. Tu peux me croire : dans dix secondes, celle-là aussi sera à mes genoux. Ah ! Ah !

– Mais celui-là, c'est un mââââle, idiot !!!

Thamara avait pensé que cette terrifiante révélation aurait tétanisé de peur le garçon insouciant. Ce ne fut pas exactement le cas :

– Ah, tu me rassures, répondit Tim, soulagé. Je commençais à croire que mon charme ne fonctionnait plus !

– Quoi ?! Tu as essayé de flirter avec ?! s'exclama Thamara prise entre choc et fou-rire.

– Qu'est-ce que tu crois ! On se refait pas !... Mais, dis, ça veut dire que le grognement de la dragonne à l'arrivé de l'autre dragon, c'était un de ces célèbres : « Ciel, mon mari ! », plaisanta-t-il. Marrant !

Dommage que je parle pas Fourchelan... Argh ! s'étrangla Tim quand il fut enveloppé par la fournaise de Barbekiou.

– Timothée !!! hurla la jolie sorcière, complètement épouvantée – n'était-ce pas elle qui l'avait envoyé dans la gueule du loup ? – Timothée !!! Que se passe-t-il ?!

– Oh, rien, disons que son... « haleine d'amour » est un tout petit peu moins agréable, reconnut le jeune dragon à moitié hilare, même si sa peau avait perdu sa couleur verte au profit d'un noir inquiétant... et odorant. Et je pense qu'il n'en a pas fini avec moi, frémit-il légèrement en voyant le monstre remuer de la queue de plus en plus vite.

Trop sonné pour s'écarter, Tim était une proie facile. La puissante queue piquetée était à dix centimètres de sa tête quand, avec une vitesse impressionnante, la dragonne infidèle se porta à l'assaut de son ancien partenaire. Elle emmena Barbekiou dans un coin de la grotte et le bloqua à terre de l'étau de sa mâchoire de carnivore sur son long cou.

L'effroyable vacarme du combat, à présent éloigné, laissa percer une série continue de cris stridents.

– J'ai localisé la fille ! Papa dragon et Maman dragon ont dû la mettre au garde-manger en attendant.

La sacrifiée avait en effet été placée dans une anfractuosité de la paroi rocheuse, à quatre mètres de hauteur pour qu'elle ne puisse pas s'échapper.

Tim envoya un regard de gratitude légèrement orgueilleux à la dragonne qui se battait pour lui, se remit debout et s'avança discrètement vers la paroi en question. Il enfonça sa main écailleuse à travers la roche et buta sur quelque chose de mou... et qui hurlait !

– C'est une fille ! se marra Tim comme s'il était à la maternité.

Il réussit finalement à l'empoigner et l'extirpa du ventre de la roche. Il put alors admirer la fine et attirante silhouette de la vierge sacrifiée.

– Ouatchalaboumbah ! gémit-il en regrettant que sa main de reptile soit si peu sensible.

Il aurait tant voulu profiter de l'occasion pour sentir sous la pulpe de ses doigts les formes aguichantes de la blonde au teint de lait.

Son hululement de connaisseur n'avait cependant pas été des plus rassurants pour la belle qui redoubla ses cris de soprano. Tim le dragon eut beau lui susurrer de ne pas avoir peur, il ne réussit pas à se faire entendre entre ses hurlements et les terribles déflagrations des coups que s'envoyaient les dragons.

Pire, la jeune furie se débattait tellement qu'à un moment :

– Potrache, elle m'a mordu ! Quel caractère ! C'est ta sœur, Tham ? Ah ! Ah !

Tout en se marrant, Tim emmena la belle sans défense (ou presque) vers la sortie, trottinant du bout de ses griffes arrières tandis que le couple de dragons se battait avec une violence effroyable.

Il se rapprochait de la sortie et s'apprêtait à jubiler lorsqu'il se cogna à un immense rocher !

– Potrache ! Le cocu m'a enfermé !... Peut-être que je lui plais, après tout... ? plaisanta tout de même le dragonnet coincé.

Les jets de flammes, les grognements et les coups de queue fusaient toujours au fond de l'antre. Néanmoins, la situation avait changé. Une fois la surprise passée, Barbekiou avait repris le dessus, au propre comme au figuré.

Tim comprenait bien que « sa » dragonne ne pourrait retenir le mari trompé plus longtemps. Ils étaient mal !

Ce fut alors qu'il aperçut une faille entre le bloc et le mur de la caverne.

Il tenta d'abord de l'agrandir maladroitement à l'aide des griffes de son maigre bras droit mais cela n'eut qu'un effet limité. Il devait agir comme un dragon, devina-t-il. Il se concentra alors et fit s'écraser sa queue constellée de piquants dans l'embrasure qui vola en éclats.

– J'ai toujours dit que je savais m'en servir ! se glorifia le coquin en admirant le trou à présent assez gros pour la jeune fille.

Il la fit sortir d'un coup d'aile sur le tentant popotin puis se retourna pour faire face à la furie du cocu qui avait enfin réussi à assommer sa femelle.

– Tham, amène toi ! J'ai besoin du philtre pour redevenir humain ! Et vite, autrement, il va y avoir du Tim au menu !

– Il n'y a pas besoin de philtre ! lui répondit la sorcière par l'entremise du talkie-walkie. Tu n'as qu'à prononcer mon nom !

– Quoi ?!

– Dis mon nom, je te dis !

– Euh... Et bien : Tham ! Voilà !... Euh... Ça change rien.

– Mon *vrai* nom, obtus ! Ça va te brûler les lèvres ?!!

TIM ET LE CRISTAL DU TEMPS

– Ah, c'est ça ! s'exclama Tim sur un ton d'évidence alors que le mari jaloux était à présent à porté de queue. Tu as juste trouvé un truc pour que je t'appelle plus Tham, c'est ça, hein ?

– C'est ça ou tu restes ce lézard monté en graine !

– Ton vrai prénom, hein ? D'accord, finit par acquiescer le garçon joueur avec une lumière dans ses yeux de saphir. Il prononça alors avec application :

– Garce.

Instantanément, et comme par magie (d'ailleurs, c'en était), Tim rapetissa et retrouva sa forme d'adolescent charmeur, et ce, juste à temps pour éviter les terribles piquants de la queue du dragon qui lui passa juste au-dessus de la tête.

– Ah ! Ah ! La preuve est faite ! se marra-t-il en franchissant l'étroite sortie à toutes jambes. La preuve est faiiiiiite !!!

Il crut entendre un grognement s'écouler du talkie-walkie qu'il avait laissé aux pieds du dragon, ce qui l'emplit encore plus de joie.

Tim slalomait entre les restes des corps humains qui jonchaient le sol quand il aperçut, à quelques mètres devant lui, la magnifique jeune fille qu'il avait réussi à libérer.

Il la héla avec enthousiasme tout en lui faisant de la main. Elle ne devait pas s'échapper sans remercier son héros d'un baiser... ou plus si affinité...

Charme naturel plus effet « sauveur » : le résultat était assuré.

Pourtant, à peine la belle blonde se fut retournée qu'elle se mit à couiner comme si elle avait vu une souris, accéléra sa course et disparut dans la forêt !

Tim était atterré. Il resta là, les bras ballants. Ça ne lui était jamais arrivé ! Bien sûr, elle était trop loin pour qu'elle aperçoive le blanc de son sourire charmeur sans compter le bleu hypnotisant de ses yeux, mais quand même...

Thamara sortit alors du bois et le rejoignit, la tête détournée et une main tendue chargée d'une boule informe de tissus.

– Essaye plutôt avec des vêtements ! explosa-t-elle de rire.

Tim baissa son regard interrogateur d'un air nonchalant. Il le remonta instantanément, un large sourire idiot au visage... et les mains entres les jambes !

– ...

12

ILS SE GOURENT, MAIS...

Tim avait finalement retrouvé ses vêtements... et sa dignité. Les trois compères avaient alors poursuivi leur quête à la recherche d'un mage capable de renvoyer chez lui le garçon du XXIème siècle.

Ils étaient bien loin de Bure quand la lumière du soleil commença à décliner. Et après avoir supporté tant et tant de reproches, et tout le long de la route, sur sa dernière « préparation culinaire », la jolie et fière Thamara avait « demandé » aux garçons de trouver eux-mêmes de la nourriture pour le repas du soir.

– Trouver à manger, elle en a de bonne, la poupée ! grommelait Tim tout en ratissant de son regard peu convaincu le sous-bois que ses baskets foulaient. Elle ne doute de rien, elle. 'Y a pas un seul supermarché, par ici. Vraiment la zone !

Il s'arrêta soudain.

Sur sa gauche, les branches d'un buisson avaient bougé de façon suspecte et dans un bruissement peu discret. Tim ne savait qu'espérer, un faisan, une biche ou un lapin (mais qu'en ferait l'ado au cœur tendre ?). Il avança finalement à pas de loup, écarta les branches du taillis qui lui faisait face et découvrit... un troll ! Ou plutôt une trolle vu sa longue tignasse rouge et sa peau de Toulisse montant de chaque côté de ses épaules solides.

Si elle avait une tête de moins que le mince adolescent, sa carrure, sa largeur et ses poils rouges la rendait deux fois plus imposante... et impressionnante.

La créature aux petits yeux noirs étala un grand sourire fait de lames de couteaux.

Tim déglutit et recula d'un pas mais la trolle avança de même. Elle était devant lui, menaçante. Pourtant, la seule chose que ce petit obsédé trouva à faire, c'est de planter son regard dans son immense... décolleté !

Il y eut comme un éclair dans son regard saphir.

– Euh... On s'est pas déjà rencontré ? dragua-t-il en forçant son sourire charmeur.

Ce n'était pas seulement là la phrase classique et galvaudée pour accoster une fille. Quelque part, il lui semblait la (re)connaître, mais où avait-il pu déjà la rencontrer ?

– Moma !!! Ça être Moma !!! hurla comme une sirène (d'alarme, évidemment !) un Nib affolé et lancé en trombe.

Sous un bras, il portait la sorcière et, de l'autre, il emporta un Tim paralysé de surprise.

– Ça être Moma !!! Ça être Moma !!!

Ainsi équipé, Nib s'éloigna à grande enjambée en slalomant du mieux possible entre les arbres qui se trouvaient sur son passage... et écrasant ceux qui ne s'écartaient pas à temps. Tel Bip-Bip, il ne laissa derrière lui qu'un long panache de poussière.

Malgré les protestations de ses passagers qui n'appréciaient guère de se faire transporter comme de vulgaires fagots, le troll ne s'arrêta même pas une fois sorti du bois. Sa course ne prit fin que deux kilomètres plus loin, quand ils furent en vue d'un village.

– Je croyais que tu courais pas vite ? demanda Tim dans une perplexité joviale une fois les pieds à nouveau à terre. Tu parles d'une fusée !

– Ça être Moma ! Ça être Moma ! Moma vouloir marier Nib !

– Moma ? interrogea Thamara.

– Sa mère, traduit Tim. La perspective du mariage a dû lui donner des ailes. Et je me disais bien que je connaissais ce joli minois... laissa-t-il échapper d'un air songeur.

Thamara fronça ses sourcils parfaits. Ce ne serait que (?!) des trolls qui les suivaient ainsi ?

À la lisière du bois que Nib, Tim et Thamara avaient délaissé si promptement, une fourmilière de petits yeux avait bourgeonné.

– Où trolls être ?

– Attendez. Alors... le parchemin 24 de mon guide Bibin de Toulisse indique que ce restaurant au loin est le village de Lardons-en-Phoir.

– Trolls jamais venir si loin, remarqua l'un. Ça pas être cantine habituelle.

– Trolls pas aimer changer, ajouta un autre, encore plus râleur. Trolls avoir habitudes.

– Pourtant, « Lardons-en-Phoir », insista le troll au langage châtié. Ça sonnerait bien sur un menu... Et puis, c'est l'occasion de refaire notre stock de viande à mastiquer.

– Alors trolls attendre coucher de soleil, ordonna Goulue.

– Trolls pouvoir faire d'un frère deux trous... normands, évidemment ! Hïng ! Hïng ! rajouta un de ses fils, celui qui était connu pour être toujours très joyeux.

Tim, Thamara et Nib, ces derniers enveloppés de leur sombre et épaisse robe de Bure, avaient pénétré sans encombre dans la petite bourgade fortifiée de Lardons-en-Phoir, ce qui confirmait bien que ce village pittoresque n'était pas sur l'itinéraire gourmand des trolls de la région, tout du moins... pas encore.

Enfin, quand je dis sans encombre, c'est une question de point de vue. Pour Thamara, il avait fallu auparavant supporter le nouveau pullulement des jeunes et belles paysannes qui travaillaient encore dans les champs à cette heure-ci. Il s'en était suivi une tornade d'attouchements, de bisous, d'invitations et de demandes en mariage...

– Quel succès ! jubilait Tim. Qu'est-ce que vous voulez, c'est mon envoûtant regard bleu. Hé ! Hé !

Mais, pressé par ses compagnons à entrer sans plus attendre, Tim ne put, à son grand dam, profiter d'aucune des troublantes créatures qui s'offraient à lui.

Après les protestations de rigueur, Tim, suivi de ses gardes du cœur, avança à travers l'empilement désordonné de maisons à colombages dont les derniers étages en escaliers finissaient par s'effleurer avec insouciance.

Il retrouva son sourire : la fière Thamara avait reprit la tête du groupe. Il put ainsi, comme à son habitude, admirer béatement les courbes mouvantes et parfaites qui se dessinaient devant lui malgré la toge parfaitement coupée qui la recouvrait.

Les trois jeunes gens parcoururent les rues étroites et poussiéreuses bordées d'étales colorées et lourdement garnies, tentant parfois des trocs improbables.

Tout se passait plutôt bien, dans une atmosphère bon enfant. Ils n'avaient plus qu'à trouver une auberge qui accepte un remède de Thamara, un morceau de chevreuil que Tim avait réussi à sauver des voraces mâchoires de son copain troll ou – comment Tim pouvait-il vraiment y croire ? – quelques pièces de vil métal estampillé de la Semeuse...

Malheureusement, une explosion aussi soudaine que dévastatrice emporta leurs projets... et la façade de plusieurs maisons.

Lorsque Tim et Thamara se retournèrent, ils furent surpris de découvrir parmi les décombres un Nib aux petits yeux ronds dilatés par la surprise et... la main sur la bouche !

– Pardon, lâcha-t-il, embarrassé. Nouveaux morceaux de Toulisse faire roter.

Tim éclata aussi, mais de rire. Il s'approcha du troll penaud et lui mit la main sur l'épaule.

– T'en fais pas, c'est normal. Ah ! Ah ! Tu as du style, toi !

– Et bien peut-être, mais pour ne pas se faire repérer, c'est loupé ! critiqua Thamara. Venez par là avant que les vill...

Les habitants étaient déjà tout autour d'eux, le regard vindicatif, et la fourche et les piques dressés.

– C'est eux qui ont détruit ma maison ! hurla un villageois. Ça doit être des sorciers ! Faisons-leur payer !!!

– Timothée, dis-leur que nous réparerons, murmura une Thamara effrayée à l'oreille du garçon. Moi, je les rendrais encore plus agressifs, s'ils découvraient ce que je suis.

– Mais arrête avec ça, enfin ! s'offusqua Tim. T'es vraiment parano !

Il tira sur la capuche de Thamara et l'exposa aux regards vindicatifs.

Si le rêveur n'y voyait que le visage doux et harmonieux de la plus que jolie jeune fille, les villageois y virent une créature outre-humaine à la peau sombre insolite et aux étranges cheveux noirs teintés d'orange.

La foule était figée.

– Tu vois, fit l'inconscient en montrant les villageois de son bras. Ça les a même apaisés de voir ton joli minois ! Bon, pendant qu'on vous tient, vous pourriez nous dire où nous pouvons trouver un magicien ?

Tim n'obtint pas vraiment la réponse attendue.

– Ce ne sont pas des sorciers mais des créatures d'Outre-Monde !!! corrigea une villageoise aux yeux exorbités de colères et de peur.

– Au bûcher !!! Au bûcher !!! scanda soudain la foule, plus en colère que jamais. Renvoyons ces démons aux enfers !!!

Thamara fusilla le nigaud de ses splendides yeux plissés de haine.

– Bien joué... mâchonna-t-elle.

– C'est peut-être leur façon de nous souhaiter la bienvenue ? tenta Tim sans trop y croire lui-même.

Avant que la sorcière ne réplique, il fit glisser sa main vers son cristal.

– Tout ça pour un petit rot... Si j'avais su...

Avant que les doigts du petit malin n'aient touché la gemme blanche, une trompe retentit dans la nuit. Instantanément, la foule hostile se dispersa. Les villageois en avaient même laissé leurs outils, torches et armes sur place.

Tim, Thamara et Nib n'eurent pas le temps de s'en réjouir.

– Des trolls !!! Des trolls !!! hurlèrent des villageois à s'arracher les poumons. Des dizaines de trolls nous encerclent !!! Nous allons nous faire boufferrrrrrrrrr !!!

Ce fut au tour de la cloche du village de sonner l'alarme, et avec une telle force qu'on aurait cru qu'elle allait se décrocher et se retrouver dans le village d'à-côté.

Le plus surprenant était encore à venir. À l'idée de se faire dévorer, déchiqueter, mettre en pièce, digérer, dépecer...– bon vous avez compris – les villageois osèrent l'impensable : demander de l'aide à ceux qu'ils avaient voulu occire il n'y avait pas trois minutes de cela !

– Sauvez-nous de ces trolls, puissants magiciens ! Pitié ! se mirent à genoux les habitants du village. Vous êtes d'Outre-Monde également, mais tout, plutôt que de finir entre les dents de ces monstres ! Pitié ! Aidez-nouuuuuuuuuus !

Tim était joyeusement ahuri tandis que Thamara, elle, était offusquée de ce revirement. Comment osaient-ils ?! N'avaient-ils aucune fierté ?!

– Et qu'est-ce qu'on y gagnerait ? laissa échappé le garçon en soulevant les épaules... et le menton. Ce sont pas nos affaires, après tout.

– C'est sans doute nous qu'ils veulent, lui rappela discrètement la jolie sorcière. Ton troll, en particulier.

– Eux le savent pas, assura Tim d'un sourire d'homme d'affaires. Autant en profiter.

Il stoppa ses messes-basses et, les bras levés, s'adressa (trop) solennellement au chef du village encore à genoux.

– Peuple de Gart... ah, bin, non, au fait... Euh... C'est quoi le nom de votre village ? demanda-t-il d'une voix basse et mal assurée.

– Lardons-en-Phoir, généreux sauveur.

– Lardons-en-Phoir ? Ah ! Ah ! Pas mal... Bon, qu'est-ce que je disais, moi ? Ah, oui... Peuple de Lardons-en-Phoir, nous acceptons de vous aider. Mais à une condition : que vous nous disiez où nous pouvons trouver un magicien.

– Bin, vous en êtes, non ?!

– Hein ? Euh... Oui, oui... Alors, disons... un *autre* magicien, éluda-t-il avec légèreté. Un Grand Mage, quoi.

– Ah, ça, ça ne posera pas de problème, noble seigneur.

Tim sourit avec béatitude. Ce cauchemar allait se terminer rapidement.

– Il y a le mage-prêtre de Gartaifesse, votre éminence. Il est très puissant.

Le sourire du garçon se crispa. Avant qu'il décide quoi faire, le bourgmestre précisa :

– Mais je dois vous prévenir qu'il est très occupé en ce moment, lumière suprême. On dit qu'il serait à la recherche d'un lapin troll qui aurait libéré un mangeur de sorcière.

– Mais pas du tout, le reprit un de ses administrés, Il recherche une sorcière qui aurait dévoré un troll parce qu'il avait uriné sur son lapin.

– Ne l'écoutez pas, le mage de Gartaifesse est à la recherche d'un lapin aux yeux bleus qui attirent toutes les sorcières et mêmes les femelles trolls.

Un quatrième voulut donner sa version mais, entre deux éclats de rire, Tim réussit à lui ordonner de s'abstenir. Quand il eut totalement reprit son souffle, il demanda s'ils connaissaient un autre Grand Mage. La réponse négative qu'il reçut lui fit perdre le rictus qui perlait encore sur son visage charmeur.

– Vous connaissez vraiment pas d'autres magiciens ou sorciers ?

– Des sorciers ?!!! reculèrent les villageois avec une crainte à peine dissimulée. Vous êtes prêts à vous en remettre aux Sorciers ? Alors vous... vous êtes des Sorciers du Crépuscule ?!

Le silence s'était abattu sur la foule. La Guilde des Sorciers du Crépuscule était crainte dans tout le pays. Les pires exactions lui était attribuée par les Mages-Prêtres de l'Ordre du Sceptre qui l'accusaient en plus d'exercer une magie interdite.

– Euh... Mais pas du tout, répondit Tim, un peu perdu, tout en agitant des mains,. Nous sommes juste trois aventuriers aux puissants pouvoirs, voilà tout.

– « ... Aux puissants pouvoirs »... Laisse-moi rire, marmonna une Thamara moqueuse à l'oreille du prétentieux.

– Alors vous devriez éviter de pactiser avec les Sorciers, les mit en garde le bourgmestre. De toute manière, nous ne savons pas où en trouver. Ils se terrent.

– C'est bien beau tout ça, mais, dans ce cas, pourquoi on vous aiderait ? reprit Tim.

– Que... Que voulez-vous de nos misérables carcasses, prodigieux protecteurs ?

Tim ne dit rien, les laissant cuire.

Finalement :

– Je sais pas, moi... De l'or, par exemple.

– Notre... Notre village est pauvre, votre grandeur éblouissante.

– Si Toulisse encore donner noms rigolos, Nib vérifier si langue frétiller autant dans estomac, annonça le troll à l'oreille de son copain, tout en se pourléchant les babines sous la capuche de sa robe de Bure.

L'intéressé dut le percevoir car après un déglutissement apeuré, il s'empressa de proposer :

– Nous... Nous pouvons vous offrir de la nourriture, bonté flo... euh... messieurs dames.

– C'est bien le minimum, jugea Tim d'un ton intransigeant.

– Une médaille ? tenta le bourgmestre. On pourrait vous offrir une médaille pour vos exploits.

– Ah non, elle sera ni en or, ni en chocolat ; aucun intérêt !

– Que désirez-vous, alors ?

– Je sais pas moi... Vous pourriez nous offrir deux ou trois belles vierges innocentes et perverses, comme de coutume, non ?

Le bourgmestre et ses assistants étaient anéantis de stupéfactions. Ils n'avaient cependant pas le choix...

Il y eut des chuchotements, des discussions rapides mais houleuses, puis trois somptueuses jeunes filles à la longue chevelure furent amenées de force devant un Tim triomphant. Enfin, *de force...* Disons qu'une fois qu'elles découvrirent le séduisant visage du garçon – sans parler de ses yeux de saphir qui perçait dans le soir – elles furent soudain envahies d'un sens du sacrifice tout à fait exemplaire. Oui, elles étaient prêtes à payer de leur corps pour la survie de leur village ! On en pleurerait, hein ?

Malheureusement, un douloureux coup de coude de Thamara fit revenir Tim à plus de modestie dans ses prétentions.

– Bon, c'est pas vraiment obligatoire, corrigea-t-il en envoyant un regard plein de reproches à la jolie sorcière.

À la surprise générale, ce furent les trois filles elles-mêmes qui s'y opposèrent. En cœur, elles plaidèrent que leur héros méritait leur sacrifice. Un point que – dans sa grande modestie, évidemment – Tim comprenait tout à fait.

– Juste une, alors ?...tenta-t-il de négocier avec la sorcière.

Un grognement menaçant l'en dissuada opportunément.

– C'est bon, oubliez les amuse-gueule, dit Tim à regrets. On se contentera d'un bon repas et d'un bon lit. Ça nous changera.

Thamara le foudroya.

– Tu ne t'étais pas tellement plaint de mes soupes de racines ! lui fit-elle remarquer.

– Depuis qu'une m'a transformé en dragon, un peu, si ! répliqua-t-il. Bon, oyez, bonnes gens, nous allons vous sauver ! Ah ! Ah ! Allez, Nib. Viens, on va aller voir ta belle-famille ! se marra Tim qui semblait trouver truculente cette nouvelle rencontre avec les créatures anthropophages. C'est ta Moma qui va être contente de te revoir !

– Tu es complètement malade !!! s'insurgea Thamara en le retenant par le bras.

Au sourire extatique que le garçon arbora ostensiblement, elle se rendit compte de son geste un peu trop... intime.

Elle le fusilla de son regard de panthère en fureur et le relâcha tout aussi vivement.

– C'est vrai ?!!! s'enquit le bourgmestre. Vous voulez vous jeter dans la gueule du loup ?! Nous pensions que vous les détruiriez avec vos pouvoirs...

– Mmoui, on pourrait... prétendit Tim d'un ton blasé. Mais bon, c'est pas très drôle de cette façon.

Le bourgmestre ne savait plus quoi penser. Se moquaient-ils de lui ?

– Dans ce cas, le démon reste en garantie ! annonça-t-il en s'emparant fermement du bras de Thamara. Nous voulons être sûrs que vous nous ne laissiez pas en plan !

La sorcière se braqua. Ses grands yeux blancs chassèrent leur pupille et s'allumèrent d'un orange intense.

– Alors, laissons-les à leur succulent destin ! grogna-t-elle en laissant apparaître ses dents dont la blancheur éclatait d'autant plus sur son visage sombre.

– Ah non, je veux un semblant de civilisation, moi ! s'opposa Tim en agitant ses mains. J'en ai ma claque de dormir à la belle étoile ! Ce soir, je veux dormir dans un lit !... Donc d'accord, on vous la laisse. Et puis, comme ça, tu seras pas dans nos pattes, la nargua Tim. On pourra régler ça entre hommes... Enfin entre homme et trolls, entre *trommes*, en somme. Mais bon, prenez en soin, on y tient quand même... ajouta-t-il en lançant un clin d'œil coquin à la jolie sorcière furibard.

– Tu me payeras, ça, Ti-mo-thée ! lui fit-elle comprendre en appuyant bien sur les deux dernières syllabes.

– Avec plaisir, ma chérie, lui fit-il la révérence. En attendant, occupe-toi de notre enfant. Allez, toi, reste avec maman.

Le lapereau sauta jusqu'à Thamara puis, le sourire au lèvres, Tim s'en alla en compagnie de Nib en direction du camp des joyeux bouloteurs de Toulisses.

Sous les yeux dilatés des villageois tremblotants, le puissant mais large magicien encapuchonné retira le lourd tronc qui barrait les grandes portes de bois renforcées et sortit en compagnie de son collègue aux yeux saphir. Tous deux partirent en direction de la vague lueur que dessinaient maladroitement les lanternes à vers luisants des trolls nyctalopes. Les deux amis se laissaient également guidés par le bruit angoissant des tambours qui s'amplifiaient à mesure qu'ils se rapprochaient du camp temporaire des anthropophages.

Si Tim, en dépit de l'obscurité naissante, avançait comme s'il se baladait sur les Champs-Élysées, Nib, lui, n'en menait pas large. Il se voyait déjà perdre sa liberté si fraîchement acquise.

– Joli son ! s'extasia Tim. C'est quoi comme instrument ? Des tambours ?

– Oui, tambours de meilleure qualité. Tambours trolls être fait en peau de Toulisse, révéla le troll avec naturel.

– Je reconnais bien là des mélomanes, se contenta de noter le garçon, pas affecté le moins du monde.

– Quoi être plan de Copain ? s'inquiéta Nib alors que la troupe de trolls commençait à se dessiner au devant d'eux. Nib pas pouvoir protéger Copain contre famille entière.

– T'en fais pas ! Tout va bien se passer. On a juste à dire à ta Moma que tu veux plus te marier avec Lounguene. Et le tour est joué !

– Mais Nib jamais vouloir !!! corrigea le troll d'un air affolé. Famille jamais demander avis !

– Ah, bon ?!... grimaça Tim tout en stoppant brusquement sa marche. Potrache ! Ça va sans doute rendre les négociations plus difficiles, ça...

– Ah, ouais ?...

Les mètres suivants se firent d'un pas moins léger que précédemment.

– Copain et Nib avoir encore temps pour fuir, proposa le troll avec fébrilité.

– Sauf que les villageois détiennent Tham... Tu sais bien que son mauvais caractère me manquerait.

– ... Seulement ça ?

– Tu veux dire... ses grands yeux fascinants ? Son visage d'ange ? Son sourire coquin ? Ses tendres pommettes ? Ses petites épaules soyeuses et douces ? Sa taille de guêpe ? Ses jambes magnifiques ? À moins que ce soit son postérieur rebondit et sa poitrine orgueilleuse ?... Hummm... Ouais, peut-être un peu aussi... commenta Tim dans un élan évident de mauvaise foi.

– 13 –

L'EAU'MME À LA BOUCHE

La progression de Nib et Tim fut arrêtée par deux trolls qui faisait semble-t-il office de garde. Dans des grognements difficiles à interprétés, ils amenèrent leur congénère et le Toulisse jusqu'à leur chef qui n'était autre que la Moma de Nib : la terrifiante Goulue. De chaque côté de son trône fait d'un empilement macabre d'os et de crânes humains, une colonne de pierre surmontée d'une lanterne emplie de vers luisants avait été hâtivement et sommairement assemblée. Ces deux phares terrestres illuminaient d'une lueur blafarde la nuit à présent tombée.

La souveraine trolle, préparant son allocution, se racla la gorge en un grondement rauque. Elle n'eut toutefois pas le temps de dire le moindre mot qu'un bulldozer se précipita sur Nib.

– Nib ! Nib ! Mon amour ! hurla Lounguene, qui était aussi musculeuse que son futur mari.

Elle le serra dans ses bras puissants qui faisaient deux fois l'épaisseur des cuisses du jeune Toulisse.

– Nib libéré ! Nib et Lounguene pouvoir enfin se marier à présent ! Joie ! Joie !

Nib grimaça puis baissa la tête de défaitisme.

Ce fut alors que la matriarche de la tribu s'exprima.

– Fils avoir retrouvé voleur d'anneau de Nib et Lounguene, constata-t-elle avec satisfaction. Mariage être célébré demain, dès arrivée de tribu Mortoucru. Ici être bon endroit. Traiteur être tout prêt, ajouta-t-elle en faisant référence au village alentour .

Nib déglutit avec douleur. Son horizon s'obscurcissait.

– Toulisse donner anneau de Nib et Lounguene ! ordonna la douce (?!) voix de Goulue.

– Copain… heu… Toulisse avoir perdu anneau, révéla le troll en craignant la colère de sa mère.

Il avait raison. Les quelques rayons de lune en tremblèrent ! Même les puissants trolls qui l'entouraient faillirent en avaler le morceau de Toulisse qu'ils mâchouillaient à longueur de journée.

Sur les fragiles fortifications de bois, Thamara en frémit. Ça ne se présentait pas bien pour ses deux compagnons.

– Nib être désolé, mentit le troll.

– Oh ! le faux-cul ! lui murmura Tim dans le dos.

Nib le repoussa discrètement et poursuivit :

– Nib comprendre que sans anneau, mariage avec Lounguene être impossible.

– Ça pas être grave, chéri à moi ! s'exclama Lounguene avec le velouté d'une avalanche de cailloux.

– Elle est très compréhensive, ta future épouse, le taquina Tim d'un coup de coude sadique. C'est une perle, en fait.

– ... Nib offrir autre anneau à Lounguene. Encore plus beau... compléta la trolle dont les lèvres épaisses étaient couvertes d'une poudre blanche qui ressortait sur sa peau rouge.

– Je retire ce que j'ai dit, corrigea Tim en ricanant. Toutes les mêmes.

– ...Et pour Lounguene très gros rubis trouvé dans mines très profondes ! ajouta celle-ci.

– Non, pas mine de gros diamants ! supplia presque Nib. Mines de gros diamants être trop dangereuses !!!

– Ça être prix pour amour, corrigea Lounguene d'une insupportable voix chantante.

Nib sentait sous ses épaules le poids de la double peine.

– Pas besoin, intervint un Tim sûr de lui, voire un tantinet frimeur. Voici le marché : laissez Nib tranquille et je vous rends l'anneau.

– Mais... Copain avoir dit qu'anneau avoir disparu pour toujours !?

– Euh, en fait, il est réapparu quand je suis allé à l'église avec Tham – ça devait être un signe ! Ah ! Ah ! Elle me grifferait si elle entendait ça ! se marra-t-il encore plus.

– Ça pas drôle ! gronda Nib en menaçant son ancien ami de son poing massif. Copain avoir menti à Nib !!!

– T'excite pas ! T'auras pas à aller dans ces mines dangereuses. Et puis, Lounguene n'a qu'à se marier avec un autre... euh... chanceux ?

– Hors-d'œuvre pas droit de parler ! annonça Goulue en montrant Tim de son doigt sale et crochu.

– « Hors-d'œuvre » ?... Et vous, c'est Moma, c'est ça ? Enchanté, ironisa-t-il. Maintenant que les présentations sont faites, qui veut marier ce p'tit brin de troll de Lounguene, hein ?

Il s'approcha de la créature aussi hideuse qu'effrayante.

– Regardez ces formes si... euh... carrées ? Bon, disons, ses épaules si... euh... larges ? Et... euh... son regard... euh... avec deux yeux ? Et... et ses mains si... poilues.... ?

La plupart des trolls célibataires avaient baissé la tête, serré les cuisses et bloqué leur respiration. Certains faisaient des ronds dans la terre de leur orteil tandis que d'autres sifflotaient d'un air faussement désinvolte.

La trolle en question allait exploser de colère.

– Seul fils ainé de chef Frapdabor marier fille ainée de chef Mortoucru, intervint Goulue. Pas être n'importe quel mariage. Mariage sceller entente entre Frapdabor et Mortoucru.

– Ah, ouais, quand même ! fit un Tim admiratif. T'es un mec important, dis. Mais Nib a des frères, non ?

– Hors-d'œuvre se taire !!! rugit la matriarche, prête à se lever du trône et se jeter sur le jeune Toulisse impertinent.

– Bon, bon, je veux pas interférer dans vos affaires de famille, s'exonéra le garçon. Mais je réitère ma proposition : l'anneau en échange de la liberté de Nib.

Pour accompagner ses propos, il avait sorti le lourd bijou d'or de la poche avant gauche de son pantalon.

– Copain avoir vraiment retrouvé anneau !!!

– Hors-d'œuvre être bien voleur d'anneau. Hors-d'œuvre servira pour repas de mariage ! enfonça Goulue.

– C'est gentil, mais je vous le déconseille, fit un Tim faussement compatissant.

– Ah, oui ? grogna Goulue, un de ses petits yeux plissé à la Columbo.

– Ben, oui, maladroit comme je suis, en serveur, je vous en mettrais partout, sourit-il malicieusement.

Tim n'avait-il vraiment pas compris l'allusion de Goulue ? On ne le saura jamais car la matriarche Trolle ne chercha même pas à se faire comprendre auprès de son futur repas. Elle préféra s'enquérir de son état de fraîcheur :

– Ptireune-O, que penses-tu de ce Toulisse ?

Un troll étrangement maigre, couvert d'une peau de vache tachetée s'avança en tortillant.

– D'où viens-tu, jeune Toulisse ?

– Hé, vous parlez normalement ! C'est impressionnant.

– La flatterie ne te mènera à rien. Réponds : d'où viens-tu ?

– En quoi ça vous intéresse ?

– Nous ne sommes pas des sauvages, nous, se défendit le troll. La traçabilité, c'est important.

Il tâta Tim aux biceps et aux cuisses.

– Hé ! Arrêtez, ça chatouille !

– Hum... Alors là, ma p'tite Goulue, on ne peut pas dire qu'on a devant nous un morceau extraordinaire de nos terroirs. Il y a bien un p'tit goût amer de sueur mais on ne va pas faire exploser nos papilles avec ça... déclara celui-ci d'un air dédaigneux. Peut-être qu'avec un bon petit sang coagulé et fermenté quelques semaines dans une carcasse de cerf, on pourrait rattraper ça mais j'en doute... La peau est sèche, signe que le Toulisse n'a pas été nourri avec des produits de qualité, ni élevé au grand air. Il n'aura pas ce parfum, cette saveur sous la langue, ce petit frétillement sur les parois de nos estomacs qui...

– On voit que Monsieur est connaisseur, congratula Tim. Même si je suis pas tout à fait sûr que ce soit un compliment, fit-il remarquer, dans un sourire songeur. Par contre, j'ai ici quelque chose qui, j'en suis sûr, plaira à un gourmet tel que vous.

Un éclair dans les yeux, Tim plongea sa main dans une des poches intérieures de sa veste et en ressortit une petite boite en carton de couleur rose.

– Goûtez-moi ça, mon ami. Le fils de Moma en est fou, ajouta-t-il en indiquant le dit troll qui mâchouillait encore plus frénétiquement qu'à l'accoutumée du fait du stress.

Il fit flotter une bandelette rosée sous le nez aux narines dilatées de Ptireune-O. Le gastronome frétillait de curiosité.

– Ça être quelle partie de Toulisse, exactement ?

– Hein ? Euh... le chouine, proclama le garçon, sans ciller le moins du monde.

– « Le chouine » ? douta Ptireune-O en plissant ces minuscules yeux ronds.

L'HOMME À LA BOUCHE

– Vous ne connaissez pas ?! Pourtant je peux vous dire que dans quelques siècles, on parlera encore, et dans le monde entier, des chouines d'homme, se marra intérieurement l'affabulateur.

– « Des chouines d'homme » ? reprit l'esthète d'une voix fascinée.

– C'est cela, oui, confirma Tim en contrôlant de son mieux le rire qui lui parcourait le ventre.

Ptireune-O goba le chouine et commença à le mâchouiller comme s'il goûtait un vin millésimé. Il eut une première grimace peu engageante.

– Hum... Ça a un peu le goût de ces petites choses dégoûtantes, là... qu'on trouve sur les arbres en fin d'été...

– Des fruits ?! devina Tim, hilare.

Le troll grimaça.

– Oui, c'est ça... Ah, ça s'estompe peu à peu...

– Ça va disparaître complètement et devenir vraiment exécrable... enfin, « délicieux », corrigea Tim, amusé.

– Ah, oui ! Intéressant... finit par acquiescer le gastronome. Et ça reste longtemps en bouche ?

– Toute la vie, si vous voulez ! assura Tim même si la salive agressive des trolls devait finir par avoir raison de la gomme à mâcher.

Voyant le conseiller gastronomique conquis, Tim poussa son avantage.

– Alors, voici ce que je vous propose : je vous laisse l'anneau et ces précieuses et rares denrées – il fit s'agiter sous le regard des trolls les deux boîtes qui lui restaient – et vous laissez Nib vivre sa vie comme il le veut et épargnez les habitants de ce village.

Tous se tournèrent vers l'impressionnante Goulue, assise sur son macabre trône d'os. Un grand silence se fit. Celle-ci toisa le jeune blanc-bec qui voulait lui enlever son fils puis déplaça son regard vers Ptireune-O qui, de ses petits yeux, implorait sa souveraine d'accepter l'offre.

– Et quoi empêcher trolls manger chouines, villageois et petit Toulisse ? lança Goulue.

– Heu... La peur d'une indigestion ? avança Tim qui forçait son sourire tout en reculant imperceptiblement.

Deux trolls firent un pas en avant, la salive débordant de leur gueule surdimensionnée.

Décidément, il semblait sûr que, cette fois, il y aurait du Tim au menu...

– 14 –

PRIS ENTRE POTE ET POPOTE

Tim recula une fois encore et toucha son cristal... qui avait malheureusement invité le bleu de la défaillance.

– Potrache ! Il a choisi son moment, celui-là !

Armés de leur massue, les deux trolls s'avancèrent encore.

Tim jeta un regard à Nib qui était à présent tenu fermement par les deux gardes.

– Potrache ! répéta Tim en reculant une nouvelle fois. Espérons que ces chars d'assauts soient lents...

D'un saut vers la droite, il évita un premier coup de massue qui s'abattit à terre avec force. Sans attendre, il roula sur le dos de ce premier troll qui se prit sur la caboche la massue du deuxième et s'écroula au sol.

Tim avait juste eu le temps de se moquer d'eux que deux trolls hirsutes, leurs bras puissants prêts à le broyer, se précipitèrent sur lui, un à droite, un à gauche. Au dernier moment, Tim se baissa puis plongea vers l'avant alors que les deux rouleaux- compresseurs s'écrasaient l'un sur l'autre comme deux TGV à pleine vitesse. Le bruit creux que leur tête fit sous le choc, n'était malheureusement pas le gong de fin de round : une nouvelle escouade de poilus rouges s'amenait.

– Euh... Pouce ? proposa Tim sans trop y croire. Non ? Vraiment ?...

Nib, de son côté, négociait la survie du jeune Toulisse auprès de sa mère. En vain. Son copain allait finir en fricassée : huit trolls aussi larges que féroces s'apprêtaient à s'emparer de lui.

– Je peux au moins choisir ma sauce ? plaisanta Tim pour masquer sa peur. Vraiment pas ?... Et la dernière volonté du condamné, vous en faites quoi, hein ?

Il évita un troll, un deuxième... mais ne put rien faire contre les autres et se retrouva à terre, écrasé par deux, quatre, huit trolls !

D'inquiétude, Nib interrompit sa négociation.

De la grosse montagne de poils rouges jaillirent alors des voix interrogatives :

– Où Toulisse être ? demanda l'un.

– Moi pas savoir !

– Moi non plus !

– Moi non plus !

– Moi avoir Toulisse !!! surgit une voix triomphante. Moi avoir Toulisse !!!

– Non, Simplet, ça être moi !

– Ah ?

Après quelques secondes d'intense perplexité, une grosse voix prise entre gravité et crise de rire intervint :

– Toulisse devoir être là ! Cherchez encore !

Dans des « pop » plus comiques les uns que les autres, des têtes sortirent du tas de trolls, des têtes ébahies de découvrir le dit Toulisse, appuyé sur eux d'une main négligente dans une posture penchée frimeuse au possible.

– Ils sont joueurs, tes frères ! apprécia Tim, hilare, en envoyant un clin d'œil à son ami troll.

Il s'écarta uniquement lorsque, sous les harangues de Goulue, la montagne d'idiots se mit en branle. Tout en s'efforçant de garder son sourire, Tim regarda un peloton de dix trolls tout frais se former devant lui. Ça se compliquait. Et son cristal qui ne se réveillait toujours pas. Il recula. Il recula encore. Encore.

– Bon, les Chewbacca en réduction, je vais devoir me fâcher ! bluffa le garçon en soufflant sur les cheveux qui tombaient sur son front.

Soudain, la progression des anthropophages s'arrêta net. Leurs poils s'étaient même hérissés et avaient blanchi. Dans des cris d'affolement, ils rebroussèrent chemin et, tremblants, vinrent se réfugier derrière le siège de leur souveraine qui n'en menait pas large non plus.

Tim était époustouflé. Jamais encore, ses petites élucubrations n'avaient fonctionnés de la sorte. Ces trolls étaient vraiment plus bêtes que la moyenne.

Un rugissement puissant et lourd de menace le fit revenir sur terre. Avec une lenteur angoissante, il se retourna. Dans l'obscurité qui irradiait de la lueur des vers luisants, il vit se dessiner des crocs acérés et blancs surmontés d'inquiétants yeux verts. D'un bond impressionnant, la créature de l'ombre s'interposa entre Tim et les trolls, et se mit à effectuer des lacets lents et menaçants.

– Ah ! C'est Mistigri ! s'exclama Tim d'une voix attendrie en reconnaissant la magnifique panthère noire qu'il avait déjà rencontré il y a de ça quelques jours. C'est un bon minou, ça, hein ?... Nib, maintenant que tes adversaires se sont courageusement enfuis, rejoins-moi.

Le troll hésitait, faisant balancer ses yeux ronds de la créature de la nuit au visage rayonnant de son copain. Sans quitter la bête inconnue des yeux, il se rapprocha prudemment de Tim.

– Mon marché tient toujours, proposa le garçon, plus sûr de lui que jamais.

Quand Nib et Tim frappèrent à la palissade de bois du village de Lardons-en-Phoir, il leur fallut à nouveau faire preuve de persuasion. Finalement rassurés, les villageois leur ouvrirent.

Ce ne fut toutefois qu'après avoir pénétré dans le bourg et avoir reçu les honneurs et les remerciements chaleureux – surtout de certaines jeunes filles ! – que Tim s'exclama :

– Où est Tham, au fait ?

Instantanément, la liesse populaire s'estompa.

Tout penaud, le bourgmestre dut leur apprendre que le démon noir leur avait échappé.

Tim, pour une fois, sembla perdre son sang-froid.

– Vous mentez !!! Qu'en avez-vous fait ?!!! hurla-t-il en le prenant par la veste. Elle... Elle serait jamais partie sans son oliphant ! Elle...

– ... Elle est là, n'aie pas peur, le chambra Thamara en surgissant de l'obscurité avec grâce.

– ... Peur ? Pas de plus t'avoir sur le dos, en tout cas ! Mais tu sais combien j'aime avoir une présence féminine... quelle qu'elle soit.

Thamara ne répondit pas. Satisfaite, elle baissa juste ses paupières avec majesté.

Il n'était pas encore une heure du matin quand, à la faveur de l'obscurité, trois silhouettes quittèrent discrètement le petit village fortifié de Lardons-en-Phoir. Thamara était en tête et marchait d'un pas décidé et ferme. Derrière, Tim soutenait de son mieux le troll qui avait goûté pour la première fois aux délices tant vantés de l'alcool des Toulisses.

– Ah ! Ce n'est pas vrai ! râla la sorcière tout en continuant sa marche. On avait acquis la reconnaissance des villageois... Ils nous acceptaient. Ils *m'*acceptaient !

– ... Et villageois donner à boire et à manger. Hips ! ajouta le troll dans son demi-délire.

– ... Et voilà que Môssieur fait le joli-cœur ! Mais tu n'arrêtes donc jamais ?!!!

– J'ai rien fait, assura Tim avec légèreté.

– Ah, oui ?! Et les deux serveuses de l'auberge ? Qu'elles n'arrêtent pas de te fixer avec leurs yeux de poisson mort, on finit par s'y habituer ! Mais pourquoi a-t-il fallu que tu les encourages ?! Elles étaient si obnubilées par tes yeux qu'elles renversaient tout sur leur passage !

– Elles voient pas un héros aussi sexy tous les jours, frima le garçon en exposant son sourire charmeur.

– Ça être trop troooll ! gémit Nib qui ne dessoulait pas. Nib avoir beaucoup – hips ! – rigolé.

– ... Et bu, compléta Thamara dans un reproche à peine voilé. Au lieu de répondre à leurs œillades, Timothée, tu aurais pu empêcher ton troll de boire autant.

– Il est libre. Les serveuses aussi, d'ailleurs... soupira-t-il. Et puis ces innocentes créatures avaient besoin d'être consolées. N'oublie pas qu'elles allaient se faire dévorer par de terribles monstres...

– ... Ce n'était pas une raison pour tomber dans les bras d'un autre !

– Ouha ! N'importe quoi. Des bisous n'ont jamais rien fait de mal, persista le dit monstre en soulevant les épaules malgré le poids du troll affalé sur lui.

– Mais la jalousie, si ! répliqua la jolie furie dont l'étrange regard orange s'était plissé de colère.

Le garçon et le troll stoppèrent leur marche et la bombardèrent de leurs yeux dilatés d'effarement. Thamara eut besoin de quelques secondes pour comprendre.

– C'est ça, prenez vos désirs pour la réalité ! pinça-t-elle la commissure des lèvres, les bras croisés de défiance. Je parlais des autres langues pendantes de l'auberge ! Vous n'êtes quand même pas assez idiots pour croire que ces hommes viennent là uniquement pour manger et boire ?

– Je vois, ils se rincent pas que la gorge, plaisanta Tim. L'œil également ! Ah ! Ah !

– Et cette idée de les inviter à notre table !!! Aaaaah !

– Tu sais pas ce que tu veux. C'était pour éviter les accidents. Une bière sur la tête c'est pas grave mais de la soupe...

– Oh oui ! Hïng ! Hïng ! Pauvres Toulisses ! Légumes être déjà dangereux quand être avalés, mais sur cheveux... et bouillants... Hïng ! Hïng ! Hïng !

– Ah, ouais ! On aurait cru que leur cerveau s'évaporait ! se marra Tim qui dut s'arrêter pour reprendre son souffle.

Thamara, elle, n'en avait pas fini.

– Elles se sont amassées sur toi comme des ours sur un pot de miel !

– Copain être sucré ? s'étonna le troll dans ses brumes alcoolisées. Pouah !

– Avec tes bêtises, elles ne servaient plus personne !

– Ça être – hips ! – vrai. Nib avoir soif et plus personne pour servir Nib.

– C'était pas une raison pour que ces mecs s'en prennent à elles, plaida Tim.

– Et toi pour lancer Nib sur ces gros obsédés !

– Si on embête mes copines, je lâche mon pit-bu... euh... mon troll. Et puis Nib a apprécié ce petit dessert, hein Nib ?

Tim n'eut comme réponse qu'un puissant rot qui raisonna dans le silence de la nuit.

– Ah, c'est délicat ! réprimanda la sorcière offusquée.

– Allez, fait pas cette tête, Tham ! On s'est bien amusés ! Et reconnaît qu'ils manquaient de reconnaissance, ces gars. C'est quand même nous qui les avons débarrassés de cette bande de trolls ! fanfaronna Tim, les yeux frimeurs.

– Tu parles, sans l'arrivée de la panthère noire, tu aurais fini dans leur estomac ! Et t'as eu une sacré chance que les trolls aient ce défaut de mâchonner à tout bout de champ, fit remarquer Thamara.

– Trolls avoir autre défaut, révéla Nib d'un grognement alcoolisé.

– Et lequel ? s'enquirent à l'unisson Tim et Thamara.

– T... Trolls pas avoir parole...

Derrière les trois compères, Lardons-en-Phoir se dessinait à l'horizon, un Lardons-en-Phoir en proie aux flammes et d'où s'élevaient des clameurs déchirantes, des cris de douleur et des

205

hurlements de terreur, mais aussi d'autres sons plus sympathiques comme miam, blurp, slurp, beurp.

Bref, comme l'avait dit Tim, tout le monde était heureux de cette petite soirée...

– 15 –

ÇA PAYE HAUT, D'ÊTRE UN BLEU

Si Tim, Thamara et Nib s'étaient éloignés sains et saufs du village de Lardons-en-Phoir, ce n'était pas le cas de tout le monde comme on l'a vu à la fin du chapitre précédent. Deux autres personnages, que nous commençons un peu à connaître, étaient arrivés alors que la « fête » trolle battait son plein et n'en étaient pas ressorti indemnes. Enfin, l'un des deux et...

– ...Toujours le même ! hurlait comme une sirène le pauvre disciple qui avait perdu son bras gauche dans l'orgie. Toujours le même qui s'en prend !

– Allons, allons, corrigea sobrement son maître. « Qui s'en prend, qui s'en prend... », vous avez surtout donné.

– Maître, passez-moi du repousse-membre. S'il vous plait.

– Vous êtes si maladroit qu'il vaudrait mieux l'économiser. Et puis, ainsi, c'est plus facile pour dormir sur le côté. Vous voyez, c'est ça le problème avec vous, disciple, vous n'avez pas le sens pratique.

– Je sers la sorcellerie et c'est ma joie... Je sers la sorcellerie et c'est ma joie... répéta-t-il comme la litanie d'une prière.

– Bon, si vous me prenez par les sentiments...

Et, à contrecœur, il lui fila la fiole de potion.

Comme à chaque fois qu'ils arrivaient en vue d'un village, petit ou grand, c'était le même spectacle qui désolait la jolie (et jalouse ?) Thamara.

Le troll rouge et la sorcière chocolat au lait étant bien protégés des regards par leur robe de Bure, dès que des jeunes femmes apercevaient Tim, elles arrêtaient sur-le-champ (c'est le cas de le dire !) le travail qui les occupait et se ruaient sur lui, les yeux dilatés d'extase, la poitrine avenante et la croupe frétillante. Toutes les propositions des plus innocentes aux plus osées lui étaient faites. Tim aurait été à chaque fois écartelé entre toutes ces filles, parfois hystériques, qui le tiraient à hue et à dia, si Nib et Thamara ne veillaient au grain, le troll parce qu'entre matriarcat et mariage forcé, il se méfiait de la gente féminine et la sorcière parce qu'elle avait peur que ces excitées n'endommagent la gemme du garçon ; enfin, c'est ce qu'elle prétendait...

Lors de la traversée du village suivant, si, une fois de plus, ils ne purent rencontrer de magicien, Thamara eut la confirmation de ce qu'elle avait cru observer : c'était surtout le regard saphir du garçon qui mettait toutes ces jouvencelles en émoi.

Thamara intima bien à Tim de mettre ses lunettes de soleil à l'approche d'un village, mais Nib, qui comme tout troll ne supportait pas les fortes lumières, n'en fut, malheureusement pour elle, pas du tout disposé. « Donné, c'est donné, reprendre, c'est morfler ! » avait-il cité dans une version toute personnelle de cette maxime. Thamara n'avait pas insisté.

Elle dut donc supporter une nouvelle fois les piaillements des oiseaux de paradis à la recherche de leur partenaire. De jeunes jouvencelles, de nobles et riches familles ou pas, laissaient même pudiquement tomber leur mouchoir, parfois brodé, mouchoirs que Tim ramassait et humait avec un sourire béat.

– Oh, reste, avec nous noble seigneur.

– Il est si mignon !

– Ah ! Ce bleu !

– Oh ! Tes yeux, mon prince !

– Oui, on sait... le bleu de ses yeux... râla Thamara, de plus en plus agacée.

Quand ils purent enfin repartir de ce nouveau village, Tim, le sourire jusqu'aux oreilles, sentit de lourds regards de reproche sur ses épaules.

– J'y peux rien, c'est comme ça depuis tout petit. J'ai toujours eu du succès avec les filles... déclama-t-il en soulevant les épaules, mettant ainsi sa modestie (hum !) à rude épreuve... Enfin, peut-être pas toujours à ce point, ajouta-t-il en pensées avec un brin de perplexité... qui ne dura pas.

Il aurait peut-être dû délivrer cette légère nuance à ces camarades, la réplique de Thamara en aurait été moins assassine :

– Oui, on sait très bien ce qui attire les mouches !

– Oh, c'est délicat, ça, se marra le garçon qui était en proie à un autre genre de plaisir quand il pouvait la faire réagir.

– C'est tout ce que tu vas avoir : des cruches sans intérêt !

Tim se tourna vers la jolie sorcière en étalant son sourire charmeur.

– « Mais pour l'amour on ne demande pas aux filles d'avoir inventé la pou-oudre... » chanta Tim qui savait qu'il allait faire encore plus rugir la fière Thamara.

Il allait découvrir qu'en matière de poudre, il ne fallait pas trop jouer avec le feu.

Le lendemain, alors que Nib, tel le garde du corps d'une vedette de cinéma, aidait Tim à passer à travers la foule féminine du premier village de la journée, Thamara prit discrètement dans ses mains le mouchoir d'une riche bourgeoise dont elle s'était emparé tout aussi discrètement le jour précédent. Elle l'aspergea d'un philtre qu'elle avait concocté avec patience et délectation pendant la nuit, puis elle s'empara d'un caillou, enroula le bout de tissu autour et l'envoya discrètement au devant du garçon adulé qui s'en empara sans hésiter et, comme avec tous les autres, en respira l'étrange parfum, le regard épanoui.

Cette fois, Thamara en sourit également...

En milieu d'après-midi, après avoir réussi à faire de la charrette-stop, nos trois aventuriers arrivèrent en vue d'un nouveau village. Thamara dissimula son rire mutin derrière sa main. Quelques heures plus tôt, et d'un simple clin d'œil, elle avait réussi à obtenir le silence du troll. On allait rire.

Tim, le sourire satisfait et frimeur, avança vers la poignée de jeunes paysannes toutes aussi charmantes les unes que les autres qui travaillaient là. Elles allaient comme toujours priser sa beauté et l'enivrant bleu de ses yeux.

Ça ne se passa toutefois pas exactement tel qu'il l'attendait.

– Hiiiiiiiiii !!! Ce bleu ! Non ! C'est horrible !!!

– Fuyez, fuyez, mes sœurs !

– Ce bleu !!! Ah ! Un monstre ! Un démon !

– Oui, c'est un démon d'Outre-Monde !!!

Tim eut une mine perplexe. Que se passait-il ? Ses amis s'étaient pourtant couverts de leur robe de Bure à l'approche du village.

– Elles... elles aimeraient plus le bleu de mes yeux ? questionna-t-il, finalement déconfit.

Ils entrèrent dans le village et, à nouveau, ce furent des cris de peurs qui le prirent pour cible ! Pas le troll rouge ou la sorcière noire, non. Lui !

Tim finit par remarquer les pouffements de Nib et de Thamara.

– J'ai quelque chose au front ? Ou au menton ? Une tache ? Quelque chose ?

Il n'eut que des rires dissimulés pour réponse. Il s'essuya le visage plusieurs fois avec classe et application (à l'aide de la manche de sa veste...), mais les réactions hostiles ne stoppèrent pas.

Une fois sorti (ou plutôt expulsé) du village, Tim s'interrogea plus sérieusement. Et plus il y pensait, plus il était rongé par un affreux soupçon.

Par manque de chance, il n'avait aperçu aucune rivière, aucun lac. Pas moyen de vérifier. Ses deux camarades avaient dû deviner ses pensées car ils redoublèrent de rire.

Tim s'en voulait de ne pas avoir emporté le moindre miroir. Il pouvait peut-être essayer de distinguer quelque chose sur l'écran de son téléphone portable ?... Ou même... Oui !

Tim s'arrêta, plongea sa main dans la poche intérieure de sa veste et en ressortit, avec un sourire triomphant, sa petite merveille de technologie.

Il y posa un regard nonchalant et resta scotché ! Du réseau ! Il avait du réseau !!! Comment était-ce possible ?!

Il en oublia totalement les réactions hostiles des filles en fleurs et les gloussements de ses amis et, immédiatement, appela le numéro de sa mère – Tim savait qu'elle s'inquiétait pour un oui pour un non (enfin, là, c'était plutôt un gros oui, c'est vrai).

Il eut cependant à peine commencé à lancer son appel que tout signe de réseau s'évanouit.

– Potrache ! regretta-t-il. Bien sûr, ici, ça pouvait pas être vrai. De toute façon, un téléphone du XXIème siècle est capable de bien d'autres choses, informa-t-il ses sceptiques – et hilares – compagnons.

Il le plaça devant son visage et resta immobile quelques secondes sous les rires de plus en plus insupportables de Nib et de Thamara.

– Ah ! Ah ! Comme si tu pouvais te voir là-dedans ! Ah ! Ah !

– Tu as tort. Cet objet n'est rien moins que... mon troisième œil ! incanta-t-il d'une voix spectrale.

Il appuya sur le côté de son téléphone, un léger clic se fit entendre et, sous les yeux ahuris de Thamara et Nib, son visage apparut !

– Copain être magicien ! Comment Copain pouvoir faire peinture si rapidement ?

Tim en fut si fier qu'il n'y regarda même pas son visage et fanfaronna devant eux, leur plaquant le téléphone devant les yeux.

– Alors, qui est le plus fort ? jubila-t-il. Hé ! Hé !

– Le plus fort, je ne sais pas, répondit Thamara d'une voix moqueuse, mais le plus ridicule, ça oui : Ah ! Ah ! Ah !

Et, de rire, elle tamponna du poing le puissant troll.

– Ridicule ? De quoi elle parle ?...

Tim jeta un air désinvolte au petit écran et se figea instantanément : son visage ! Son visage était totalement bleu !!!

Le garçon eut des problèmes pour respirer.

– Tham ! rugit-il finalement, le bleu de son visage tendant à présent vers le violet. C'est toi, évidemment ?!

– Euh... Ça se pourrait, avoua-t-elle d'un air canaille qui la rendit encore plus irrésistible.

Tim y fut pourtant moins sensible cette fois, même quand la sorcière farceuse lui eût révélé que ça disparaitrait avant la fin du jour.

– Hïng ! Hïng ! Ça être drôle ! annonça Nib, plus jovial que jamais. Si Copain avoir bonnet blanc, Copain ressembler à lutin de forêts !

– Tu rigoles ?! sursauta Tim. *Ils* existent ?! Tu... tu les connais ? Non, tu te moques, là... Euh... On pourrait aller les voir ? Quand je vais raconter ça à Charles-Henri et Hugo ! Et Même Mathilde !... Ils en sont fous !

– Surtout pas ! Holà ! Toujours finir par bagarre avec petits lutins bleus, déplora le troll les joues gonflées, tout en agitant la main en signe de difficulté quasi insurmontable.

– Ah, ça me rassure ! C'est pas eux, souffla Tim. Ceux que je connais sont affreusement gentils. Comment j'ai pu croire une seconde que... ?

– ... Quelle foutue manie lutins avoir d'utiliser même mot pour désigner tout et n'importe quoi. Manie créer quiproquos !... poursuivit le troll.

Les yeux de Tim faillirent sortir de leur orbite.

– Aïe ! râla-t-il en se pinçant une fois de plus avec le même résultat. Potrache !

Il ne posa plus l'ombre d'une question ou d'un reproche jusqu'au bivouac suivant.

TROISIÈME PARTIE

– 1 –

FÉLINE OSANTE

Une fois de plus, à l'approche d'une forêt, la sorcière chocolat avait disparu, sans doute à la recherche de quelques herbes, tubercules et racines. Ni Tim (qui avait retrouvé son teint habituel), ni Patné, et encore moins Nib, ne s'en inquiétaient. Ils savaient que la langoureuse mais mystérieuse jeune fille ne les laisserait pas tant que le cristal du garçon renfermerait son oliphant. Et la chasseresse les retrouverait où qu'ils soient.

Ils avaient donc poursuivi leur marche à travers les bouleaux, les chênes et les charmes. Tim ne s'en réjouissait pas. Bien sûr, l'ado des villes s'était un peu habitué à arpenter l'humus couvert de feuilles. Mais il était toujours gêné de sentir le bois des branches mortes et couvertes de lichens craquer sous ses baskets. Sans parler des légères odeurs de pourriture, de moisissure et de champignons qu'exhalait le sous-bois. Mais le pire était qu'aux sautillements joyeux de Patné qui faisait monter et descendre sa petite queue blanche devant ses yeux, il préférait les déhanchements sensuels de la jolie Thamara…

Cette insouciance collégiale s'arrêta soudainement lorsque le petit lapin fit de même ! Les oreilles baissées de peur, il fit un brusque demi-tour, galopa comme un dératé et rejoignit d'un bon la poche de Tim. Le « léger » problème était qu'entretemps il avait tellement grandi qu'il renversa le garçon de son poids, sa gueule tentant toujours d'entrer tandis que ses pattes arrières moulinaient comme un turboréacteur.

– Il est complètement allumé, ce lapin ! s'amusa Tim en essayant de se dépêtrer de la grosse boule de fourrure excitée.

Il réussit à basculer Patné sur le côté et ne fut pas mécontent de pouvoir se remettre debout. Il put alors découvrir ce qui avait terrifié le lapereau. Au milieu de la clairière se trouvait :

– La panthère noire !

Le beau et souple félin d'ébène qui avait sauvé Tim lors de sa dernière rencontre avec les trolls, se prélassait là, couché nonchalamment sur le côté, le bout de sa queue se balançant avec grâce.

Si Nib recula en tremblant devant la créature inconnue, Tim, lui, s'avança d'un pas léger.

— 'Y a pas à avoir peur, clama-t-il, le sourire assuré. Vous n'avez donc pas compris ?

— Compris quoi ?! demanda le troll, la tête baissée, appréhendant une attaque du fauve.

Tim se mit à rire, ce qui fit plisser les yeux hypnotiques du félin et se baisser ses petites oreilles triangulaires.

— C'est Tham, évidemment ! lâcha le garçon avec évidence.

Nib et Patné reçurent la tour d'un château-fort sur la tête !

— Fille chocolat !!!? Copain être fou ! Copain pas faire ça ! le mit en garde Nib en secouant du doigt. Monstre noir dévorer Copain !

Ignorant la mise en garde, Tim s'approcha encore du félin qui l'accueillit d'un coup de patte dans les airs.

— Tu as vu comme elle est joueuse, la coquine ? Allons, Nib, n'as-tu pas noté qu'à chaque fois que la panthère est présente, Tham n'est pas là, et inversement ? Et t'as jamais remarqué le regard de félin de notre copine de sorcière ?

Il s'assit finalement aux côtés de la bête qui l'observait avec attention, puis il avança sa main. Le félin leva la gueule et l'ouvrit en exposant ses canines acérées dans un rugissement de mécontentement qui fit doubler la taille de Patné et encore reculer le troll.

— Regarde, ce mauvais caractère, Nib ! C'est tout Tham, ça ! se marra-t-il, pas impressionné le moins du monde, même pas par la queue du félin qui battait de plus en plus vivement sur le sol. Je t'ai toujours dit que c'était une vraie tigresse !

Le téméraire alla jusqu'à flatter la gorge du prédateur carnivore tel un vieux matou. Tim aurait été moins sûr de lui s'il avait pu apercevoir la fine silhouette qui venait de rejoindre Nib et Patné, une silhouette qu'il connaissait pourtant par cœur ; celle de la langoureuse Thamara !

Un clin d'œil coquin et l'index sur ses lèvres tentatrices, elle demanda le silence au troll et au lapin. Elle voulait apprécier ce petit spectacle.

– Hein, tu aimes, ça, hein, ma belle ? poursuivait l'inconscient. Regarde : elle en étend son cou de plaisir. C'est Tham, je te dis. Ah ! Ah ! Ah ! Ce que je me marre ! Là, tout doux, ma jolie. Écoute ça, Nib, elle a la même façon de ronronner quand je la caresse.

– Ah, ouais ? jaillit la voix insidieuse de la jolie sorcière. Et qu'est-ce que tu en sais ?!

– Oh, Tham, je t'ai rien demandé, la remballa Tim tout en gratouillant le féroce félin entre les oreilles. Quelle rabat-joie, cette… Tham ?!!!

Il y eut un grand blanc.

– Tu… Tu es là ?!…

Tim lança son regard dilaté vers la jeune fille qui, mains sur les hanches, se délectait de la scène. Il fit enfin un bond en arrière, le coupe soufflé (euh, l'inverse, plutôt).

Nib se tenait à présent le ventre tellement il rigolait.

– Alors la panthère, ce n'est pas ?… Glup !…

– Juste une amie qui m'accompagne, révéla, avec une légèreté surjouée, l'énigmatique Thamara.

– Je… Je savais que les sorcières se trimbalaient avec leur chat noir, mais là, c'est ridicule, récupéra Tim qui forçait pourtant son sourire.

– Bien sûr… Ah ! Ah ! Ce garçon a une telle imagination… apprécia-t-elle en l'écrasant de son sourire satisfait.

Elle semblait apprécier cette situation au plus haut point. C'était une belle leçon faite à ce petit prétentieux !

– C'est dommage, en fait, tenta de récupérer le malin bien piégé. J'aurais préféré que tu sois une panthère pour de vrai. Au moins, comme ça, tu parlerais pas sans cesse.

– Bien sûr… Plus sérieusement, Timothée – elle plongea ses yeux imprimés de réprimande et d'effarement dans les siens –, tu aimes jouer dangereusement. Tu te rends compte que tu aurais pu te faire déchiqueter en un clin d'œil ?

– Mais c'est pas arrivé, je suis trop fort, c'est tout !

– Je dirais plutôt que, comme toujours, tu as une chance incroyable, répondit-elle avec malice : Néra est une femelle…

– Oh, non ! s'épouvanta le charmeur de ses dames. Ne me dis pas que mon charme ne fonctionne qu'avec les belles poilues ?!

– Malheureusement pour toi, lui confirma-t-elle en réprimant difficilement son délicieux sourire en coin.

2

JEUX DE NAINS...

Une fois repartis, Thamara expliqua à Tim que Néra, sa panthère, bien qu'apprivoisée, était encore un peu sauvage. C'est pour cela qu'elle était restée à l'écart jusqu'à maintenant. Et la présence du troll, ne la rassurait pas. C'était néanmoins une indécrottable curieuse.

– La première fois que tu l'as rencontrée, elle essayait de faire ta connaissance pendant que j'avais le dos tourné... et que ton copain rouge était loin. Elle doit avoir aussi peur de lui que lui d'elle, trouva-t-elle cocasse.

– Alors c'était elle qui nous suivait tout ce temps ? On avait cru que c'était la famille de Nib...

– Heu... Sans doute... répondit faiblement, une Thamara gênée.

– Et comment vous avez été séparés ? Je l'ai pas vue à notre – il soupira ostensiblement – première rencontre, roucoula-t-il.

Thamara fit semblant de ne rien remarquer et raconta :

– Elle était sortie chasser le matin où je me suis fait capturer dans la grange de ce paysan de Gartaifesse. C'est elle que je tentais d'appeler lorsque tu es intervenu, d'ailleurs ! lui reprocha-t-elle.

Elle lui en voulait toujours de la dette qui pesait sur elle.

– Oh, excuse-moi de t'avoir secourue, sourit-il. Mais bon, tu sais quand même que ton chaton aurait peut-être pu effrayer les villageois mais qu'il n'aurait pas pesé lourd contre Matachmize. En deux temps trois mouvements, il l'aurait transformée en grenouille. Résultat : tu aurais été grillée en même temps que ton batracien !

Le doux visage de Thamara se plissa et elle accéléra le pas. Tim s'en trouva ravi : il pouvait admirer à loisir la superbe plastique de la jeune fille, libre de sa toge dans cette prairie déserte. Ça lui donna même l'envie de chanter à nouveau :

– Couleeeeur caféééé, que j'aime ta couleeeur café ! Couleeeeur caféééé...

La couleur en question se retourna et prit Tim à partie.

– Arrête avec cette chanson !!! Je ne sais pas ce que c'est que ce « café », mais ça me tape sur les nerfs !

– Et bien, tu vois, c'est ça, le café ! répliqua-t-il malicieusement.

Sa réponse troubla encore plus la jolie furie. Elle eut besoin de quelques secondes pour rassembler ses esprits.

– ... Et laisse ma couleur tranquille ! Je n'ai pas besoin de toi pour me la rappeler !

– Mais elle est magnifique ta couleur, flatta-t-il, les yeux gourmands. Je me demande ce que ça donnerait mélangée avec la mienne...

– Arrête ça, j'ai dit !

– Soit, soit, concéda-t-il pour l'apaiser sans se déparer de son sourire coquin.

Thamara eut toutefois à peine repris sa marche veloutée devant le jeune obsédé que celui-ci se mit à chantonner :

– Elle était plutôt jolie, Liliiii. Elle arrivait des Somalies, Liliiii ...

Un vif et puissant soupir lui fit écho.

La route de Tim, Thamara et Nib se faisait plus vallonnée. Le garçon du XXIème siècle, bien que sportif, n'avait pas l'habitude de marcher autant, ce qui surprit ses compagnons. Il eut beau leur expliquer qu'à son époque les charriots se mouvaient tout seul, sans cheval, ni bœuf, il ne convainquit personne. Les quelques vidéos de son téléphone où de tels engins évoluaient sur des chemins recouverts de larges bandeaux noirs n'eurent pas plus d'effet. Tim laissa tomber et oublia sa fatigue en se laissant bercer par les déhanchements voluptueux de la fille chocolat.

– Mais arrête de me regarder comme ça ! rugit Thamara en se retournant soudainement. Tu ne penses qu'à ça, c'est pas vrai !

– À ça quoi ? prétendit l'innocent, ses yeux séduisants grands ouverts.

– Tu sais bien de quoi je parles ! C'est à croire que... !

La jolie sorcière déploya son plus beau sourire. Elle s'avança vers le garçon, qui, de surprise, fit un pas en arrière.

– Qu'est-ce que tu veux ? fronça-t-il les sourcils suspicieusement.

– Laisse-toi faire, lui susurra Thamara avec délice. Je suis sûre que tu vas apprécier.

Elle posa sa main gauche sur l'épaule droite du garçon et se pencha sur son cou alors que Tim frissonna en sentant sur lui son souffle chaud. La fille chocolat pointa sa langue mutine et parcourut le

219

cou du garçon, du creux de l'épaule droite au bas de l'oreille, avec une sensualité foudroyante.

D'ailleurs, Tim en resta... foudroyé ! Qu'il se sentit tendu quelque part, rien que de bien normal pour un jeune homme. Mais c'était tout son corps qui s'était crispé. Il était complètement dur... de partout !

Thamara ne le remarqua pas tout de suite et poursuivit sa démonstration. Elle dégusta la saveur du garçon, passa sa langue sur sa lèvre supérieure avec un plaisir affiché puis déclama d'un sourire moqueur :

– C'est bien ce que je pensais. Malgré tes fanfaronnades, tu n'as jamais connu la femme...

Nib éclata de rire.

– Ça être vrai ?! Hïng ! Hïng ! Copain beaucoup succès mais Copain jamais consommer ! Hïng ! Hïng !

Il se tenait le ventre tellement il riait.

Voulant être de la fête, le petit lapin qui avait regardé de ses yeux curieux l'étrange manège de la sorcière sortit d'un bond de la poche du garçon paralysé.

Le troll le prit dans sa grosse paluche et ils se moquèrent en cœur du garçon.

– Timothée, ça ne va pas ? s'inquiéta enfin Thamara.

Elle en aurait trop fait ? Ce goujat serait plus sensible qu'il ne le laisse paraître ?

Rien à faire. Tim était totalement tétanisé. Hilare, Nib le plaça sur l'épaule comme le ferait un paysan avec une fourche et ils se remirent en marche.

Les grincements de rire du troll s'interrompirent toutefois quand la coquine stoppa à nouveau.

– Toi non plus, d'ailleurs, lança-t-elle à Nib en se retournant, l'œil malin.

– Euh... Ça pas être vrai ! nia le fier troll. Et... Et pourquoi fille chocolat pas faire pareil avec langue ? parut-il regretter.

Thamara sourit du coin des lèvres et se remit en route.

Tim n'avait retrouvé sa souplesse qu'une fois balancé dans la première rivière rencontrée. Le trio avait alors repris sa marche jusqu'à la lisière d'une forêt qui bordait un profond gouffre découpé dans le paysage escarpé. C'est là que Tim, Thamara et Nib décidèrent de s'arrêtèrent pour la nuit.

Ils s'étaient rapidement assoupis en dépit des grognements suspicieux de la panthère. Ils ne purent ainsi entendre les murmures chevrotants et rocailleux qui bruissèrent alors parmi le feuillage des arbres touffus situées au-dessus d'eux.

– Ils sont enfin endormis. Il est l'heure d'agir, mes frères. Nous avons déjà trop attendu, voilà des jours qu'on les suit. Utilisez d'abord ce que le Vieux nous a donné pour neutraliser Néra.

Dans un sifflement feutré de bois creux, un petit projectile alla se planter dans le flanc gauche de la panthère qui, allongée près de sa maîtresse endormie, et les oreilles aux aguets, était à flairer les environs. En deux minutes, Néra s'assoupit. La voie était libre pour les créatures mal intentionnées.

– Dommage que nous n'en ayons pas pour le troll, regretta un des protagonistes.

– Le Vieux ne pouvait pas savoir. De toute façon, Pitt va s'en charger. Il est de taille, si j'ose dire.

– Et le garçon ?

– Que veux-tu que ce gamin fasse ? Ah ! Ah ! Allez, faites signe au gros Pitt. Qu'il attaque !

Une gigantesque boule de chair informe dévala la pente et vint s'écraser sur le troll qui s'était endormi contre un chêne au tronc presque aussi large que lui. Réveillé sous le choc, Nib voulut se remettre debout mais il ne le put : son agresseur ventru le bloquait de tout son poids.

Le tumulte du combat réveilla Thamara. Mais celle-ci eut à peine levé une paupière que trois petites mais épaisses créatures lui sautèrent dessus. En clin d'œil, un tissu lui fut placé en bâillon, un autre autour de ses poignets et un autre encore autour de ses chevilles.

Si les grognements de Nib n'avaient pas réveillé Tim, les gémissements de protestation de la jolie Thamara y parvinrent (on voit où sont ses priorités !).

Tim se releva brusquement et avança d'un pas décidé. Mais il en avait fait à peine un troisième qu'il se retrouva propulsé dans les airs, suspendu la tête en bas comme un jambonneau.

Instinctivement, le garçon tendit la main vers son cristal qui pendait devant sa bouche. Il sourit : la pureté de son blanc indiquait qu'il était actif. Dans un éclair bleu éclatant, le contact magique s'établit.

Zachame !

Tim n'avait toutefois pas défait ce qui venait de se passer. Il avait *seulement* figé le temps présent. « Seulement », car ça lui faisait une belle jambe. Que pouvait-il faire, prisonnier ainsi, la tête en bas, même avec tout le temps du monde ?

– Potrache ! Il déconne de plus en plus, ce truc !

Le dysfonctionnement de son cristal lui permit toutefois de bien distinguer qui ou quoi les avait attaqués. Et il n'en crut pas ses yeux : des nains ! Pire : des nains de jardin ! C'était des nains de jardin qui s'en prenaient à Tham !!!

En effet, trois barbus d'un mètre de haut à peine, le visage pointu surmonté d'un bonnet rouge, des traits épais et lourds, un maillot de corps blanc et une salopette bleue sur le dos, étaient en train de finir de ligoter la jeune fille.

– Aïe ! Potrache ! Je vais avoir des bleus, à force !

Dans son dos, près du précipice, le colosse au ventre rond aussi volumineux que sa tête était minuscule profitait de l'avantage de la surprise pour neutraliser Nib. S'il n'avait pas de maillot de corps comme ses acolytes, il portait lui aussi une salopette bleue, mais, dans son cas, parsemée de taches de sang plus ou moins fraîches.

À regrets, Tim se résigna à toucher à nouveau son cristal magique.

Zachame !

Le temps avait à peine repris son cours que Tim retoucha sa gemme.

Zachame !

Tim eut besoin de quelques secondes pour déterminer si, cette fois, cela avait fonctionné. Malheureusement, si la réalité n'était pas figée, les nains en étaient toujours au même point avec Thamara. Qu'avait donc fait son cristal ?

Ces longues secondes de doute faillirent avoir de terribles conséquences.

– L'oliphant !!! s'exclama tout à coup le garçon.

Le cor d'ivoire sculpté était réapparu devant lui. Mais comme la célèbre pomme de Newton, elle s'était mis en tête de... rejoindre le plancher des cerfs (ben oui, vous avez déjà vu des vaches dans une forêt, vous ?) !

222

Dans un mouvement précipité et maladroit, Tim parvint à s'en saisir... Enfin, juste une demi-seconde. Déjà la forme lisse de l'oliphant lui glissait des mains. Toujours la tête en bas à cinq mètres du sol, il pédala des bras, faisant passer sans arrêt et sans contrôle certain, le fragile morceau d'ivoire de sa main droite à sa main gauche. Et à force de se dandiner à essayer de ne pas faire tomber la précieuse relique, son téléphone portable se délogea d'une de ses poches !

Dans un mouvement toujours aussi désordonné, le garçon réussit à stopper sa chute sans pour autant s'en saisir : l'oliphant et le portable passaient sans cesse d'une main à l'autre. Comme si ça ne suffisait pas, ce fut au tour de Patné qui, encore endormi, sortit de la poche de sa veste !

Tim dut alors jongler avec les trois, passant à une vitesse infernale de l'oliphant, du portable au petit lapin ! Il savait que s'il s'arrêtait, ne serait-ce qu'une seconde, tout irait se fracasser au sol. La situation du garçon était si tendue qu'il avait commencé à psalmodier une série quasi continue de ses« potrache ! ».

En entendant ça, les nains stoppèrent leur sale besogne, levèrent la tête et, en connaisseur, se mirent à applaudir le saltimbanque de circonstance. Ce n'était toutefois pas juste le sens du spectacle qui avait provoqué cette sympathique réaction. Les trois brigands moqueurs savaient bien qu'ainsi ils mettaient encore plus de pression sur l'équilibriste. Et pour corser encore le tout : Patné se réveilla soudain !

Instantanément, le lapereau dilata ses yeux tétanisés, dressa ses longues oreilles blanches et pédala dans le vide d'un air désespéré alors que son petit corps aux poils doux se mettait à grossir ! L'apprenti jongleur n'avait vraiment mais vraiment pas besoin de ça ! Ce fut comme si les trois objets différemment précieux s'étaient immobilisés dans l'espace. Il comprit qu'il n'aurait pas le loisir de tergiverser. Juste au moment où le temps sembla reprendre ses droits, il se saisit, de ses deux mains, de... Patné !

En regardant son portable et l'oliphant se précipiter vers le sol, Tim n'eut qu'une pensée :

– Tham ! Tham va me tuer !

Le bruit du téléphone se brisant en mille morceaux fut accueilli en écho par le rire gras des trois nains en salopette... Mais lorsqu'ils se rendirent compte que l'oliphant était également en pièces, ils se couvrirent la tête de leurs bras comme des enfants qui allaient se faire gronder.

Si ça ne calma pas pour autant les sanglots d'une Thamara bâillonnée, la tête déconfite de Tim fit oublier sa peur à Patné qui se mit à rétrécir. Le garçon put alors le tenir d'une main et, de l'autre, il toucha le cristal qui pendait sous lui.

– Potrache ! Il a fallu qu'il choisisse ce moment pour ce dérégler ! soupira-t-il en remarquant sa lueur bleutée.

Plus rien ne pouvait empêcher les nains d'emmener la mystérieuse Thamara...

3

UNE SOLUTION CLÉS EN NAINS...

Après un dernier regret pour l'oliphant de la jolie sorcière, Tim sourit à l'idée de cette nouvelle aventure qui allait être plus palpitante encore sans la facilité que lui apportait sa gemme. Il allait bien trouver une autre solution, non ?

La panthère ! S'il pouvait réveiller cette grosse paresseuse, elle ferait détaler les agresseurs de sa maîtresse en deux temps trois mouvements. Il se mit à la héler de tous ses poumons. C'était une tentative vouée à l'échec, bien sûr, car elle avait été droguée par les nains, mais lui ne le savait pas. Cela eut par contre une conséquence inattendue : son trousseau de clés tomba à son tour en direction du sol. Tim n'y porta pas vraiment attention, et pourtant, peut-être aurait-il dû. Car lorsque les petits morceaux de métal entrèrent en contact avec l'épaisse couche d'"humus de la forêt, les trois formes affairées autour de Thamara se figèrent. Les yeux dilatés, ils balayèrent les lieux avec nervosité. Ils se grattèrent leur barbe blanche, s'échangèrent leur regard interrogatif puis reprirent leur sale besogne. Passentête, l'aîné des nains, ordonna à ses frères de rapprocher la cage de bois que le gros et fort Pitt avait dû amener jusqu'à là et d'y placer la jeune fille.

– On devrait peut-être en profiter, non ? proposa soudain Passatonvoisin, avec une lueur obscène dans le fond du regard. Ficelée comme elle est, elle pourra ni nous griffer ni nous envoyer de potions sur la tête, cette fois. Hein ?... Hein ? s'excita-t-il. Après tout ce temps...

Un sourire vicieux des deux autres lui fit écho.

– Ça va pas la tête !!! rugit Tim. Enfin, la tête, c'est pas vraiment là que ça se passe, on dirait...

Il se tut. Il était anéanti (comment était-ce possible : des nains de jardin obsédés par autre chose que leur brouette ?!).

– Hé ! Les déglingués du bonnet, vous allez quand même pas...
Potrache ! Vous avez pas le droiiiiiiit ! Même moi, elle me laisse pas...
euh... Ça n'a pas d'importance. Laissez-la, j'vous dis !!!

Il ne restait plus beaucoup de temps à Tim pour trouver un autre
moyen pour sauver sa peste préférée.

Son attention fut soudain détournée par d'étranges grincements. Ils
provenaient d'au-dessus de lui. La branche craquait-elle sous son
poids ? Il tira sur son cou et découvrit Patné – qu'il avait complètement
oublié –, assis sur la semelle de ses chaussures, en train de ronger la
corde qui le tenait en l'air ! Le mini-lapin avait – il ne sait comment –
réussi à grimper jusqu'à là. Ce n'était pas ce qui l'inquiétait le plus.

– Patné, arrête ! Arrête !

Le lapereau stoppa le grignotage de la corde, ne laissant que
quelques fragiles et fines fibres. Il baissa sa gueule toute mignonne
dans la direction du garçon puis fit taper ses pattes arrières.

– Non, Patné, pas comme ça ! Arrête, je te dis ! On va se...

Bang !

– Aaaaïe ! Ah, c'est malgloublouh !...

Tim ne put finir sa phrase, un Patné sautillant et fier de lui lui avait
dégringolé dessus.

– Ah, oui, c'est rigolo pour toi, c'est moi qui ai tout pris ! rouspéta-t-il
en se massant la nuque et l'arrière du dos.

Voyant le garçon – presque – libéré, les nains annulèrent *in
extremis* leur plan pas très avouable et enfermèrent Thamara dans la
cage. Il fallait se dépêcher. Le Vieux leur ferait payer leur échec. Ils se
précipitèrent sur Néra et commencèrent à la tirer à son tour vers la
prison de bois. Tim comprenait (oh combien !) qu'on veuille s'emparer
de la plus que jolie jeune fille, mais la panthère ?! Il stoppa ses
cogitations et ses tentatives de défaire ses chevilles liées. Il ne pouvait
se permettre de perdre plus de temps.

– Tham ! Tham ! Ton sac à malices ?! Où est ton sac ?!

Les trois nains, qui l'avait royalement ignoré jusqu'ici – à part lors de
la petite séance de jonglage –, se retournèrent, croisèrent les bras de
condescendance et déployèrent leur sourire supérieur.

– Ah ! Ah ! Comme tous les autres, ce grand dadais se fie à notre
taille, mes frères ! Il nous prend pour des enfants ! n'est-ce pas,
Passatonvoisin ?

– Tout à fait, Passentête, jubila l'autre nain qui se tenait à ses côtés. Ah ! Ah ! Après avoir neutralisé Néra, c'est la première chose que nous avons faite, pas vrai, Passmoilesel ?

– Hé ! Hé : Évidemment, tu as tout de suite pensé à t'emparer du sac de Thamara, hein, Passentête ?

– Quoi ?! Pas du tout, corrigea le dit Passentête, les sourcils soudainement froncés. C'est Passatonvoisin qui s'en est chargé.

– Bé ?!... Je croyais que c'était Passmoilesel ?

Tout en rigolant joyeusement de ce vaudeville, Tim balaya de ses yeux perçants la quasi-obscurité qui les entourait. Thamara s'était couchée près du chêne dont la mousse était la plus épaisse et la plus accueillante, se rappela-t-il.

– Patné, apporte-moi le sac de Tham ! intima-t-il après l'avoir repéré. Près du gros chêne... euh... charme... bouleau ?... sapin ?... plata ?... euh... le gros arbre, là ! Viiiiiite !

Le petit lapin bondit mais le temps qu'il atteigne la besace convoitée, les trois nains avaient très diplomatiquement mis un terme à leur querelle (un crochet du droit de Passentête sur Passmoilesel) et se ruaient également sur le sac. Ils allaient l'atteindre avant lui !

Par chance, la peur de faillir fit grandir le lapereau.

– Un lapin géant !!! s'écria Passmoilesel qui était en tête dans l'espoir de réparer son erreur précédente.

Il freina de toute la puissance de ses talons, bloquant ses frères qui s'écrasèrent dans son dos dans un son de caboches creuses.

Si Patné fut traversé l'espace d'un instant par l'envie de faire encore plus peur à ces benêts qui se querellaient à nouveau tout en se remettant debout, il n'en fit rien. De sa gueule incertaine, il s'empara du sac de peau et le ramena à Tim tout en retrouvant peu à peu sa taille normale.

– Ouais ! Bravo, Patné ! T'es le plus fort !!! l'acclama le garçon qui, les chevilles encore liées, tenait difficilement debout. Maintenant, on va rigoler !

Les nains avaient dû le comprendre aussi car, un regard inquiet planté dans leur face plissée, ils reculaient lentement vers la cage et leur proie ligotée.

Le sourire frimeur de Tim contrastait avec l'anxiété qui s'était écrasée sur les petits barbus. Il farfouilla à l'aveuglette dans le sac à malices et leur balança la première chose que ses doigts rencontrèrent.

Pouf !

Une fumée verdâtre enveloppa les trois kidnappeurs.

– Alors, on fait moins les marioles, hein ? jubila Tim.

Les nains avaient-ils étaient réduits en poussière ? Carbonisés ? Découpés en morceaux ? Dépecés ? Pulvérisés ?

Les dernières volutes finirent par se dissiper et laissèrent entrevoir le terrible effet du sachet magique :

– Oh ! les jolies fleurs ! s'extasia Passmoilesel en s'admirant de partout. On est couvert de fleurs ! C'est trop joli !

– Tais-toi, crétin ! gronda Passentête en écrasant son poing sur les pâquerettes de la tête de son frère. Alors, jeune imbécile, c'est tout ce que tu peux faire ? défia-t-il ensuite l'adolescent.

Il avait retrouvé son assurance arrogante, voire son arrogance assurante (je sais, je ne peux pas m'en empêcher).

– Ça vous va plutôt bien, ne se démonta pas Tim, le sourire moqueur. Quoi qu'un petit coup de sécateur derrière les oreilles vous rendrait plus sexy encore.

Comme à Un-deux-trois-soleil, les nains eurent à peine fait deux pas qu'ils furent bombardés de petites fioles de verre.

Pouf ! Pouf ! Pouf !

Des nuées rosées, trois formes ressortirent légèrement titubantes.

Tim crut cette fois avoir bien choisi. Il en fut moins sûr une fois la fumée totalement dispersée : les nains avaient troqué leur salopette bleue pour... un tutu rose ! Un tutu rose des plus ridicules ! Surtout avec une barbe et un bonnet, vous en conviendrez.

Tim était écroulé, accompagné dans ses rires par les tapements de patte de Patné.

– Ça me va bien, non ? apprécia Passmoilesel en tirant de chaque côté de sa jupette. Et c'est ma couleur préférée ! papillonna-t-il des paupières. Comment a-t-il deviné ?

– Elles sont terrifiantes tes potions magiques, Tham ! s'esclaffa Tim à gorge déployée. C'est des armes d'humiliation massive ! Ah ! Ah !

Tim profita de la poignée de secondes de répit qu'il avait pour jeter un coup d'œil à Nib. Au prix d'un effort incroyable, celui-ci avait réussi à se relever. À présent, les deux colosses, tels de lourds sumos, étaient campés sur leurs jambes épaisses et musclées, se poussant l'un l'autre de toute la puissance de leurs larges paluches. Mais l'adversaire de Nib avait dû profiter de la surprise et peut-être de l'état d'endormissement du troll pour le pousser tout au bord du ravin. Nib avait dû se rendre compte du périlleux de sa situation : il ne cédait plus le moindre centimètre.

Le spectacle était saisissant mais Tim dut revenir à la dure réalité : en dépit de leur tenue espiègle, dénudée et... ridicule, les trois nains s'avançaient de nouveau.

Ne pouvant compter sur l'aide de son troll « domestique », ni sur celle de son joyau encore bleu, Tim balança tout ce qui lui tomba sous la main.

Pouf ! Pouf ! Pouf ! Pouf ! Pouf !

Ça crépitait, fumait et bullait de partout.

Ce fut avec un sourire hilare que Tim attendit l'effet de ses expériences de magie amusante. Une fois de plus, le résultat fut... surprenant !

Non seulement Passentête, Passatonvoisin et Passmoilesel avaient retrouvé leur salopette à la place du tapis de fleurs et du tutu, mais ils faisaient à présent ... plus de trois mètres !

– Ah, et bien bravo ! s'époumona Thamara qui s'était libérée partiellement de son bâillon. Quel idiot ! Mais quel idiot !

– Hé, c'est tes potions, pas les miennes ! se défendit l'apprenti magicien. Qu'est-ce que t'as bien pu mettre là-dedans ?

Il leva la tête en direction des sourires grinçants des anciens nains puis il se dit qu'il valait mieux déguerpir de là ! Il se retourna vivement mais, empêtré dans la corde qui lui liait les chevilles, il se ramassa à plat ventre, le nez dans l'humus de la clairière.

Les nains jubilaient de ce retournement de situation, eux qui, toute leur vie, avaient souffert des railleries sur leur taille modeste. Passentête intima à ses frères d'emmener leur prisonnière et sa panthère, lui, il allait s'occuper de ce « nain » !

La grosse main de Passentête descendait, avec une lente délectation, vers la petite tête du garçon à plat ventre, prisonnier de ses liens. Il allait le décapsuler !

En dépit de la menace qui s'approchait, Tim s'inquiétait surtout de ne plus avoir à ses côtés – ou plutôt devant les yeux – les courbes envoûtantes de la fille chocolat. Un vrai chevalier romantique, n'est-ce pas ?

Tim cogita à toute allure. Sans sa gemme et les pieds attachés, que pouvait-il faire contre des nains ? Des nains géants, en plus ! À part ceux du jardin de la tante Hortense, les seuls nains qu'il connaissait un peu, c'était ceux de...

Un éclair jailli de sa mémoire interrompit le flot de ses pensées. Juste devant son nez gisait le trousseau de clés qu'il avait fait tomber alors qu'il était suspendu à la branche. Une invraisemblable idée lui traversa l'esprit.

Il étendit le bras vers l'anneau de métal, s'en saisit du bout des doigts et en fit teinter les clés.

La main du géant ainsi que le mouvement de ses frères se figea.

Profitant de ce bref répit, Tim referma ses doigts sur le trousseau, rétracta son bras puis le déploya au maximum pour l'envoyer au-dessus de Nib et de son adversaire... jusque dans le précipice !

Alors que Tim était à s'interroger sur le sens de son geste, les trois géants, sans la moindre hésitation et, les yeux comme fous, plongèrent dans le ravin à la suite des petits morceaux de métal !

Le sourire interloqué et le menton dans l'humus, Tim avait regardé sans y croire le saut suicidaire des « nains ». Il fallut bien les gémissements fatigués de Nib pour le ramener à la réalité. Le troll était au bord du gouffre, au propre comme au figuré. Il tourna légèrement sa tête dégoulinante de sueur vers son copain comme en une excuse à son échec annoncé.

– Laisse tomber, Nib ! Laisse tomber !!! lui cria Tim en espérant que son ami comprenne.

– Tu vois, même ton maître humain ne croit plus en toi, annonça l'immense Pitt qui le toisait de plus d'une tête.

Tim s'était remis debout. Bien qu'encore chancelant, il tenta d'expliciter un peu mieux – mais pas trop – son conseil de ses mains appuyant vers le bas.

– Écrase-toi, Nib ! Écrase-toi !!!

Le visage de brute de la boule de chaire humaine s'éclaira d'un petit sourire cruel. La fin était proche. Il en eut la confirmation quand il sentit le troll céder enfin. Il ployait ! Il finit même par s'écrouler brusquement... pour faire basculer son adversaire au-dessus de lui, dans le précipice !

Le volumineux Pitt n'avait pas eu tort. La fin était bien proche... mais c'était la sienne.

Tim sautilla jusqu'au bord du ravin et tenta d'y distinguer la boule de chair. En vain.

– Bibendum aura juste voulu rejoindre ses copains ! lança-t-il à la cantonade. C'est beau, l'amitié. J'en pleurais presque.

– Copain être plus fort ! le remercia le troll en l'enlaçant virilement, le faisant presque tomber.

– Tu rigoles ! C'est toi qui l'as eu ! le félicita Tim. Ah ! Quel vole plané ! Hé, Patné, viens voir Tonton Tim, mon grignoteur. Finis ce que tu as commencé.

Le lapereau eut à peine fini de ronger les liens qu'une question du troll vint interpeler le garçon.

– Copain savoir quoi vouloir petits Toulisses ?

– Ils voulaient Tham… Oh ! Tham, au fait, où est… ?

Au moment où il se souvint où était la jolie sorcière – et dans quelle situation ! –, un puissant étau s'abattit sur son bras droit. Sans qu'il ait le temps de comprendre, le garçon perdit l'équilibre et s'étala de tout son long.

Alors qu'il se faisait traîner sans le moindre ménagement, il tourna une tête perplexe et découvrit qui le traitait de la sorte : Néra ! C'était Néra ! Elle marchait à reculons en amenant le jeune humain vers la cage de sa maîtresse (celle de la panthère, pas celle de Tim, à son grand regret).

Néra le relâcha enfin en indiquant de son museau contrarié la prison de bois de la sorcière dont les yeux oranges avaient effacé iris et pupille.

– Ah ! Salut Tham, lança Tim, encore à terre, avec (un peu trop de) légèreté. La forme ?

Comme en réponse, la panthère rugit de toutes ses dents.

– Calmos ! Calmos, Néra ! Laisse-moi me relever, au moins. Et puis regarde ce que t'as fait à mon blouson ! ajouta-t-il en montrant sa manche à la panthère.

Néra grogna de plus belle, menaçant d'une patte griffue.

Tim libéra enfin la jolie sorcière… en en profitant pour la serrer au plus près !

– Arrête ça ! protesta Thamara comme à son habitude, et même avec encore plus de hargne.

Tim, qui s'attendait à de chauds – voire très chauds – remerciements, en fut abasourdi.

– Ben, qu'est-ce que j'ai fait ?!

– Tu devrais le savoir !!! le rembarra-t-elle en le bousculant.

Elle se précipita vers les restes brisés de l'oliphant. Elle arrêta finalement sa course, les mains pantelantes. Elle se laissa alors tomber à genoux et se mit à pleurer en silence.

Tim la rejoignit.

– Ah, c'est ça ? Bah ! C'est pas grave. Et puis mon téléphone en a pris un coup aussi. Regarde, l'écran est fendillé. Hé! Mais il fonctionne toujours ! C'est résistant ces trucs là. Allez, « faut pas pleurer comme ça, demain ou dans un mois, tu n'y penseras plus... », fredonna-t-il. Et puis tu en retrouveras bien un autre.

Il se baissa et se saisit d'un morceau.

– Tiens, regarde, c'était même écrit « Made in Chi... »... à non, tiens, c'est quoi ce langage ?

– C'est ce que je voulais savoir, laissa échapper Thamara entre deux sanglots. L'oliphant, mes bracelets et mes boucles d'oreilles, je les ai depuis toujours... Les inscriptions sur l'oliphant, je suis sûre qu'elles étaient importantes... Qu'elles m'auraient dit d'où je viens...

– Je suis désolé, s'excusa enfin Tim. Ton oliphant est réapparu au plus mauvais moment. Et... j'ai préféré sauver Patné...

Il posa une main sur l'épaule de la jeune fille chocolat. Si habituellement, il en aurait apprécié chaque millimètre-carré, cette fois, il n'y pensa même pas. Dur à croire, hein ?

– Pour les clés, demanda-t-elle pour chasser les idées sombres qui revenaient sur elle comme un vol de corbeaux, comment as-tu su qu'ils en étaient fous ?

– Si je te le disais, tu me croirais pas... sourit Tim pour toute réponse. Et dire qu'il y en a qui disent que regarder la télé, ça sert à rien... ajouta-t-il en pensées.

Il se détourna d'elle pour accueillir le mini-lapin qui lui sauta dans les bras. Tim se mit à lui flatter les oreilles. Leur retrouvaille fut perturbée par la main de Thamara qui se posa avec une inhabituelle délicatesse sur le bras du garçon.

– Merci, susurra-t-elle avait tendresse et reconnaissance, les paupières pudiquement baissées.

– J'ai rêvé ou tu m'as dit quelque chose de gentil ? se moqua-t-il pour éviter de perdre ses moyens. Ça aurait été quelqu'un d'autre, je m'y serais presque fait prendre. Ah ! Ah ! Euh... qu'est-ce qu'ils te voulaient, ces nains, au fait ?

Thamara relâcha immédiatement le bras de Tim.

– Ce... Ce n'est pas important. Timothée, tu... tu recherches bien un moyen de rentrer chez toi ? Je connais quelqu'un qui devrait pouvoir t'aider. Je vais t'amener à lui...

Tim aurait presque cru que la petite cachotière avait écrasé une larme sous l'une de ses paupières gracieuses. Pourquoi la perspective de l'emmener chez cette personne la mettait dans un tel état ?

Le garçon aurait bien voulu croire que c'était à l'idée qu'il la quitte. Il sentait toutefois que ce n'était pas ça... ou pas seulement.

− 4 −

DES JEUNES FORT BRAILLARDS

Tout le long de l'interminable chemin à travers les vallées verdoyantes en direction de la Montagne voûtée, lieu de résidence du magicien qui, selon Thamara, pourrait aider Tim à retourner à son époque, la jolie sorcière resta en tête en compagnie de sa panthère et ne laissa échapper le moindre murmure de ses lèvres douces. Même si Tim aurait prétendu qu'il était content qu'elle ne ramène pas sa fraise toutes les cinq minutes, non seulement il appréciait leurs joutes, mais il ne pouvait s'empêcher de s'interroger... et de s'inquiéter. Il fit cependant bien attention à le dissimuler derrière sa bonne humeur habituelle. Ce qui était finalement facile en regardant sans fin cette croupe de rêve qui montait et descendait devant lui au gré de la route accidentée.

– Tu pourrais au moins me faire un bisou, recommença-t-il. J'le mérite. Je t'ai sauvé une fois de plus, non ? Allez, un bisouuu.

Thamara arrêta sa marche et stoppa net.

– Dans tes rêves ! Personne ne m'approche, ni toi ni aucun autre ! prévint-elle, les mains sur les hanches. Et personne ne me forcera jamais à embrasser un malotru comme toi !

– C'est ce qu'on va voir, sourit Tim avec son indestructible assurance.

– Ah, ouais, tu vas utiliser ton troll pour arriver à tes fins ? s'écria-t-elle en indiquant Nib de sa main droite.

– Tu me connais bien mal, ma belle. Tim le charmeur n'est point apôtre de la violence, pérora-t-il à la troisième personne.

Et il toucha sa gemme de la pulpe de ses doigts.

Zachame !

Tim apprécia à sa juste valeur ce qui s'étalait à présent sous ses yeux avides. Ça avait marché ! Il avait réussi à maîtriser la magie du cristal du temps. Figée ! La réalité était figée ! Ainsi que Nib et... Tham !!!

Tim gloussa et s'approcha de la fine jeune fille à la peau chocolat au lait. Quel plaisir que de pouvoir l'admirer sous tous les angles ! Quelle beauté parfaite ! Une grâce, une magie, une douceur infinie. Et à la grande surprise du garçon coureur de jupons, et bien que le corps – abondamment dénué, en plus ! – de la déesse de bronze soit d'une tentation absolue, c'était ses grands yeux blancs en amande qui se découpaient dans son visage sombre, arrondi et doux qui le troublait au plus haut point. Une telle beauté lui imposait un respect et une fascination inconnus.

Tim se reprit et sourit de ces sentiments puérils. Ce n'était qu'une fille de plus, après tout.

Il s'approcha des lèvres tentatrices. Il allait enfin pouvoir l'embrasser sans s'en prendre une.

Il entrouvrit sa bouche, approcha encore... et stoppa : Tham ! Tham semblait le regarder !

Déstabilisé, Tim se décida à se contenter d'un bisou sur la joue confortable de la bouleversante jeune fille.

Il avança ses lèvres en trompette... et s'arrêta à nouveau !

Elle le fixait de ses yeux furibonds !

Interloqué, Tim préféra attaquer sur l'autre versant mais, *bis repetita*, elle l'y toisait avec fureur !

Comment était-ce possible ? Elle était paralysée, immobilisée, statufiée, figée !

Tim sentit alors des mouvements saccadés dans sa poitrine ! Amoureux ?! Il serait vraiment amoureux de cette peste ambulante ?! Son cœur qui battait de la sorte, ça ne pouvait être que ça !?

Il respira de soulagement lorsqu'il vit la tête de Patné sortir de sa poche supérieure gauche. Les battements à sa poitrine, c'était ses pattes ! Ce chenapan se moquait de son infortune. C'est que bien au chaud dans la poche du garçon, le lapereau avait également été touché par la magie du cristal du temps.

Tim fit une moue amusée. Il devait se rendre à l'évidence : cette sorcière était vraiment inembrassable.

Il toucha son cristal et tout redevint normal.... Enfin, normal...

– Bon, reprenons la route, Mona Lisa !

– Mona ?! rouspéta Thamara. Tu as vraiment des problèmes avec mon prénom !

– Tu peux pas comprendre.

Et ils se remirent en route vers les pentes de la mystérieuse Montagne voûtée.

L'ascension du massif montagneux était sans fin. Et la chute du thermomètre aussi. À force de marcher dans la neige, Tim avait les pieds complètement gelés. Un problème isolé apparemment puisque Nib, s'il n'avait pas de chaussures pour protéger ses énormes pieds, avait ses poils rouges. Le plus vexant pour le garçon du XXIème siècle, c'était Thamara. Non seulement elle se baladait avec aise à moitié dévêtue dans le froid et la neige, mais en plus, elle était pieds nus !

À force de l'asticoter, Tim réussit à obtenir l'information qu'elle lui dissimulait : la sorcière avait en sa possession un onguent qui la protégeait du froid.

– Tham, tu es cruelle. Tu pourrais m'en faire profiter, de ta crème magique, non ?

Thamara se retourna.

– Tu veux que je caresse de mes mains douces et soyeuses la plante de tes pieds transis par le froid ? proposa-t-elle en le fixant de son regard gourmand et en laissant pointer une langue mutine de ses lèvres accueillantes. Que je passe de mes doigts souples et experts entres tes orteils mal menés ? Hein ? Tu aimerais ?

– Euh... Gulp ! Ouiiiiiiiiiiii, sourit-il avec un sourire épanoui.

– Et bien, tu rêves !

Elle se détourna et lui jeta négligemment le pot contenant l'onguent magique par-dessus l'épaule.

Le trio impossible arriva enfin au sommet de la Montagne voûtée.

Un vent froid battait leurs joues en saccades brûlantes. Ils scrutèrent les environs de leurs yeux fatigués. Tim et Nib furent ébahis et fascinés à la fois de découvrir ce que dissimulait l'épaisse nappe de brume : un lac ! Un immense lac, aux eaux sombres mais chaudes et dont les limites herbacées étaient difficilement appréciables.

La jolie Thamara, toujours avec son déhanchement voluptueux mais avec plus de tristesse encore qu'à l'accoutumée, les amena alors vers de fragiles embarcations qui semblaient échouées sur le rivage.

En dépit du troll qui craignait de perdre dans ses eaux la couche d'argile rouge protectrice qui le recouvrait, Thamara, Tim, Nib, Néra et

Patné s'embarquèrent sur la bicoque de bois qui leur parut la plus solide.

Après quelques coups de rames hésitants, Nib, pourtant peu habitué à la navigation, effectua une avancée presque digne du fameux Obélix. Ce ne fut pourtant qu'à mi-chemin qu'ils purent découvrir ce qui était niché au cœur du lac : une haute et large tour carrée faite de moellons et surmontée, à un seul de ses quatre coins, d'une imposante échauguette de maçonnerie qu'un toit conique recouvrait avec fierté. Ne laissant apercevoir le moindre signe de terre autour, le donjon semblait surgir du plus profond du lac. Cela ajoutait à l'ambiance glauque de la brume épaisse et poisseuse.

Thamara leur apprit que cet imposant donjon était la tour Édra-Gon. C'était là que vivait reclus un ancien Grand Mage. Il pourrait sans doute aider le garçon du XXIème siècle.

À l'insu de nos héros, le sorcier du crépuscule et son disciple, la langue essoufflée et le cœur pendant (à moins que ce ne soit l'inverse), étaient parvenus au sommet de la Montagne voutée à leur tour. Le maître balaya la brume de ses yeux qu'il froissa ensuite en apercevant les trois formes caractéristiques voguer vers la tour. Sa mission avait échoué. Pire, le jeune garçon à la gemme était perdu.

– Qui peut bien savoir ce que le vieux fou fera de lui ! Personne n'est jamais revenu d'Édra-Gon. Je me demande d'ailleurs comment il arrive encore à attirer des aventuriers...

– Oh, avec une campagne publicitaire basée sur des supports variés comme les tavernes, les cachots et les piloris, il peut espérer un taux de pénétration de 10 %-15 % sur la population des 18-35 ans et donc une augmentation de son chiffre d'affaire de... de... Je... s'interrompit finalement le disciple en souriant de toutes ses dents. Désolé, maître. Avant la sorcellerie, j'avais commencé des études de *marques et teintes*... Euh... Je sers la sorcellerie et c'est ma joie. Je sers la sorcellerie et c'est ma joie, récita-t-il pour calmer son sorcier de maître. Je sers la sorcellerie et c'est ma joie.

– Mouais, ça ira, grommela-t-il en lançant son habituel regard dédaigneux. Nous ne pouvons malheureusement pas les suivre, c'est bien trop dangereux.

– Dangereux ?! s'étonna le disciple. Ce qu'on a vécu ces derniers jours, ça ne l'était pas ?!

– Comparé à Édra-Gon, c'était une promenade de santé, sans plus. Même ce lac noir est pétri de pièges. Nous ne pouvons nous en sortir seuls. Il faut prévenir la Guilde, lâcha-t-il avec une profonde déception. Allons, ne perdons pas plus de temps !

– Et bien ça tombe bien, on n'a presque plus de repousse-membre ! s'exclama le disciple sans masquer sa joie le moins du monde.

L'histoire ne dit pas ce qu'il arriva au malheureux disciple pour son outrecuidance...

La jolie sorcière, assise à la proue de la barque, plissa son doux visage de petite fille résignée. Parmi la brume qui effleurait la surface paisible du lac, gisait à présent au-devant d'eux des restes d'embarcations.

– Timothée, dis à ton troll de ralentir.

– Pourquoi ? T'es pas pressée d'arriver ?

La sorcière fusilla le garçon insouciant. Il lui fallait prendre les choses en main où ils étaient tous perdus !

– Nib, à droite, vite !

Le troll filant toujours tout droit, et à bonne allure, Thamara comprit qu'il lui fallait passer, elle, à la vitesse supérieure.

– NIB, À DROITE !!!!! TOUT DE SUIIIIITE !!!!! hurla-t-elle de toute la force de ses poumons.

Le choc d'une bombe thermonucléaire qui n'existait pas encore réveilla les mâles nonchalants.

– Oui, Moma !!! répondit Nib par réflexe, tout en s'exécutant sur-le-champ.

Le brusque changement de cap leur permit d'éviter un immense projectile conique surgi soudainement des eaux du lac.

– Moma ! Ah ! Ah ! Moma ! Il t'a appelé Moma ! Ah ! Aaaaaah ! rigola Tim plié en deux en dépit des remous qui les secouaient.

– Même pas vrai ! se renfrogna le troll qui, vexé, arrêta de ramer et croisa ses bras boudeurs, laissant la barque voguer en « rame libre ».

– Oh, si ! persista Tim. Ah ! Ah ! La tête que t'as fait quand Tham t'a crié dessus ! Oh ! Oh ! C'est comme ça que se comportent les puissants trolls avec les femmes de caractère ! Ah ! Aaaaaah ! se bidonna-t-il encore.

Tim arrêta brusquement son rire. Un feulement au-dessus de lui lui remémora tout à coup un de ses cours de physique.

– Nib, euh… Tu devrais te remettre à ramer. Vite !!!

– Pour que Copain encore se moquer de Nib ? Hors de question.

Tim parut bluffé. Il se tourna vers Thamara qui l'observait avec défiance.

– Tu es juste jaloux qu'il m'obéisse, lança-t-elle comme un pique.

– Potrache, Shakespeare, ça ne vous dit rien ?! Heu, non pas Shakespeare... corrigea-t-il en barrant ses lèvres d'un doigt songeur. L'autre, là ! Comment il s'appelait déjà, le gars avec la pomme ? Pas Guillaume Tell, lui il la perçait...

Un vrombissement puissant l'interrompit une dernière fois, un vrombissement qui finit en un fracas apocalyptique.

La barque des trois jeunes gens était pulvérisée.

– ...Newton ! Gloup ! but Tim en refaisant surface. C'était Newton que je voulais dire. Kof !

Il n'insista toutefois pas. Ni Nib, ni Thamara ne pouvait avoir entendu parler de ce scientifique du XVIIème siècle.

Il s'accrocha à un morceau du bateau brisé et balaya les lieux de la catastrophe de ses yeux saphir embuées. En dépit de la brume, il put distinguer à une dizaine de mètres de lui ses deux camarades. Ils ondulaient tant bien que mal, agrippés aux restes de la barque.

Tim s'inquiéta tout à coup de Patné : il n'était plus dans sa poche ! Et heureusement d'ailleurs car celle-ci était complètement immergée. Tim fut rassuré quand il le sentit sur son épaule. Le lapereau n'y resta pas longtemps d'ailleurs et sauta sur le haut de sa tête.

En fait, le garçon ne fut pas rassuré si longtemps que ça. Rapidement, il se rendit compte que la situation risquait de faire peur au lapin gonfleur. Il allait bientôt couler à pique !

Les coups de pattes sur son crâne lui firent comprendre que tel n'était pas l'humeur du petit lapin. Patné semblait trouver tout cela particulièrement réjouissant. Sans doute parce qu'il savait ce que le garçon s'apprêtait à faire. Il n'avait pas tort. Tim plongea sa main droite dans l'eau noirâtre, à la rencontre de son cristal octaédrique.

– Nib perdre argile rouge ! l'interrompit le troll épouvanté à la vue de la nappe rougeâtre qui l'entourait et se dilatait de plus en plus. Nib perdre argile rouge !!!

– Sans ta remarque idiote, ton troll ne se serait pas arrêté ! reprocha Thamara dont les yeux magnifiques avaient invité l'orange de la colère. On ne pourra jamais atteindre la tour à la nage ! Et il y a d'autres pièges !

– Boh, elle est bonne ! positiva Tim. Mais c'est vrai que notre petite expédition est à l'eau – enfin, si j'ose dire… plaisanta le garçon en faisant un clin d'œil à Thamara qui bouillait à en faire évaporer le lac. Et ne me regarde pas comme ça. J'ai essayé de vous prévenir. C'est pas ma faute, moi, si vous connaissez pas Shakes… euh… Newton. Et puis vous excitez pas, je vais tous nous faire un petit retour en arr…

Il arrêta sa main à deux centimètres de sa gemme. Une vision l'avait foudroyé : celle de Tham… mouillée !

Non pas qu'elle soit partie dans un concours de t-shirts du même nom (elle n'avait pas de t-shirt et était presque totalement immergée) mais, à défaut d'autre chose, l'eau du lac avait aplatie son épaisse chevelure et avait ainsi exposé… ses petites oreilles pointues !

– Tes… Tes oreilles, qu'est-ce qu'elles ont ?! Tu… Tu t'es coupée?

– C'est toi qui a des problèmes d'oreilles ! le fusilla-t-elle de ses yeux oranges furibonds. Je n'arrête pas de te dire que je ne suis pas humaine ! Pourquoi tu ne veux jamais me croire ?! Mais ne t'en fais pas, tu sera bientôt débarrassé de moi !

– Qu'est-ce que tu va chercher ? Ça te va super bien, au contraire, affirma-t-il à l'unisson de son regard séduit.

Thamara n'était pas en état d'accepter ses compliments, à présent moins que jamais. Et puis, il faut dire que le garçon délicat osa ajouter, hilare :

– … Et puis, je me suis toujours demandé à quoi ressemblait la fille de Monsieur Spock !

Si Thamara n'avait sans doute pas entendu parler du célèbre Vulcanien, les rires du garçons ne l'aidèrent pas à considérer cette réflexion comme flatteuse.

– Ah, ouais ! rugit-elle. Si tu les trouves si bien, je vais te faire les mêmes ! Attend que je t'attrape, je vais te les frotter ! ragea-t-elle encore.

– Euh, tu peux être la sœur de Zelda, si tu veux, tenta de négocier le garçon en voyant la furie nager rageusement vers lui. Non ?… Ah, si j'avais su…

Il posa la paume de sa main droite sur son cristal.

Zachame !

Le brusque changement de cap leur permit d'éviter un immense projectile conique surgi soudainement des eaux du lac.

– Moma ! Ah ! Ah ! Moma ! Il t'a… Euh…

– Quoi Moma ? interrogea le troll d'un œil suspicieux.

– Euh... Elle me manque... euh... par moment, rectifia soudainement Tim légèrement embarrassé. Oui, c'est ça. Moment me manque par moma euh, non... Moma me manque par moment. Je...Nib, ne t'arrête pas ! lui intima Tim. Rame, viiiiite !

Le puissant troll avait enfoncé sa tête carrée dans ses lourdes épaules, et, tout en ramant dru attendait, concentré, les ordres de la nouvelle matriarche.

– À DROITE !... À GAUCHE !... À GAUCHE !... À DROITE !... À DROITE !... À GAUCHE !...

Le trajet chaotique de la frêle embarcation ressemblait à un serpent de mer pris d'un hoquet irrépressible, ponctuant chaque changement de direction d'un projectile de pierre.

– À DROITE !... À GAUCHE !... À GAUCHE !... À DROITE !... À DROITE !... À GAUCHE !...

Comme s'il prenait ses virages au frein à main, Nib faisait virer la barque à angle droit, frôlant à chaque mètre un piton de pierre, qui à défaut de les faire chavirer, les éclaboussaient et les ballottaient violemment.

– À DROITE !... À GAUCHE !... À GAUCHE !... À DROITE !... À DROITE !... À GAUCHE !... ARRÊTE !!!

Le troll planta ses rames dans l'eau du lac, faisant presque se renverser le frêle esquif dans l'amorce d'une pirouette de patineur artistique.

Ils étaient à présent à cinq mètres à peine de l'impressionnant monument.

– Timothée, arrête de me reluquer les jambes comme ça ! s'énerva Thamara. Ce n'est pas possible ! Dans une telle situation, c'est à ça que tu penses ?!!!

– Qu'est-ce qui te dit que je pense ? ricana-t-il en la matant de plus belle – c'est le cas de le dire ! – Et puis je suis un homme, j'y peux rien, sourit-il simplement.

– Humpf ! ... « Un *homme* » qui est prêt à tout risquer pour rentrer chez lui ? demanda-t-elle confirmation. C'est que, pour avoir ton vœu exaucé, tu vas devoir risquer ta vie. T'es sûr de toi ?... Qu'est-ce que je raconte, moi ? se reprit-elle : tu es toujours sûr de toi ! *Trop* sûr de toi, d'ailleurs ! Donc tu es prêt à entrer dans Édra-Gon, j'imagine ?

DES JEUNES FORT BRAILLARDS

– Évidemment, qu'est-ce que tu veux que je fasse ici ?! Pas d'internet, pas de jeux vidéos, pas de téléphones portables et pas de pizzas ! Il n'y a même pas de fraises Tagada ! Et puis, vraiment, les filles sont trop habillées par ici, enfin, sauf toi, heureusement.

Thamara grimaça un sourire.

– Alors, allons-y.

Nib fit à nouveau battre la surface de l'eau de ses rames de bois. Ils firent le tour de la... ben... de la tour et finirent par trouver ce qu'ils recherchaient : une grande arche dont le bas était léché par les eaux noirâtres du lac.

– Quoi être inscriptions ? demanda le troll en désignant, au-dessus du portique d'entrée, le pavé gravé d'une suite impressionnante de caractères. Nib pas savoir écouter signes parler.

– Tu veux dire que tu sais pas lire, c'est ça ?! s'étonna Tim.

– Nib avoir été clair, ronchonna le troll qui devait se sentir légèrement complexé quelque part.

– Boh, t'en fais pas ! Pour ce que ça sert... Si ça se trouve c'est juste « bienvenue » en quarante-trois langues, s'avança Tim en sautant au bas de la tour d'un pied léger. C'est pour les touristes !

Thamara baissa ses paupières avec tristesse et résignation, elle, elle savait sa vraie signification. Une fois pénétré à l'intérieur d'Édra-Gon, on ne revenait pas en arrière...

– 5 –

EN-CAS

En un tour de main, Nib rejoignit la tour à son tour (ce tour de phrase, c'est un vrai tour de force, non ?).

Tim, Nib et Thamara, suivis de la panthère noire à la démarche souple, pénétrèrent dans un étroit couloir de pierres qui semblait s'enrouler à angle droit autour du donjon et dont le haut se finissait en une voûte romane des plus massives. Les murs imparfaitement assemblés suintaient une humidité glauque tandis que, dehors, le vent frappait à présent en de sifflantes bourrasques comme pour se féliciter de ces nouvelles proies. Et la tour elle-même respirait de chuintements inquiétants. Ajoutés aux martellements de leurs pas, ces bruits cachèrent aux adolescents le raclement d'un pan de pierres qui coulissa à leur passage. Une forêt de petites mains épaisses en jaillit, des petites mains qui bâillonnèrent la jolie Thamara et l'engloutirent en silence.

Ignorants du sort de leur envoûtante camarade, Tim et Nib ne s'arrêtèrent qu'une fois bloqués par une grille qui donnait sur une grande arène carrée au centre de la tour.

Ce fut Nib qui remarqua le premier, sur leur droite, une large et haute ouverture pratiquée dans le mur.

Tim jeta un œil et sourit devant l'évidence.

– Comme n'arrête pas de le rabâcher l'oncle Henri, c'est comme le Port-Salut !... lança-t-il sans aucune chance d'être compris en ce siècle. Regarde !

Au-dessus du trou rectangulaire était inscrit en gros caractères et d'une manière non ambigüe : OFFRANDE.

– Il y a des frais d'inscription, je vois ! s'esclaffa Tim. Bon qu'est-ce qu'on peut y mettre ? Je suis pas sûr que ce que je trimbale dans mon sac intéresse le magicien de ce donjon. Il doit vouloir des objets de valeur... Dommage qu'on n'ait plus ton oliphant, Tham. Quoi que tu m'aurais plutôt écorché vif que de me laisser le... Hé ! Où es passée

245

Tham ? demanda-t-il en se retournant. Elle était juste derrière moi ! Et Néra ?

Nib ne put que soulever ses épaules larges et carrées. Ils n'étaient plus que tous les deux (et Patné).

Tim voulut retourner sur ses pas, mais la rouille antédiluvienne d'une grille de métal s'abaissa juste devant les mèches qui lui tombaient sur le front. Il ne pouvait revenir plus en arrière ! Comme le savait Thamara, on n'échappe pas à Édra-Gon...

Tim ne s'en laissa pas conter pour autant. Il s'empara de deux barreaux et les secoua vivement.

– Tham ! Tham ! C'est pas le moment de jouer à cache-cache ! Tha-am !

Seul le silence écrasant du donjon lui répondit.

S'il perçut bien des bruits de chaînes et d'insupportables couinements rouillés, ce ne fut pas la herse qui lui faisait face qui se relevait mais celle derrière son dos, celle qui interdisait l'entrée de l'arène.

Tim et Nib se regardèrent de leur regard ahuri – pourquoi s'était-elle ouverte alors qu'aucune offrande n'avait encore été faite ?

Ils entrèrent tout de même dans l'arène, bien décidé à profiter de leur fortune qu'ils firent l'erreur de croire si bonne.

Tim inspecta de son regard circulaire l'étroit balcon qui courait au-dessus d'eux. Il fut à la fois surpris et ravi d'y découvrir la jolie sorcière à la crinière noire et orange

– Tham !

C'était bien elle, en chair et en courbes. Tim se rendit compte à quel point les formes de la jeune fille, qui étaient aussi aguichantes à la vue que tentante à la caresse, lui avaient déjà manqué.

– Hé, Tham ! Qu'est-ce que tu fous là-haut ?! lui lança-t-il de son air volontaire. Viens nous rejoindre, enfin !

Thamara, le visage fermé, l'ignora superbement (comment pourrait-elle faire autrement, d'ailleurs ?).

Tim ne s'en alarma pas. La belle était farouche, ce n'était pas nouveau. Et il fallait toujours qu'elle fasse son intéressante...

– Bienvenue au donjon Édra-gon, aventuriers téméraires. Je suis le père Fourir, votre hôte et maître des jeux ! claironna une vieille voix gouailleuse à travers les trompes en coquillage qui se trouvaient tout les vingt mètres au-dessus de leur tête. Enfin, quand je dis « jeux », ce sont plutôt des épreuves, de dures épreuves, même, comme vous n'allez pas tarder à vous en rendre compte ! Hi ! Hi ! Alors, vous voulez la gloire et l'aventure, hein ? Et bien, vous allez être servi ! Hi ! Hi ! On verra si vous mériterez vraiment que j'exauce votre vœu le plus cher.

– Père Fourir ? douta Tim. C'est une blague ?

Il haussa les épaules – il en avait un peu assez de se pincer toutes les quatre secondes – et poursuivit son investigation (enfin, disons plutôt sa visite touristique). Il fit tourner sa tête de tous les côtés de l'enceinte. Le cheminement de ses yeux curieux buta tout à coup sur une gueule de félin en bronze qui trônait avec majesté à un endroit du balcon.

– Marrant ! s'amusa Tim. On s'attendrait presque à entendre :

– Thamara, tête de tigre ! s'exclama alors la voix antique du père Fourir avec une solennité surfaite.

– Quoi ?!!! faillit s'étrangler Tim, complètement estourbi. Tête de quoi ?... Il... Il... Il se croit où, lui ?!!!

Si cette annonce avait été un choc pour le garçon du XXIème siècle, ce ne fut rien comparé à ce qui suivit : sa magnifique camarade alla s'emparer de la tête de félin et la fit pivoter !

– Tham ?! Tham qui fait sa Félindra ?

Les cliquetis d'un mécanisme caché lui firent rapidement oublier son trouble.

– On a déjà gagné, alors ?! On n'avait qu'à passer la batterie de ces rochers-fusées et à arriver jusqu'ici ? ! Toujours plus loin, toujours plus haut, toujours plus fooooort !!! exulta l'ado télévore en levant le point de la victoire. Ah ! Ah ! Trop facile !

Avant que Nib n'ait émit le moindre doute, celui-ci fut violemment projeté au mur par d'épais filins de métal. Leurs extrémités en forme de piton s'étaient fichées dans la pierre, neutralisant totalement le puissant troll.

– Nib !!!

Tim se retourna dans la direction d'où les câbles semblaient avoir été envoyés et fut abasourdi de découvrir un des nains qui avaient tenté d'enlever Thamara ! Il l'identifia d'autant plus facilement qu'en plus de l'arbalète dont celui-ci était armé, il était partiellement couvert de bandages. Le garçon fonça sur lui mais le nain disparut derrière un mur de pierre amovible en laissant échapper un insupportable rire rocailleux.

Plaqué au mur de pierres, Nib tirait sur ses liens métalliques de toute sa force de troll, mais rien n'y faisait.

– Copain ! s'inquiéta-t-il. Nib pas pouvoir aider Copain !

– T'en fais pas ! voulut le rassurer Tim d'un signe de main désinvolte. Je vais m'en sortir.

Le garçon se délectait par avance de ce qu'il allait lui arriver. Ce lieu lui plaisait trop. C'était comme si tout (et surtout n'importe quoi !) pouvait lui arriver. Il n'allait pas être déçu.

– Je demande l'épreuve ! annonça soudain le magicien dans une intonation théâtralisée.

Une table de pierre surgit du sol et s'ouvrit sur vingt cartes de bois retournées et disposées en quatre lignes de cinq.

– Ouatchalaboungah ! jaillit Tim. Un Memory, j'adore ça ! Et puis si je me trompe, j'ai mon...

Malheureusement pour le petit malin, son cristal était bleu.

– Potraaache, jura-t-il.

Il porta à ses yeux la gemme dont la couleur leur faisait écho. À l'intérieur, quelque chose s'emblait y être inscrit. En tout petit.

– Quoi ?! « Ce programme a entraîné... quoi. !?... une exception fatale 0D en 00457:000040B1 et va être arrêté. » !? Il... Il se moque de moi !? sourit-il, ahuri. Il se prend pour un...

Ce sourire presque forcé se figea sur son visage quand il vit apparaître, à ses pieds, le pendant de son jeu de cartes.

Tim se mit à se bidonner, emplissant l'arène de ses rires.

– Ah ! Ah ! Mon adversaire, ça va être qui, un nain ? Ah ! Aaaaaah ! Un rase-moquette ! Trop drôle !

Malheureusement pour le petit présomptueux, lorsque le bas d'une grille coulissa, elle ne libéra pas un nain mais... une panthère noire !

– Néra, non ! Pas Néra !!! hurla soudain Thamara. Pourquoi elle ?! Pourquoi elle ?! Il y a d'autres fauves !

La jolie sorcière était sortie de son mutisme. Les mains crispées sur la rambarde métallique du balcon, la mystérieuse Thamara semblait parler à un dieu invisible dans les cieux. Le maître des lieux, sans aucun doute.

– Mes choix ne portent pas à discussion, répondit la voix avec une pointe d'amusement sadique. Chacun à leur tour, les adversaires retourneront deux cartes. Ils pourront les enlever du jeu si elles sont identiques, et pourront rejouer. Le premier des deux qui aura libéré sa table de ses cartes, aura gagné.

– Je dois jouer contre Néra ?! interrogea Tim en élevant la voix pour bien être entendu par le maître du donjon. Contre un animal ? Ouah ! Trop facile, se réjouit-il.

– C'est ce que tu crois ? Hi ! Hi ! se mit à rire le vieux magicien. Je sens que je vais bien rigoler avec un tel présomptueux ! Hi ! Hi ! Allez, à toi l'honneur, petit arrogant.

– Il est pas bien, ce mec ! lança Tim à une Thamara dont le joli visage s'était plissé de tristesse.

Elle avait tant de fois assisté à ce jeu cruel. Et tant de fois, cela avait mal fini…

Tim retourna une première carte qui représentait un géant avec une massue toute aussi géante. Il choisit une deuxième carte sur laquelle était dessinée une sorcière au chapeau pointu caractéristique. Il replaça les cartes face contre la table et regarda, d'un œil goguenard, ce qu'allait bien pouvoir faire la pauvre panthère.

– Allez, ma pt'ite Néra. À toi de jouer.

Pour toute réponse, la panthère noire fit gicler de sa patte droite veloutée une griffe crochue et pointue. Elle fixa Tim de son regard plissé de prédateur, se pourlécha les babines de sa langue rose et râpeuse, et transperça d'un mouvement vif une des cartes faites de deux couches épaisses et rosâtres.

La panthère retourna un chaudron (découpé dans la deuxième tranche), le plaça sur le côté puis en dévoila une autre, un dragon ailé qu'elle mit également de côté. Puis elle attendit sagement le tour de son adversaire.

– Hé ! Mais elle triche ! Elle doit les retourner face cachée ! lâcha Tim, complètement sur les fesses. Une panthère qui triche ! On aura tout vu !

Il quitta son jeu et se rendit d'un pas déterminé vers celui de la panthère. Il fut à peine à un mètre que Néra montra les crocs et grogna, menaçante.

– Moa, j'ai dit que tu trichais ? prétendit-il en reculant à sa place, la main sur la poitrine. Mais non, enfin… Vas-y fait comme tu le sens…

Tim ne s'inquiétait pas plus du comportement du félin, d'autant plus qu'il trouva deux paires à la suite. Il rejoua et, devant son infortune, tenta de laisser exposé la paire qui n'en était pas une. Mais dans un ricanement cruel, elles se retournèrent toutes seules !

– Ouais, c'est ça, trichez, Père Machin ! J'm'en fous, je gagne, souleva-t-il ses épaules d'une évidence supérieure.

Au-dessus de lui, Thamara s'en voulait de l'avoir emmené ici. Elle ne pensait pas que ça se passerait ainsi. Cet écervelé n'avait aucune chance de s'en sortir.

Comme pour confirmer les craintes de la sorcière, Néra trouva le second dragon. Elle l'embrocha avec celui qu'elle avait laissé sur le côté, et engloutit le tout !

Tim et Nib découvrirent alors que les cartes de la panthère noire n'étaient pas faites de bois mais... de doubles tranches de jambon !

– Nib vouloir jouer ! s'exclama le troll gourmand d'un ton extatique, comme un enfant devant un paquet de sucettes. Nib vouloir joueeeeeeer !

– C'est ça, c'est ça, s'amusa Tim.

Sa gaieté diminua tout de même lorsqu'il vit Néra dévorer peu à peu toutes ses cartes... et avant lui !

– J'ai perdu, reconnut Tim en ouvrant les bras d'évidence.

– Et c'est tout ce que ça te fait !!!? s'écria Thamara, au bord des larmes.

– Ben, ouais, ta coquine de tricheuse a gagné, c'est pas grave, persista-t-il en soulevant les épaules.

– Pas grave ?!!!... Si tu avais enlevé les cartes de ta table en premier, tu aurais découvert une clé en dessous, une des trois clés nécessaires pour accéder à l'épreuve finale ! révéla Thamara.

– On aura une autre chance, non ?

– Ce n'est pas le problème, laissa échapper Thamara en baissant ses paupières humides. Néra aussi avait quelque chose sous ses cartes...

Tim s'illumina.

– C'est vrai ?! Ah, c'est marrant ça ! Et qu'est-ce qu'elle a gagné ?

Le jeune inconscient passa du côté de la panthère qui le regardait avec des yeux étranges, s'appuya en avant sur les genoux et put voir, à l'emplacement où les cartes de jambon se trouvaient, quatre grosses lettres de couleur rouge.

– M-I-A-M- ? Miam ?! lut le garçon d'un air interrogatif. Tu veux dire que...

Il comprit enfin ce que la magnifique panthère avait gagné... : lui !

6

VIENS ICI QUE JEU TA TRAPPE

– Allez, Néra, tout doux, tout doux. On se connait, toi et moi. On n'est même très proche, si tu vois ce que je veux dire... Hé ! Hé ! Et t'es pas une mauvaise fille, je le sais. T'es pas comme ta maîtresse, ajouta-t-il en lançant son regard sur Thamara qui les observait d'en haut, complètement déconfite. Allez, donne la papatte !

La panthère noire fit un pas en avant, la gueule menaçante.

– Dis, Tham, pourquoi elle me regarde comme cela ? Je croyais que tu m'avais dit qu'elle n'était pas insensible à mon charme de mâle ?

– Disons plutôt qu'elle te trouve... à croquer, précisa-t-elle à regrets.

– Ah, elle est drôle, celle-là ! rebondit Tim. Bon, assez joué, rappelle ta bêbête. Je suis pas si sûr de son sens de l'humour. C'est qu'un jeu après tout.

– Timothée, c'est un jeu, oui... mais à mort, miaula-t-elle. Et Néra ne m'obéira pas. Ici, son maître, c'est le Père Fourir.

Ce fut comme si l'échauguette venait de s'écrouler sur Tim !

– Qu'est-ce ce que tu racontes ? Tu le connais ?! Néra vient d'ici ? *Tu* viens d'ici ?!!!

En guise de réponse, la panthère jaillit sur le garçon qui l'esquiva sur le côté comme un toréro.

– Olé ! scanda-t-il en levant le menton.

L'apprenti danseur de flamenco claqua dans les mains et se mit à piétiner frénétiquement le sol... de ses baskets à semelle souple (hum !).

Il arrêta finalement ses mouvements saccadés : il risquait de réveiller le lapinot de sa poche. Et c'était vraiment pas le moment !

D'autant que la deuxième attaque de Néra faillit emporter un morceau de sa veste.

– Gentille, gentille, Néra. Ta maîtresse ne supporterait pas que tu me griffes langoureusement le dos, crois-moi. Tu sais bien qu'elle est d'une jalousie maladive.

La bête rugit de plus belle, déployant sa mâchoire puissante aux crocs acérés.

– Oh ! Oh ! Qu'est-ce que je vois là, lança Tim en osant avancer un doigt vers les canines acérées. Une méchante carie ? Il vaudrait mieux pour toi de ne rien croquer pour l'instant.

– Hi ! Hi ! Ce n'est pas grave, elle avale tout rond ! se marra le maître du donjon.

– Avaler tout rond ? Et l'indigestion, vous y pensez ? répliqua Tim tel un père attentionné.

– C'est tout ce que tu sais faire ? Des petites phrases vaseuses. Hi ! Hiii ! Tu ne vas pas durer longtemps ! J'ai rarement vu un participant aussi nul.

Comme pour lui donner raison, la panthère s'avança le regard menaçant, la tête rampante et la queue agitée d'inquiétants mouvements lents.

Tim serait-il capable d'éviter une fois de plus le féroce prédateur ?

– Néra pas toucher Copain ! ordonna Nib en s'approchant de Tim d'un pas mi-résolu mi-craintif.

Le troll était enfin venu à bout de ses liens de métal.

– Bon delà de bon delà ! Aucun participant ne s'est jamais libéré ! s'exclama le vieux magicien. Comment est-ce possible ?!

– Il est bigleux, ton copain ? questionna Tim. Il voit pas que c'est un troll ?

– Un troll !!! Un troll, ici ?! Au donjon Édra-Gon ?! Bon delà de bon delà, les trolls ne sont pas admis ici ! râla le père Fourir en perdant momentanément sa jovialité.

– Ah, ouais ? Malheureusement pour vous, on va écrabouiller votre chaton et vous y pouvez rien ! assura Tim d'un sourire de défiance.

Lorsqu'il vit se lever un pan des grilles qui l'entouraient, il comprit que si : le maître d'Édra-Gon y pouvait quelque chose.

Lentement, avec une sorte de délectation, une petite dizaine de félins, lions, léopards et panthères, entrèrent dans l'arène, leur gueule menaçante rasant le sol.

– C'est comme ça, hein ? Hi ! Hi ! le railla le maître des épreuves d'Édra-Gon. Je ne suis pas contre un peu de variété, après tout. Allez, mes beaux, croquez ces petits tricheurs !

Les nouveaux venus d'un côté et Néra de l'autre. Tim et Nib étaient pris en sandwich.

– Bon, allez, Nib, débarrasse-toi d'eux ! fit Tim d'un geste léger.

– Copain parler à Nib ? Copain pourtant savoir Nib pas aimer créatures-chats. Une, Nib bien vouloir essayer pour Copain, mais là…

– T'en fais pas ! T'es pas obligé de toutes les manger, fit Tim d'un ton désinvolte.

– … Euh…Ça pas être problème…

– Ne me dit pas qu'un grand gars comme toi a peur de ces chatons ?

– Si.

– C'est pas vrai ! soupira Tim en portant la main droite à son front. T'es croisé avec une souris où quoi ?!

Les deux amis firent un pas sur le côté et furent étonnés de percevoir entre les grognements félins des grincements d'un plancher de bois.

– Hé ! On est sur un gigantesque damier !

Tim lança un rapide regard circulaire et se rendit compte que dans un coin de l'arène se trouvaient toutes les pièces, noires et blanches, d'un jeu d'échecs. Si leur dessin était classique, elles faisaient près d'un mètre de haut !

Sans doute un des autres « jeux » proposés par le vieux toqué, en déduit Tim.

Sa surprise ne s'arrêta pas là.

– Hé ! 'Y a même des lettres dans le quadrillage ! Et… Ouatchalaboungah ! s'illumina l'ado du XXIème siècle, son visage charmeur se barrant d'un large sourire. On dirait… Non, je dois me tromper. Et on n'a pas eu d'énigmes…. Bof, on peut toujours essayer…

Le sourire de l'aventure aux lèvres, Tim se rua sur les pièces d'échec. Sans hésiter, il posa son dévolu sur la… :

– … Dame noire ! Hïng ! Hïng ! ricana Nib en dépit des chatons qui se rapprochaient. Copain être prévisible !

Tim sourit devant la finesse de cette petite analyse psychologique et, pendant qu'il déplaçait avec difficulté sa pièce préférée, il demanda à son ami troll de placer l'autre dame et les deux rois sur quatre lettres, B, D, O et R. Puis il poussa Nib sur le A. Enfin, il se plaça sur la lettre Y et écarta les bras comme pour mimer la dite-lettre tout en fredonnant le tube de circonstance.

Puis, en dépit des félins qui étaient à présent à porté de griffes, il attendit les bras croisés avec son habituelle assurance.

– Quoi Copain attendre ? Créatures approcher ! Créatures approcher !!!

Le garçon ne s'en faisait pas. Aux bruits saccadés, cliquetis et couinements qui venaient de s'enclencher, il était convaincu qu'il avait trouvé une solution pour gagner quand même cette épreuve. Il en eut la confirmation lorsque le tintement d'une clé sonna à ses oreilles. Il jubila. Celle-ci, de belle taille et d'une intense couleur dorée, était tombée au pied d'une large porte située exactement à l'opposée de celle qu'ils avaient emprunter pour entrer. Tim avait gagné !

– Alors qu'est-ce que vous dites de ça, hein ? en rajouta-t-il à l'adresse du mage dans sa tour (et aussi, du coin de l'œil, à la jolie Thamara).

Il n'aurait pas fait autant le malin s'il avait noté que les bruits de mécanisme ne s'étaient pas arrêtés. Pire, ils s'étaient amplifiés !

Ils se turent finalement mais, avant que Tim ne se soit interrogé sur ce soudain silence, l'immense plateforme de bois sur laquelle il se tenait s'ouvrit en deux !

– Potraaaaaaaache !

Le garçon, Nib, Néra et les autres fauves glissèrent tout à coup le long des deux pentes formées par le plancher à moitié ouvert. Une cinquantaine de mètres sous leurs pieds (et pattes !), une forêt de pics aussi pointus que des aiguilles les attendait avec impatience. Tout en tombant de plus en plus vite, Tim lança un regard rapide à son cristal désespérément bleu. Il ne pouvait en espérer aucune aide. Et les pics se rapprochaient !

– Nonnnnn !!! hurla Thamara, le visage dilaté d'horreur.

D'un saut magistral, la magnifique dresseuse de fauves passa la barrière de l'étroit balcon et sauta dans l'arène.

– Thamara ?! Thamara ! Que fais-tu ?!!! faillit s'étrangler la vieille voix du magicien qui résonnait entre les murs. Tu n'as pas le droit d'intervenir pour sauver Néra ! Tu n'as pas le droit, tu m'entends ?!!!

Si elle entendit l'ordre, elle ne l'écouta pas. Elle s'approcha de l'immense trappe ouverte, se mit à genoux et étira son cou souple et délicat.

– Timothée ! Timothée ! s'inquiéta-t-elle.

Des cadavres transpercés, expurgés de leur sang, et notablement pourris décoraient çà et là les piques menaçants. Certains étaient anciens et humains mais les plus récents étaient des dépouilles de félins. Si ses grands yeux se mouillèrent à la vue de ses amis félidés, elle ne put réprimer un soulagement de ne pas y distinguer le corps du garçon.

– Alors celle-là, c'est la meilleure ! brailla le vieux Fournir. Tu t'inquiètes pour un participant ?! Ouaha !!! J'aurais jamais cru voir ça ! Hi ! Hi ! Tu aurais quand même pu choisir mieux que cet idiot ! Regarde ça : il a voulu faire le malin et le voilà bien puni ! Hi ! Hi ! Je ne sais pas comment il a trouvé le nom secret d'Édra-Gon, mais il l'a emporté dans la mort ! Aaaaah, dès ton retour, ma petite Thamara, j'ai senti que ça serait une bonne journée !

– C'est pas vos pièges à la James-Bond qui vont vous débarrasser de moi ! fanfaronna une voix semblant provenir d'outre-tombe. Enfin, j'espère... se reprit Tim en baisant d'un ton, voire de plusieurs.

Thamara essayait de deviner d'où avaient jailli les rodomontades du garçon. Elle se tourna vers sa panthère qui avait réussi au dernier moment à planter ses puissantes griffes avant sur la partie fixe du plancher de bois. Si elle avait tant de mal à remonter c'est qu'elle avait un surpoids inattendu. Et ce surpoids, c'était Tim !

Dans sa descente, il s'était accroché à ce qu'il avait pu, et il n'avait rein trouvé de mieux que... l'arrière-train de Néra !

– Ça... Ça devait pas se passer exactement comme ça, reconnut Tim dans un sourire idiot lorsque Thamara le découvrit les jambes dans le vide, pendu aux pattes arrières du félin.

– Timothée !!! hurla-t-elle. Tu... Tu vas bien ?

– Bien sûr, vu que je suis loin de tes griffes...

Thamara voulut exprimer sa surprise face au ressentiment du garçon. Les rugissements de sa panthère l'en détourna. C'est que Néra n'appréciait pas du tout ce surplus de bagages, comme elle le signifiait de ses canines déployées. Et les coups de pattes arrières pour décrocher son ancienne proie n'y faisaient rien : l'opportuniste était bien agrippé. Pas fou !

Il faut dire que le passager clandestin n'aurait pas dû aggraver sa situation déjà périlleuse en s'exclamant, à la vue de ce qu'il avait à dix centimètres de son nez :

– Ah, ouais, tiens, t'es bien une femelle !

– C'est tout ce que tu trouves à dire ?!!! s'ébouriffa Thamara qui tendait son corps souple de son mieux pour approcher une main salvatrice. Allez, attrape-moi !

– Tu rigoles ! Comment tu peux croire que je te fasse encore confiance ! J'ai peut-être compris un peu tard, mais c'est clair maintenant. C'est pour le bon plaisir de ton sadique de mage que tu nous a emmenés dans ce piège ! C'est pas une féline que tu es, mais une félonne ! plaisanta-t-il à demi.

– Comment oses-tu ?! C'était à ta demande !!! répliqua la sorcière qui ne voulait pas s'en laisser compter malgré la situation. Tu as dit que tu étais près à tout pour rentrer chez toi ! Et à n'importe quel prix !

– Hïng ! Hïng ! Copain toujours être aux fesses de femelles ! commenta le troll, de l'autre côté du trou béant, quand il découvrit à son tour où était Tim.

Si Nib n'avait pas pu faire du félin-stop, il avait réussi à mettre un terme à sa chute en enfonçant ses poings de troll dans l'épaisseur du sol de bois pivotant. Mais fragilisé, ce dernier ne supporterait pas les nouvelles attaques du colosse pourtant nécessaires à sa remontée vers la surface.

– Allez, Timothée, prends ma main ! Viiiite !

– Thamara ! Bon delà de bon delà ! Je t'interdis d'intervenir en faveur d'un participant !

– Vous m'avez assez interdit !!! Toute ma vie vous m'avez dit ce que je devais faire ou ne pas faire ! rugit-elle au bord des larmes. Je ne laisserai pas mes amis mourir sous mes yeux !!!

– Tes amis ? Hi ! Hi ! Tu penses t'être fait des amis lors de ta petite escapade ?! Hi ! Hi ! Trop drôle ! Tu crois vraiment que tu peux trouver de l'amitié auprès d'humains ?! N'oublie pas ce que tu es, ma petite perle noire. Ils te mentent. Ils t'abusent. ils t'utilisent. Moi seul t'accepte tel que tu es.

– Non, ce n'est pas vrai !!! hurla-t-elle en larmes.

– Ah, oui ? Tu appelles « amis » ceux qui t'ont utilisée comme offrande pour participer à mes épreuves ?! Je ne te savais pas si crédule ! Hi ! Hiiiiiiii !

– Qu'est-ce qu'il raconte ?! s'étonna le garçon qui faillit en lâcher l'arrière-train de Néra. C'était toi l'offrande ?!!! C'est pour ça que ça s'est ouvert ?! Tu... tu t'es sacrifiée pour nous faire entrer ?! T'es malade !!!?

– Tu n'es jamais content ! Allez, vite ! Néra va céder !

Elle tendit une fois encore sa main souple et délicate au garçon.

– Thamara, tu n'as pas le droit, tu m'entends ?!

– Timothée ! Ta main, vite ! implora-t-elle. Ta main ! Timothée... s'il te plait.

Le garçon leva la tête et la regarda avec un mélange d'amusement et de suspicion. Puis il baissa la tête vers le vide qui chatouillait ses orteils.

– À choisir, je crois que je préfère le grand plongeon, pérora-t-il en dépit des crampes qui commençaient à se propager le long de ses membres trop longtemps contractés. Au moins, avec lui, on sait à quoi s'attendre. Alors que toi, ma belle…

Thamara, à quatre pattes sur le sol et penchée au maximum vers le garçon, détourna la tête et se pinça les lèvres avec amertume. Le garçon n'avait pas totalement tort. Elle n'avait pas été honnête avec lui.

– Pourquoi tu ne sautes pas, alors ?! le défia-t-elle en retrouvant sa fougue même si sa voix était anormalement rauque. Qu'est-ce que tu attends ?

Le sourire de Tim s'élargit encore.

– T'as pas deviné ?

– Deviné quoi ?

Thamara se mit à suivre le regard dilaté du garçon… jusqu'à sa poitrine offerte avec une ostentation encore jamais atteinte.

– Je resterais là toute ma vie si c'était possible, ronronna l'obsédé. Et quitte à mourir, je préfèrerais emporter cette image dans ma tombe.

Thamara cacha instantanément sa féminité de ses bras.

– Tu… Tu… Mourir, c'est tout ce que tu mérites !

Elle déglutit et se dit qu'elle n'avait pas le choix : elle avait besoin de ses deux mains, l'une pour se soutenir et l'autre pour hisser cet idiot.

– Allez, prends ma main…

Il ne l'écoutait plus.

Thamara plissa légèrement ses yeux dans l'expression de cet ultime effort.

– Tim ! s'écria-t-elle tout à coup.

L'adolescent décrocha de son rêve vallonné et leva son regard saphir vers le visage suppliant de Thamara.

– Il te manque des lunettes et une barbe blanche pour jouer les pères d'Indiana Jones, la taquina-t-il.

Après une dernière hésitation, il tendit le bras droit et, enfin, leurs mains se rejoignirent (Tim en apprécia chaque millimètre carré). Thamara tira de toutes ses forces et l'extirpa enfin de cette mauvaise passe.

Le goujat ne prit même pas le temps de remercier son sauveur (qui s'évertuait à présent à aider sa panthère à se sortir de l'échiquier escamotable) et alla de l'autre côté secourir Nib.

Si le troll avait une résistance bien supérieure aux frêles Toulisses, il risquait à tout moment d'avoir le plancher lui rester dans les mains, le condamnant à se faire empaler proprement.

– Potrache ! souffla Tim en tirant de ses deux mains pour hisser le troll. Qu'est-ce que tu es lourd ! Je croyais que tu n'avais rien mangé ce matin ?

– « Mangé » ?! interrogea la troll à peine sauvé.

Ses petits yeux noirs protégés par les lunettes de soleil (elles étaient tellement étroites pour la large tête du troll qu'elles étaient restées sagement à leur place), il se pencha vers les piques dégoulinants de félins en brochette qui semblaient l'appeler et parut désolé.

– Libre-service être en bas... grognèrent en cœur Nib et son estomac à la torture.

Tim rejoignit finalement Thamara et lui lança un :

– J'aurais pu m'en sortir tout seul, mais merci *quand même.* C'était plus agréable comme ça.

– Je ne l'ai pas fait pour toi, se défendit la sorcière en plissant son beau visage sombre de défiance.

– Ah, ouais ? douta Tim en déployant tout le charme de son sourire. Et pour qui donc ? Allez, trouve autre chose. Tu craques pour moi depuis le début, je le sais.

Thamara sourit de ce sourire épanoui caractéristique, celui qu'elle arborait lorsqu'elle avait le plaisir infini de piéger ce grand nigaud trop sûr de lui. Elle barra ses lèvres suaves de son index.

– Chuuuut, souffla-t-elle avec sensualité.

– Ah, je vois, tu veux pas que ça se sache... Je comprends, toutes les filles de la terre vont être jalouses...

– Jalouses d'un lapin ?! fit semblant de s'étonner la coquine en indiquant la poche gonflée où dormait Patné. Tu crois ? ajouta-t-elle d'une voix faussement innocente. C'est vrai qu'il est mignon, lui.

Tim perdit son assurance insolente. La somptueuse Tham n'aurait fait tout ça que pour sauver Patné ?...

VIENS ICI QUE JEU TA TRAPPE

La seconde suivante, le garçon se dit que le doute qui persistait était d'autant plus excitant. Une proie toute conquise, ce n'était pas drôle !

Tim s'empara de la clé et avança vers la porte qui ne comportait pourtant aucune serrure. Elle n'en avait pas besoin. L'heureux vainqueur n'eut qu'à s'en approcher pour qu'elle coulisse toute seul sur le côté.

– Hé ! C'est pas une clé en fait, c'est une carte mains-libre ! nota le garçon, amusé. On croirait la voiture de mon père ! Il est moderne, le vieux !

Nib et Thamara passèrent la porte à leur tour. Mais à peine, la jolie dompteuse fut-elle arrivée dans le couloir qui ceinturait l'arène, que la voix anormalement stricte du maître du donjon retentit.

– Parce que tu tiens une place particulière dans mon cœur, ma petite perle noire, je te laisse aider tes « amis ». Mais que les choses soient claires : qu'ils gagnent ou pas, tu ne sortiras jamais plus d'Édra-Gon ! Tu m'appartiens !

7

FUMET PUE

Alors que les terribles paroles du maître d'Édra-Gon résonnaient encore aux oreilles des jeunes gens, la mystérieuse sorcière comprit qu'elle devait quelques explications à ses camarades d'infortune. Elle baissa ses paupières de gêne et de honte.

Non. Elle n'était pas encore prête. Elle resta finalement coite aux questions insistantes du garçon sur ces liens avec ce lieu, ces félins et son détraqué de propriétaire.

Tim dut laisser tomber et se contenta de son succès.

– Bon, on a déjà une clé ! jubila-t-il pas peu fier en la brandissant ostensiblement.

Dans un éclair, l'objet si chèrement acquis disparut de ses doigts. Le garçon et ses camarades n'eurent que le temps de voir s'engouffrer dans la trappe d'un mur une petite forme potelée recouverte de bandages et incroyablement véloce en dépit de la faible allonge de ses jambes.

– Un nain ?! s'étonna Tim, la mâchoire tombante. Il y en a partout, décidément ! Et il... Il m'a piqué la clé !!!

Le nain, un sourire revanchard sur son visage bien amoché, rouvrit la trappe et salua l'assistance de son bonnet rouge... et referma.

Le rire déjanté du magicien se propagea d'un coquillage à l'autre.

– Bien mal acquis ne profite jamais ! Hi ! Hiiiiiii ! Il croyait quand même pas que j'allais lui laisser cette clé ?! Hi ! Hi ! Quel benêt, celui-ci !

– Il a raison ! reprocha Thamara à son camarade. Je croyais que tu avais compris, pourtant ! Une des fonctions de Passentête, Passatonvoisin et Passmoilesel est de dérober la clé aux participants qui survivent à mes...enfin je veux dire... aux fauves, se reprit-elle, un peu coupable.

– Ouais, enfin, depuis leur retour, je les appelle plutôt Passifort, Passalosto et Passmonbras ! corrigea le père Fourir qui ne perdait pas une occasion pour plaisanter. Hi ! Hi ! Hiiiiiiii ! On peut dire que vous me les avez abimés ! J'ai fait de mon mieux pour finir de les réassembler quand je vous ai vu arriver. J'espère que l'un n'a pas le bras ou la jambe de l'autre. Quoi que ça serait drôle ! Et ça leur servirait de leçon. Comment ont-ils pu laisser l'oliphant se briser ?!

– C'est un homme délicat et attentionné, ton papounet, persifla Tim. Mais, alors, c'était pour te ramener ici qu'ils nous ont attaqués ? Et j'y pense ! C'est pour ça que tu te comportais comme ça avec moi lors de notre première rencontre ! Enfin, lors de *nos* premières rencontres, corrigea-t-il en pensant aux propriétés de son cristal. Tu croyais que c'était ce vieux fou qui m'avait envoyé pour te ramener ! C'est ça, hein ?!

Thamara grimaça une moue embarrassée.

– Petits Toulisses avoir survécu, alors ? comprit Nib, la langue humide, en se demandant quel goût pouvaient avoir les petites créatures.

De son côté, Tim essaya bien d'appuyer sur le moindre centimètre carré de l'endroit où le nain s'était escamoté, mais il ne réussit à enclencher aucun mécanisme d'ouverture.

– C'est pas grave, assura-t-il toujours confiant comme son sourire l'attestait. On en obtiendra d'autres. Et puis on est passé. On n'a plus qu'à aller à l'étage, non ?

– Il nous faudra quand même trois clés si on veut avoir le droit de répondre à l'énigme finale, leur apprit Thamara. C'est celle-là que tu dois réussir si tu veux avoir ton vœux exaucé.

– Hi ! Hi ! Exactement ! confirma le Grand Mage. Tu me piques mon boulot, dis !

Le trio se mit à monter l'escalier de pierre en se demandant ce qui pouvait bien les attendre là-haut.

Ils arrivèrent dans un couloir identique à celui du dessous sauf que sur son côté intérieur il était constellé de portes anonymes et mystérieuses. Même la jolie Thamara ne savait ce qu'elles recélaient. Tim lui laissa pourtant « l'honneur » d'en choisir une.

La porte à peine ouverte, le garçon s'illumina :

– Ouah ! Je connais ce jeu... enfin, je veux dire... cette « épreuve ». C'est trop facile !

Comme dans une confirmation, la voix du maître du donjon retentit :

– Une clé se trouve à l'intérieur d'une des jarres de cette cellule. Mais celles-ci ne sont pas vides ! Hi ! Hi ! Je vous aurai prévenu. C'est à vos risques et périls.

– Ouha ! C'est du chiqué, tout ça ! Il y a juste des souris, des insectes ou des trucs visqueux pour décourager ou faire couiner les filles !

Sans hésitation, Tim plongea la main dans une des jarres et en farfouilla le fond.

– Fais pas cette tête, Tham. On croirait presque que tu te fais du souci pour moi. Ouais, 'y a des trucs répugnants mais c'est pour de faux ! Ah ! Ah ! 'Y a aucun risque ! Aïe ! Ouille ! Aïe ! Aaarh !

– Enlève ta main de là !!! s'époumona Thamara, les yeux dilatés d'horreur.

– Je peux pas, ça me tient !!! Aaaaah !

La sorcière chocolat tira sur le bras du garçon, mais elle ne put l'enlever de la jarre bouloteuse de bras. Le puissant troll dut intervenir.

Thamara fut rassurée : la main du garçon en était ressortie en sang... mais elle était encore là !

– Potrache ! Mon cristal est bleu, comment je vais caresser les filles, moi ?! se demanda Tim avec un incroyable détachement.

– Mais qu'est-ce que tu crois, idiot ?!!! reprocha Thamara en inspectant la main profondément écorchée du garçon. Qu'on est ici pour s'amuser ?!

Elle nettoya sommairement les blessures de ses doigts délicats et, sous les pupilles explosées d'un Tim qui oublia instantanément l'état inquiétant de sa main, elle passa la sienne dans ce qui lui servait de corsage et en sortit une mini-gourde de peau tannée. Elle appuya dessus et appliqua avec une douceur inattendue l'onguent magique qui en était sorti.

– Tu as sans doute besoin d'une autre pommade, hein ? Laisse-moi t'aider... proposa le petit obsédé, à deux doigts de plonger sa main valide dans le décolleté affriolant de la jeune fille chocolat.

Thamara retrouva brusquement toute sa hargne.

– Tu veux te retrouver avec l'autre main déchiquetée également ?! menaça-t-elle, ses yeux orange en fureur.

– Euh... je peux m'en passer... Hé ! Hé ! C'était juste pour t'aider, tu sais... mentit-il honteusement.

Son infirmière de luxe allait émettre ses doutes lorsqu'elle aperçut Nib s'apprêter à s'y essayer à son tour !

– Timothée, non ! Arrête ton troll !

– Hein ?... Nib, fais ce que dit la demoiselle.

– Troll pas avoir peur ! Troll manger créatures !

– Encore faut-il qu'il les attrape ! Et même un troll ne résistera pas aux monstres placées ici, croyez-moi ! Depuis dix ans, j'en ai vu des téméraires ressortir sans bras !

Tim, qui malgré la douleur était à goûter aux délices des doigts agiles et experts de la jolie sorcière, sortit de son extase en sursaut. Thamara le remarqua.

– De penser que tu aurais pu avoir un bras en moins, ça refroidit même le plus insouciant des frimeurs, hein ?

– Je me moque de cette histoire. C'est tes dix années ici qui m'interpellent. Tu... Tu as presque toujours vécu dans ce donjon ?

La mystérieuse Thamara baissa la tête, honteuse.

– Alors c'est bien ça, ton boulot c'est d'attirer ici les pauvres bougres des environs pour les dépouiller de leurs économies dans ces jeux de massacre, hein ?!

– Ne recommence pas !!! ragea la furie en repoussant le garçon ingrat. Tu ne comprends jamais rien ! Jamais !

– Copain dire n'importe quoi, analysa robotiquement le troll. Copain se rappeler : fille chocolat vouloir aller dans direction opposée. Fille chocolat venir ici uniquement pour Copain.

– Je vois, elle est prête à tout pour se débarrasser de moi... persista Tim. Je rigole, Tham... Mais quand même, tu aurais pu nous le dire.

– Vous dire quoi ?! Que je ne suis pas seulement un démon noir sorti d'Outre-Monde mais également une esclave ?!... Je voulais oublier tout ça ! Il y a à peine deux semaines, et après plusieurs années de tentatives, j'ai réussi à m'enfuir d'Édra-Gon. Et voilà que tout recommence ! Tout recommence...

Pour le garçon du XXIème siècle, les choses s'éclaircissaient : c'était pour cela que la magnifique fille chocolat se considérait comme unique et surtout qu'elle ne se considérait pas comme humaine : elle était restée en captivité toutes ces années ! Elle avait donc eu encore moins de chance de rencontrer des personnes avec sa complexion dans cette France médiévale. Elle ne devait même pas avoir connu ses parents. Ça expliquait tout, n'est-ce pas ?

Pas vraiment, mais le petit rationnel sembla s'en satisfaire.

– Hé, vieux grigou, clama Tim à l'adresse du maître des lieux, ça se fait pas, ça, de faire travailler des petites filles. Je vais vous envoyer un inspecteur du travail, ça va pas trainer. Bon, c'est vrai que Tham le mérite un peu, mais quand même... ajouta-t-il dans un éclat de rire.

L'intéressée le fusilla de son magnifique regard furibond.

– J'plaisante, j'plaisante, recula Tim encore hilare. Allez, ne t'en fais pas, on va te sortir de là, Nib, Patné et moi.

– Oublie-moi !!! Tu veux rentrer chez toi, non ?! Alors prépare-toi à relever les défis qui te seront présentés. Au moins, mon sacrifice n'aura pas été vain !

Tim eut quelques problèmes pour se reconcentrer. Ce n'était toutefois pas dû à sa main : l'onguent de Thamara l'avait miraculeusement et totalement guéri.

– Nib a qu'à soulever ces pots un à un et avaler leur contenu. Rien ne résiste à un estomac de troll, non ?

Le troll en question se rapprocha de Tim et Thamara, tout penaud.

– Nib avoir déjà essayer. Mais jarres être scellées dans sol.

Le sourire de Tim ne flétrit pas, au contraire. Il venait d'avoir une autre idée.

Il murmura quelque chose à l'oreille de Thamara qui fronça immédiatement les sourcils de méfiance. Un sourire offusqué d'abord puis mutin ensuite fit pourtant son chemin... pour s'éteindre finalement.

– Malheureusement, le père Fourien m'a...

– « Fourir », tu veux dire ? interrompit Tim.

Il ne voulait surtout penser qu'il y ait un deuxième phénomène comme cet allumé sadique.

– Ceux qui vivent au donjon l'appelle « Fourien », révéla Thamara à mi-voix en esquissant un sourire enfantin. On bosse tous dur alors que lui il n'a qu'à poser une simple question les rares fois où un participant arrive à l'étape finale.

Tim était éclaté.

– Chuuut.... Il pourrait t'entendre. Je te disais juste qu'il m'a confisqué mon sac à mon arrivée. Et je n'ai pas quelque chose comme ça dans mon... euh... sur moi.

– T'es sûre ? T'en as peut-être oublié. Laisse-moi vérifier, proposa Tim, une lueur coquine passant dans ses yeux saphirs.

– On ne touche pas ! menaça la magnifique jeune fille de sa main droite déployée.

– Comme tu veux. Mais c'est dommage, j'avais une super idée.

– Copain vouloir faire quoi ? interrogea le troll.

– Plus rien, maintenant, répondit Tim. J'avais juste pensé que des herbes de Tham auraient pu te donner des gaz assez puissants pour intoxiquer ces créatures, mais elle en a plus.

Le troll se mit à grincer de rire avec toute la force de ses zygomatiques.

– Qu'est-ce que j'ai dit ?!

Pour toute réponse, le troll hilare sauta sur une jarre et... se libéra dans une fumée violette et nauséabonde.

– Nib toujours devoir se contrôler en présence de fille chocolat. Haaaaaaa ! Ça faire tellement de bien.

Dans des flatulences abominables, il passa d'une jarre à une autre.

Quand toutes furent enfumées, Nib farfouilla les jarres tel un enfant dans un boite de chocolats et sortit une à une, et du bout des doigts, les féroces créatures noires totalement (et naturellement !) anesthésiées qui tenaient plus de mini-scorpions mâtinés de dragons tandis que d'autres semblaient être des rongeurs à carapace constellés de piquants rouge sang.

– Ouaps ! Quel fumet ! Miam ! Slurp ! se régala Nib par avance.

Sous les yeux amusés de Tim et ceux révulsés de Thamara, il les engloutit dans une délectation toute trollienne jusqu'à ce que...

– Hé ! Gloups ! Tout pas être mangeable, râla le troll en ressortant une grosse clé gluante de salive.

– Ha, tiens, y a une fève ! observa Tim, hilare.

Nib la tendit à son copain mais celui-ci déclina l'invitation d'un air de dégoût amusée. Le troll la posa alors à terre et se fit un devoir de déguster le reste de ces succulentes friandises.

– 8 –

J'L'A MIS LÀ

À nouveau armés d'une clé (bien nettoyée !), Tim, Thamara et Nib purent franchirent la grille qui menait à l'étage suivant. En notant le creux au milieu de chacune des hautes marches de calcaire, le garçon se dit que ce lieu n'était pas tout récent. Ces « jeux » devaient exister depuis des centaines et des centaines d'années.

Arrivés sur le palier, et alors que le trio était à se demander quelle porte choisir, une main douce mais impérieuse vint s'enrouler autour du bras de Tim. Une somptueuse dame drapée de voiles verts – qui ne laissaient entrevoir, outre son corps svelte et dénudé, que ses yeux d'oiseau de proie et son sourire envoûtant de carnassier – avait virevolté en silence vers le séduisant garçon.

– Allons, Tham, c'est pas le moment... sourit Tim sans se retourner mais sans bouder le plaisir de ce contact.

Déjà la créature de rêve emmenait dans ses pas de danse le garçon ébloui.

Lorsque Thamara le remarqua, Tim était déjà hors de portée.

– Timothée ! Non ! Ne va pas avec Jamila, pas elle, c'est une des plus dangereuses ! Non ! Timothéééée !

Tim, extatique, fit un léger signe de la main à la jalouse et s'engouffra avec la belle voilée de vert.

Une fois la porte refermée, la ravissante ravisseuse papillonna jusque derrière une table où trois gobelets d'étain trônaient fièrement. Tim jubilait. Un bonneteau ! Un malheureux bonneteau ! Et son cristal qui était à nouveau fonctionnel. Décidemment, sa bonne fortune ne le quittait pas. Du moins, c'était ce qu'il croyait...

Il en était tellement convaincu qu'il n'écouta même pas le maître d'Édra-Gon annoncer les règles de l'épreuve et baratina l'ensorcelante créature.

– Jamila ? C'est ton nom, belle enfant ? Bizarre, j'aurais plutôt cru que tu t'appelais Tho. Ouais, vraiment, t'es vraiment trop bonne...

La séductrice dansante ne porta pas attention au piteux jeu de mots et poursuivit la mise en place de l'épreuve.

Tim, lui, en profitait pour faire courir ses yeux avides sur les appâts de la belle que ses voiles exhibaient plutôt qu'ils ne les dissimulaient. Son regard s'arrêta finalement sur un surprenant médaillon triangulaire qui pendait au creux de son décolleté si profond et tentant. La créature fit remonter le menton du garçon d'un index impérieux mais sensuel puis elle plongea si intensément son regard de braise dans celui de Tim qu'il crut qu'elle lui roulait le patin du siècle !

Il déglutit et la regarda ouvrir sa main droite, longue et aiguisée, au creux de laquelle une petite clé de métal dormait. Elle sourit à lui transpercer le cœur... ou plus bas, d'ailleurs, puis elle la plaça sous le gobelet du milieu. Alors, à une vitesse ahurissante, elle se saisit de deux des trois timbales et intervertit leur place. Elle répéta un nombre incalculable de fois ses mouvements, avec d'autres couples de gobelets, et toujours avec une célérité et une grâce envoûtante.

Tim était comme hypnotisé. Dans les brumes du dieu Éros, il se dit soudain que gagner cette épreuve allait être encore plus simple : la tentatrice dardait de son regard le gobelet gauche (droite pour elle, mais gauche pour Tim, vous suivez ?).

Tim tendit le doigt vers la timbale en question. Jamila roucoula et le souleva : la petite clé y était.

Tim exposa son sourire assuré et frimeur. Il n'aurait même pas besoin de son joyau. Elles étaient toutes folles de lui. Toutes. Enfin sauf un petit village qui résiste enc... (euh, je m'égare)... Sauf une certaine Tham, disais-je qui... Bon vous avez compris.

– Jamila ! gronda le père Fourir. C'est de la triche !

– C'est vrai que vous êtes pas du genre tricheur, hein ? ironisa Tim en pouffant. Néra qui retourne pas ses cartes, la trappe, le nain voleur de clés...

Le sourire toujours aussi envoûtant, Jamila papillonna de ses cils interminables et recommença la ronde des gobelets. Lorsqu'elle s'arrêta, ses magnifiques yeux cernés de noirs ciblaient cette fois le gobelet central.

– Jamila !!! fulmina le mage. Tu n'as pas le droit ! Pas le droit, tu m'entends ?!

Avec un sourire coquin mâtiné de reconnaissance, Tim souleva le gobelet en question et y découvrit une deuxième petite clé.

– Timothée, Timothée ! appela Thamara. Tu es là ?

Après avoir essayé tant de portes, elle commençait à perdre espoir. Si elle était si inquiète, c'est qu'elle connaissait la réputation de Jamila : aucun homme de sortait de ses griffes.

– Mais oui, je suis là, déclama Tim avec assurance. Ne t'en fais pas, ma p'tite Tham, je maitrise la situation. J'ai déjà deux clés sur deux tentatives ! La classe, quoi !

La fascinante fille féline faillit défaillir d'effarement (répétez-le dix fois à grande vitesse pour voir...).

– Et... et tu en es fier ?! questionna-t-elle encore, soufflée.

– Évidemment. Plus qu'une de ces petites clés et j'aurai la clé pour atteindre le prochain niveau !

– Mais pas du tout !!! hurla Thamara. Où es-tu allé chercher ça ?! Le but est de ne *jamais* tomber sur une de ces petites clés ! Tu n'as pas écouter le père Fourir ?! Et tu n'as pas vu ce que Jamila fera de toi si *elle* en obtient trois ?!

– Qu'est-ce que tu racontes ? Elle est folle de moi.

Le rire hystérique du mage retentit dans la salle.

– Hi ! Hi ! Quel idiot ! Mais quel idiot ! Hi ! Hiiiiiii !

– Tu n'as pas remarqué la vitrine à ta droite ?! s'étonna encore la sorcière.

Non, Tim n'avait rien remarqué si ce n'était les yeux et le sourire de la captivante reine de Saba. Pourtant, il était difficile de ne pas s'apercevoir de la présence d'une vitrine qui courrait sur tout le mur de droite, une vitrine des plus macabres. Elle était agrémentée d'une vingtaine de jeunes hommes tous plus beaux les uns que les autres, des jeunes hommes qui semblaient figées du baiser de la mort !

– Ah, ça, pour être folle de lui, Jamila est folle de lui ! Hi ! Hiiiiiii ! Elle brûle d'envie de l'ajouter à sa collection. Hi ! Hiiiiiiiiii !

Le rire du Grand Mage était de plus en plus déjanté.

– Copain encore piégé par fille, s'inquiéta Nib.

Il essaya bien d'enfoncer la porte qui le séparait de Tim mais rien n'y fit.

– Elle est enchantée, lui apprit la sorcière. Ton troll ne peut rien pour toi.

– Mais il y a pas besoin. Qu'est-ce que vous avez à vous exciter comme ça ? Faites-moi confiance, je tomberai pas sur la troisième petite clé, c'est tout.

– Ce n'est pas possible d'y échapper ! hurla Thamara, comme une désespérée. Impossible !

– Fille de peu de foi, lança le prêtre de l'inconscience.

Il fit à nouveau face à la table de bonneteau. La tentatrice aux voiles translucides fit une nouvelle fois montre de sa dextérité dans le maniement des gobelets d'étain. Et, comme précédemment, lorsque la danse de ses mains se fut interrompu, elle darda le feu de ses yeux sur une des timbales, celle de gauche.

Cette fois, Tim ne fut pas dupe. Il renvoya son sourire à la belle et choisit... celui du milieu. Il le retourna d'un geste assuré et y trouva : la troisième clé !

– Hi ! Hi ! Hiiiiiiii ! jubila le maître du donjon. Bienvenue au musée des beaux idiots ! Hi ! Hiiiiiiii !

– Potrache ! La garce, elle m'a eu ! comprit le garçon sans perdre son sourire.

C'est qu'il savait qu'il avait son joker.

Zachame !

Cette fois, Tim ne fut pas dupe. Il renvoya son sourire à la belle et choisit... celui de droite. Il le retourna d'un geste assuré et y trouva : la troisième clé !

– Hi ! Hi ! Hiiiiiiii ! jubila le maître du donjon. Bienvenue au musée des beaux idiots ! Hi ! Hiiiiiiii !

– Potrache ! Elle... Elle triche ! Elle a mis deux clés, c'est ça ?

Tim ne pouvait toutefois pas donner ses preuves car cela montrerait que lui aussi... il trichait.

Zachame !

Cette fois, Tim ne fut pas dupe. Il renvoya son sourire à la belle et choisit... celui de gauche. Ironiquement, la manipulatrice (des gobelets, des esprits et des cœurs) lui avait donc indiqué le seul à être vide ?!

Il le retourna d'un geste assuré (vu qu'il avait essayé les deux autres) et découvrit : la troisième clé !

– Hi ! Hi ! Hiiiiiiii ! jubila le maître du donjon. Bienvenue au musée des beaux idiots ! Hi ! Hiiiiiiii !

– Potrache ! Elle a mis une clé dans chaque ?!

– Je te l'avais dit, rouspéta la voix affligée de Thamara. C'est une des plus dangereuses ! On ne lui échappe pas.

Pour une fois, Tim resta sans voix. Que pouvait-il faire ? Les accuser de triche ne changerait rien, cela semblait faire partie du « jeu » et ferait d'autant plus se marrer le fou qui contrôlait tout ça.

Tim comprit alors que la difficulté de l'épreuve augmentait à chaque clé trouvée, Jamila la replaçant sous un gobelet pour le tour suivant ! Ainsi au premier tour, il avait deux chances sur trois de *ne pas* tomber sur une clé. S'il la trouvait, il n'avait plus qu'une chance sur trois au tour suivant. Au troisième, le compétiteur n'en avait plus aucune...

Alors que Tim était plongé avec consternation dans ses pensées, l'inquiétante Jamila avait fiché dans chacun des côtés de son médaillon triangulaire les trois petites clés récoltées. Elle les fit tourner dans leur logement et, dans un chuintement presque imperceptible, un gaz se répandit autour de Tim. Instantanément, ce dernier sentit ses pieds se dérober sous lui. La salle se mit à tourner dans un ballet infernal et il s'effondra sous les cris horrifiés de Thamara.

À genoux sur les dalles de pierre, Tim faisait de son mieux pour résister à l'engourdissement qui s'instillait peu à peu en lui.

– Marrant... D'habitude, c'est... les filles qui s'évanouissent... devant... moi... parvint-il encore à articuler de ses lèvres amusées.

Il allait devenir l'une de ces statues macabres. Il rassembla ses forces dans sa main droite. Elle devait se saisir de son cristal avant que...

Zachame !

Cette fois, Tim ne fut pas dupe. Il renvoya son sourire à la belle et choisit... celui du centre.

– Oh ! Mon lacet ! Je me dois d'être présentable pour figurer dans ta splendide collection, tu crois pas ?

Sans attendre sa réponse, il posa son sac à terre et s'agenouilla, de telle sorte que, caché par la table de bonneteau, Jamila ne pouvait apercevoir ce à quoi son futur prisonnier s'affairait réellement.

Elle ne s'en souciait guère, de toute façon, tellement elle était sûre d'elle et de sa victoire.

Tim prit un peu de temps mais finit par se relever et apposa à nouveau la main droite sur le gobelet du centre.

Il plongea son regard dans celui de son adversaire qui se délectait de l'issue inéluctable. Le sourire de Tim s'élargit encore... Il s'étrangla soudain.

– Kof ! Kof !... Il y a de la poussière par ici, tu ne trouves pas ?

TIM ET LE CRISTAL DU TEMPS

Il finit par soulever, avec une lenteur calculée, le gobelet d'étain qu'il avait choisi.

Jamila savourait ce moment qui signait la venue de ce craquant jeune homme dans sa collection. Quoi qu'il fasse, il trouverait une clé.

Pourtant, à l'effarement de la cruelle Jamila, seul un vide libérateur apparut sous le gobelet central.

Si Tim s'était attendu à ce que le maître des lieux explose de rage, il n'en fut rien. Bien au contraire.

– Hi ! Hiiiiiiiiiiii ! s'en amusa plutôt le père Fourir. Je ne sais pas comment il s'en est sorti, celui-là, mais c'est trop drôle ! Hi ! Hiiiiiiii ! Je crois qu'il ne faudra pas approcher Jamila pour un bout de temps ! Hi ! Hiiiiiiiiiii !

Comme pour lui donner raison, la somptueuse créature brisa la table de la fureur de ses deux poings !

– Ouatchalaboumbah ! Quel tempérament ! apprécia Tim, tout en reculant. J'aurais peut-être dû trouver la troisième petite clé, finalement. Rester toute l'éternité avec une telle créature... Ouatchalaboumbah !

Derrière la porte, Thamara fit une moue boudeuse et croisa les bras de désapprobation. Ce que ne manqua pas de remarquer Tim quand, après s'être emparé de la clé du deuxième étage qui était apparue, il eut franchit la porte de sortie.

– Mais non, Tham, je plaisante : je préfère rester avec toi... lui lança-t-il de son air narquois.

Avant que la jolie fille chocolat ne réagisse, le garçon eut l'outrecuidance de compléter son compliment.

– ... Ben ouais, tu as un caractère encore pire ! persifla-t-il gentiment. Ah ! Ah ! Tu m'as manqué, ma belle !

La réplique cinglante de Thamara fut couverte par un rugissement de colère sans fin, une colère à faire éclater la vitrine morbide des amants de Jamila. La furie en voiles verts, le cou tendu vers le plafond tel un coyote sous la lune, venait de découvrir, dans les décombres de la table : une clé dans chacun des gobelets !

– Ouhahaha !!! se marra le maître d'Édra-Gon. On ne me l'a jamais mise dans un tel état ! Hi ! Hi ! Quel charmeur, ton ami, ma petite Thamara ! Ah, c'est qu'elle voulait l'avoir, hein !

Seul un grognement boudeur lui répondit.

9

TROP BIEN ROULÉE

Tim fut accueilli chaleureusement par son copain troll qui faillit l'étouffer sous son étreinte... et ses récriminations sur ces satanés femelles (plus dangereuses les unes que les autres, non mais ! – enfin, je ne fais que retranscrire ses dires, moi. Je ne veux pas de problèmes). Et si la seule représentante du sexe dit faible de l'équipe fut soulagée que l'inconscient de service ait échappé à Jamila, elle n'en laissa pas échapper le moindre signe. Elle lui demanda juste, les bras croisés, le menton haut et l'air le plus détaché possible, ce qu'il avait pu manigancer pour ne pas avoir trouvé la petite clé au troisième tour. Elle connaissait manifestement le « truc » de l'enchanteresse.

Pour toute réponse, le frimeur sortit de sa poche deux petits objets noirs d'environ trois millimètres d'épaisseur chacun. Ils étaient en forme de fer à chaussure et étaient collés l'un à l'autre. Se doutant que ses deux amis n'avaient jamais entendu parler du magnétisme, il leur apprit juste qu'avec ça (les deux aimants surpuissants d'un vieux disque dur – qu'il avait récupéré d'en l'idée de les utiliser dans un tour de magie pour son petit frère), il avait attiré et gardé la troisième clé au fond du gobelet. Il avait pensé l'espace d'un instant utiliser l'aimant qu'il avait récupéré d'un des haut-parleurs démesurés qu'un de ses oncles du côté de sa mère aimait placer à l'arrière de ce qui ressemblait plus à un sapin de Noël qu'à une 306 GTI, mais il était bien trop gros et pas assez puissant (l'aimant, pas l'oncle).

– Alors c'est pour cela que tu as fait exprès de tousser ? devina Thamara. Pour ne pas que Jamila n'entende le bruit de la clé sur la paroi d'étain ?

– Tu sais que t'es pas *que* magnifiquement belle ? fit-il pour toute réponse en la caressant de son regard le plus charmeur.

Thamara sembla interloquée puis baissa ses paupières de bronze, plus touchée qu'elle ne voulut le révéler.

– Je t'avais pourtant dit de ne pas suivre cette fille, reprocha-t-elle pour masquer son trouble, grognant presque comme son félin.

Tim fit briller son sourire et partit en direction de la grille qui menait à l'étage suivant.

Mais à sa grande surprise, cette fois, elle ne s'ouvrit pas à son approche.

— Qu'est-ce que c'est ce *bin's* ? emprunta-t-il à un autre visiteur temporel. On a la clé, pourtant ?!

— Le niveau suivant ne doit pouvoir être atteint que si on possède trois clés. Or tu n'as rien trouvé de mieux que de t'en faire dérober une ! l'assassina-t-elle encore.

— Et on peut pas en gagner une supplémentaire à cet étage ? répliqua un Tim pas démonté du tout.

— Euh, si.

— Ben, alors, pourquoi tu stresses, chérie ?

— Je ne suis pas ta « chérie », corrigea-t-elle entre ses dents comme si elle mâchait une vieille rancœur.

Tim n'y fit pas attention et repartit d'un pas décidé dans le couloir aux portes inconnues. Le sourire au lèvres, il laissa sa chance le guider.

Ce que Tim découvrit derrière la porte qu'il avait choisie le ravit au plus haut point. C'est qu'il avait immédiatement deviné quel avantage il pourrait en retirer.

La salle paraissait dix fois plus grande de l'intérieur que de l'extérieur. Elle était surtout plus profonde, découpée qu'elle était par un impressionnant ravin de roches escarpées dont ses deux rives étaient seulement reliées par une suite de six cylindres de bois, de largeur et de diamètre différents, tous emboités le long d'un axe horizontal.

— L'un de vous trois, annonça le vieux maître d'Edra-Gon une fois les protagonistes entrés, va devoir passer de l'autre côté.

Tim s'illumina.

— Nib, vas-y !

Sans hésiter, le puissant troll rouge l'attrapa par le ceinture de son pantalon et le projeta de l'autre côté dans un mouvement digne d'un handballeur professionnel.

Une fois de l'autre côté, Tim se réceptionna sur ses deux jambes avec une grande souplesse et exposa un sourire jusqu'aux oreilles. La voix du maître d'Édra-Gon le remit immédiatement à sa place.

– Hi ! Hi ! Ce cornichon croit que le tour est joué, hein ? Hi ! Hi ! Tu n'as donc pas appris tout à l'heure qu'il fallait écouter toutes mes instructions avant de commencer ? L'épreuve n'est gagnée que si l'un d'entre vous traverse en passant sur chacun des six cylindres, évidemment. Hi ! Hi ! Qu'est-ce que tu dis de ça ?

– Je dis que je me réjouissais pas de ça, assura-t-il pas démonté. C'est juste que mon petit doigt me dit que je serai mieux là pour mat... euh... pour *encourager* ma chère camarade qui sera la plus à même de réussir une telle épreuve. Allez, à toi, Tham, rampe devant moi. Euh !... Sur les rouleaux, je veux dire.... Crois-moi, c'est le meilleur système. Hé ! Hé !

– ... Pour avoir une vue imprenable sur ma poitrine ?

– ... Aussi, ne se démonta pas l'adolescent.

La plus que jolie et gracieuse jeune fille sourit avec assurance.

– Si je fais tout ça, c'est pour... – elle s'interrompit ostensiblement – ... toi, lança-t-elle à son attention.

Tim sourit de son sourire le plus frimeur... et flatté. Il n'avait aucun doute : elles étaient toutes folles de lui. Il n'y avait aucune raison que la jolie Tham ne le soit pas.

– Oh ! fit semblant de s'étonner la coquine en plaçant sa main droite devant sa bouche sensuelle. J'avais omis ces trois mots : « ... me débarrasser de... ». Désolée, ajouta-t-elle d'un ton primesautier.

Tim se marra de plus belle. Elle était impayable, cette fille.

Amusée de son petit effet, Thamara, telle une panthère noire, posa un pas nu sur le premier rouleau. Dans un équilibre à coupé le souffle, la ballerine ajouta un deuxième pied sur le rouleau lisse et tournant. Elle tenait debout, en équilibre, les bras écartés de chaque côté, à l'horizontale.

D'un mouvement lent, l'équilibriste fit un pas sur le deuxième rouleau légèrement plus bas, rouleau auquel elle ne laissa pas la moindre chance de tourner du plus petit degré.

Même le puissant troll n'osait plus respirer. La moindre erreur pouvait envoyer la fille chocolat vers une chute mortelle.

Ce qui ennuyait Tim (en dehors du fait qu'il n'assistait pas au spectacle légèrement coquin qu'il escomptait), c'est que le troisième rouleau était d'un diamètre bien plus imposant que le deuxième.

Qu'à cela ne tienne, la magnifique acrobate s'abaissa sur ses appuis, contracta ses muscles, se cabra et effectua une impressionnante pirouette qui finit par une réception d'une incroyable perfection. Le rouleau de bois amorça un micromouvement que Thamara réussit heureusement à contrebalancer juste à temps.

Les applaudissements d'un Tim ébloui envahirent la salle. Il savait qu'elle avait fait le plus difficile. C'était gagné !

Il changea soudain d'avis.

– Tham ! Non ! hurla-t-il. À plat ventre !!!

La jolie sorcière sourit à nouveau. C'était pour elle un plaisir non feint que de le frustrer de son petit plaisir malsain.

– Je sais, ce n'est pas du jeu, comme ça, hein, mon petit obsédé ?

Mais ce n'était pas ça. Tim avait perçu des cliquetis inquiétants dans la paroi de pierre derrière lui.

Thamara continua cependant à avancer au-dessus du vide avec une absolue maîtrise. Troisième, quatrième puis cinquième rouleau.

Malheureusement, à peine eut-elle posé son pied sur le sixième et dernier rouleau qu'un flot de flèches fut décoché dans sa direction.

– Tham ! s'exclama encore Tim. À plat ventre, je te dis !

Thamara put en éviter une, deux, trois... Mais pas quatre !

Touchée au côté droit, Thamara s'effondra sur le rouleau qui bascula immédiatement... vers le vide !

– Tham ! Nooooon !!!

Sans hésiter, Tim s'empara de sa gemme.

Zachame !

Malheureusement, une fois de plus, l'effet ne fut pas celui attendu. Rien n'avait changé, rien sauf un objet blanc cassé qui était apparu aux pieds du garçon.

– L'oliphant ! s'étonna le garçon en le prenant en mains.

Il l'observa sous toutes les coutures de son air mi-intrigué, mi-amusé.

– C'est marrant qu'il apparaisse maintenant.

– « Marrant » ?! rugit une voix atterrée. C'est tout ce que tu trouves à dire !!!

Tim resta, lui, sans voix – rare moment, il est vrai.

– Tham ?

– « Thamara ! », je t'ai dit ! Un peu de respect pour les morts ! Appelle-les au moins par leur vrai nom !!!

– T'as pas l'air très morte, la taquina Tim qui essayait de percevoir d'où provenait la voix de sa camarde.

Tranquillement, il revint vers la suite de rouleaux.

– Tu m'avais pourtant déjà enterré ! persista la jeune fille courroucée.

– Bin, le trou était déjà fait ! osa répliquer Tim tout en se penchant vers le précipice.

Il s'appuya de sa main libre sur le dernier rouleau qui tourna instantanément sur lui-même. Si Tim, en réaction, fut projeté sur le côté gauche, manquant de tomber dans le ravin, de l'autre côté, une silhouette sombre jaillit et alla atterrir avec précision sur les dalles de pierre.

– Tu veux de l'aide ? frima Thamara en regardant de haut – au propre comme au figuré – le garçon encore à terre.

– Pour que tu me piques mon cor d'ivoire ? Tu rigoles, la provoqua-t-il en se remettant debout tout seul.

– Il est à moi !!! gronda immédiatement la sorcière, le regard orange menaçant. Voleur !

Ce fut comme si Tim avait senti l'air chauffer et vrombir à l'unisson de l'ire de la somptueuse sorcière aux cheveux noirs mêlés de mèches de feu. Il lâcha juste en un sourire :

– Je savais bien que tu avais aucun humour. Tiens, le voici ton truc, lui lança-t-il d'un mouvement désinvolte.

La vive Thamara le rattrapa à la volée et l'ausculta de ses magnifiques yeux émerveillés. L'étrange inscription était là. C'était donc bien le véritable oliphant. Elle l'avait pourtant vu en pièces. Elle devait même encore les avoir au fond de sa besace. Comment était-ce possible ?

– Hé ! Mais tu saignes à la hanche ! s'exclama Tim.

– Ce n'est rien, juste une éraflure.

– Si tu le dis… Mais tu devrais au moins nettoyer ton « éraflure » avant que ça s'infecte. Et puis t'as qu'à mettre un peu de ta pommade, tu sais, celle qui est entre tes…

– Ce n'est rien, je te dis ! insista-t-elle d'un ton sans réplique. Et je préfère garder le peu qu'il reste. Avec un maladroit comme toi…

Tim ricana. Il jeta ensuite un œil à la suite de rouleaux et au ravin en dessous.

– Ouatchalaboungah ! Comment tu as fait pour ne pas tomber ? complimenta enfin le garçon.

– Ça sert d'avoir des ongles longs et pointus, apprécia-t-elle en relevant le menton. Tu les veux dans le dos, mon Timothée chéri ? se régala-t-elle en lui étalant ses griffes sous le nez.

277

– Ne me tente pas. Tu sais que je suis prêt à tout pour te sentir contre moi, répliqua-t-il, les yeux mi-clos et le sourire enjôleur. Toujours est-il que tu pourrais au moins me dire merci.

– Et pour quoi donc ?

– Pour t'avoir prévenu du danger... et surtout pour avoir retrouvé ton cor en ivoire. Peut-être que j'aurais pas dû, en fait. J'imagine que maintenant tu es pressée de nous quitter. Tu as ce que tu voulais, non ? ajouta Tim d'une voix monocorde inhabituelle. Tu peux nous laisser. Vas-y !

Thamara fixa Tim de ses immenses yeux blancs. Le temps parut figé au point que le garçon donna un coup d'œil à son cristal pour voir si c'était là son œuvre. Ce n'était pas le cas.

– Comme d'habitude tu ne comprends rien, lapida-t-elle finalement.

– Tu veux rester pour moi, alors ?

– J'avais raison : tu ne comprends rien ! Tu as entendu, non ?! Je suis à nouveau prisonnière d'Édra-Gon. Mais... merci quand même, ajouta-t-elle du bout des lèvres.

– Ça mérite pas un petit bisou ? quémanda le garçon.

– Je croyais que tu avais plus d'ambition, répliqua Thamara presque désolée.

La petite beauté chocolat se détourna finalement, se baissa, son postérieur rebondi tendu à l'extrémité de ses jambes parfaitement fuselées, sous les yeux exorbités de Tim qui faillit défaillir.

Avant de se saisir de la clé qui était apparue au seuil de la lourde porte de bois, la langoureuse jeune fille tourna la tête vers sa victime qui était à présent au bord de l'apoplexie.

– Tu es assez remercié, comme ça ? lui sourit-elle plus coquine que jamais. Ohoh ! Timothée ? Ça va ?

– Bghxhixxzizxxzxzrki...

– Timothée ?... finit-elle par s'inquiéter. Tu ne vas pas te figer à nouveau, hein ?

– Ouatchalaboumbah ! reprit-il enfin ses esprits. C'était... magnifique... Oh ! Une autre clé, là ! prétendit-il sans vergogne en indiquant les dalles. Et là ! Et puis là !

– Très drôle, lui sourit-elle avec amusement. Tu devrais plutôt dire à ton troll de ressortir et de nous rejoindre dans le couloir. Le plus dur reste à faire.

10

LA QUESTION QUI TUE

Tim, Thamara et Nib passèrent la grille qui s'était ouverte à leur approche, et arpentèrent le long escalier de pierre. Ils arrivèrent dans une salle toute ronde où régnait une semi-obscurité angoissante, une petite salle que referma une porte faite de la roche la plus dure à peine passés les trois compétiteurs.

Le silence se solidifia autour de nos trois héros. Même Tim ne trouva pas une de ces habituelles remarques dragueuses à lancer à la merveilleuse créature qui l'accompagnait (je ne parle pas de Nib, évidemment).

Des cliquetis métalliques finirent par matérialiser leurs inquiétudes (enfin, il faut pas pousser, pas vraiment celles de Tim, toujours optimiste et positif, ni d'ailleurs celles de Nib qui prenait la vie comme elle venait et si elle venait mal intentionnée, il lui mettrait des baffes !).

– Que faut-il faire, tu le sais, Tham ? s'enquit Tim. C'est qu'il y a pas de porte à choisir ici.

– Je ne sais pas, reconnut la sorcière chocolat. Je crois qu'on est dans la tourelle du donjon. Ça doit donc être épreuve l'ultime. D'ailleurs, on n'a pas encore eu la question du Père Fourien. Ça doit être ça. On va enfin le faire travailler, ironisa-t-elle.

Nib leva la tête.

– Pourquoi plafond se rapprocher ? indiqua-t-il sobrement de son doigt poilu.

En effet, dans un sinistre raclement de pierres, l'énorme dalle qui les surplombait descendait presque imperceptiblement.

– Je n'aime pas ça, révéla Thamara, des ridules à son front dégagé. Je ne veux pas finir écrasée.

– Ça ne devrait pas me faire grand chose, plaisanta un Tim détaché. Après toutes ces épreuves, je suis déjà complètement à plat !

D'autres cliquetis mirent un terme au lent mouvement du plafond, si ce n'est au sourire du garçon.

– Hi ! Hi ! C'était juste pour vous mettre dans l'ambiance ! annonça la voix hilare du maître des lieux. Hi ! Hi !

– J'adore l'humour de ce type, reconnut sobrement le garçon, presque amusé. Un brin sadique, mais... j'aime !

Assurément, le maitre du donjon n'avait pas la même opinion d'eux, alors la phrase suivante les surprit :

– Je n'ai jamais vu des compétiteurs comme vous... commença-t-il.

Tim et Nib bombèrent le torse.

– ... Aussi nuls et réussir, c'est impressionnant ! Hi ! Hi !

– C'est ce qu'on appelle le style, bretta Tim, l'air frimeur. Bon, allez, crachez votre Valda, « grand maître ». Vous avez une énigme à nous soumettre, c'est ça ?

Un silence se fit puis de nouveaux cliquetis signifièrent le redémarrage du sinistre mécanisme.

– Je... je crois qu'il n'a pas apprécié, analysa Thamara. Tu ne peux pas tenir ta langue, pour une fois ? On était si près du but...

– Hi ! Hi ! éructa finalement le vieux mage en arrêtant une nouvelle fois le plafond. On ne fait plus le malin, hein !?

– T'excite pas, le vieux ! fusa Tim. C'est pas encore la chandeleur.

– Hi ! Hi ! Il me plait ce petit ! J'écraserai une larme une fois qu'il le sera aussi ! Hi ! Hiiiiiiiiiiiiiii !

– Il doit avoir les fils qui se touchent, mais il a de l'humour, apprécia sobrement l'imperturbable garçon. Alors, la question qui tue ?... Enfin si j'ose dire...

Le maître du donjon d'Édra-Gon eut besoin d'un peu de temps pour reprendre son souffle, et après quelques raclements de gorge, il annonça :

– Je vais vous poser une question à laquelle vous devrez répondre correctement sans quoi vous serez broyé par mon magnifique marteau-pilon. Un vrai bijou de technologie ce plafond ! Je l'ai eu pas cher auprès d'un collègue fou de ces petites technologies à la mode. Bon, concentrez-vous bien, enfin, si vous le pouvez – Hi ! Hi ! –, car vous n'avez droit qu'à une seule réponse. Tu te doutes bien, ma petite perle noire, que, même si j'ai accepté que tu lies ton destin à cet idiot et à son troll, ça ne change rien au fait que tu ne peux proposer une réponse pour toi-même. Et tu peux me croire – sa voix se tordit –je regrette qu'ils soient arrivés jusqu'à cette épreuve. Car tu n'as plus d'autre choix que de partager leur funeste destin. Je vais te perdre une fois de plus... et pour toujours.

– Hé ! C'est qu'il nous joue perdant, l'animal ! s'offusqua Tim.

– Oui, approuva Nib. Pas tanner peau de Toulisse avant avoir croqué Toulisse.

– Ah, elle me plait, cette version ! se marra son copain. Délicate comme j'aime ! Bon, de toute façon, une seule réponse possible ou pas j'ai mon... Potrache ! s'interrompit-il en découvrant le bleu de son cristal magique. Bon, c'est vrai que je lui en ai beaucoup demandé récemment... Mais, dites, au fait, et Nib ? s'enquit-il alors en soulevant ses épaules d'évidence. Il peut pas donner une réponse ?

– Mais tu n'écoute rien, toi ! Tout comme moi, ton troll n'y a pas droit ! Aucune créature d'Outre-Monde ne l'a ! lui précisa Thamara, avec un mélange de rage et d'amertume. Par contre... Oui ! Père Fourir ! Nous avons droit à deux réponses !

– Je voudrais bien voir ça ! se gaussa le mage. Hi ! Hi !

Son ancienne dompteuse s'empara du lapereau qui venait de se réveiller et dont seules les pattes avant, la tête et les oreilles sortaient de la poche supérieure de Tim. Elle le souleva du bout des bras comme pour le montrer au vieux mage à l'étage supérieur de la tour.

– Ma petite Thamara, tu sais bien que je ne vois pas grand-chose depuis là-haut. Que veux-tu me... ?

Il s'interrompit quand il vit le lapin anxieux doubler de taille.

– Il... Il vient de la forêt de Gartaifesse ?! s'enquit celui-ci. Vraiment ?! Hi ! Hi ! Quelle équipe hétéroclite ! Allez, d'accord, Thamara, tu pourras répondre pour notre ami aux longues oreilles.

– Il prend en compte les lapins mais pas les trolls ?! faillit s'étrangler Tim. Et encore moins les sorcières sexys ?!...

Le garçon allait invectiver le vieux gardien d'Édra-Gon lorsque ce dernier énonça :

– Je marche à quatre pattes le matin, deux le midi et trois le soir. Qui suis-je ?

Il avait à peine fini que, dans un grondement de fin du monde, le plafond reprit sa descente funeste.

Tim ne le remarqua même pas. L'énoncé de l'énigme l'avait laissé sur le derrière.

– Mais... Mais c'est l'énigme du Sphinx, ça ?! s'exclama-t-il, totalement éberlué. Il l'a trouvée dans un carambar ou quoi ?!

– Presque personne ne l'a trouvée en soixante-dix ans, Mössieur-je-sais-tout.

Thamara expliqua dans un murmure critique que, de toute manière, rares étaient ceux qui avaient réussi à atteindre l'étape de l'énigme.

– Et puis, si c'est si simple, jeune présomptueux, se renfrogna le Père Fourir, livre-nous la réponse.

Tim envoya un clin d'œil et son sourire confiant à la jolie sorcière.

– Trop facile, je sais pas le nombre de fois que j'ai vu les épisodes d'Ulysse 31 !!! Ah ! Ah ! On va gagner cette épreuve sans coup Fourir !

– Hi ! Hiiiii ! On ne me l'avait jamais faite celle-là ! hulula le père du même nom. Hi ! Hiiiii ! Mais dépêche-toi de trouver la réponse autrement ta blague va tomber à plat ! Hi ! Hiiiii ! À plat ! Hi ! Hi ! Je suis trop drôle !

– C'est fastoche, je vous dis, persista Tim, les sourcils soulevé. Tout le monde sait que c'est le... la... euh...

À présent, il les fronçait, ses sourcils.

Un nouvel éclat de rire se propagea en écho dans la salle de pierre.

– Rigolez, rigolez... persista Tim. Je le sais, c'est juste une question de secondes... ou de minutes. Alors, voyons... C'était un truc tout simple, là... Euh... C'est pas Nono, pas un trident... Circé ? J'adorais cet épisode, ce qu'elle est bonne, celle-là ! Ouatchalaboumbah ! Quoi que Calysto... Non, je crois que je préfère encore Thémis quand elle est prisonnière de la salle du temps. Ouatchalaboumbah !

– Mais tu arrêtes un peu ! le secoua Thamara d'un coup de coude. On risque de mourir écrasé, et toi tu phantasmes sur des filles !? Alors, c'est quoi la réponse ? Tu as bien dit que tu la connaissais, non ?

– Heu... Je... – il grimaça comme un môme attrapé le doigt dans la confiture – je m'en rappelle plus... Mais ça va me revenir, t'inquiète pas...

Le rire fou du vieux magicien redoubla, résonnant sinistrement sur les parois de pierre.

– Aurais-je oublié de vous dire que votre temps était limité ? Je me marre tellement avec vous que j'en oublie tous mes devoirs. Il ne vous reste plus que ... allez, disons... six pieds !

En effet, Tim et Thamara durent se résigner à s'accroupir. Les puissantes épaules de Nib n'y faisaient rien. La dalle descendait inéluctablement sur eux. Et le cristal de Tim était toujours bleu.

– Allez, viiiite ! rugit Thamara. Le plafond se rapproche ! Dis une réponse ! N'importe quoi ! Ce qu'il te passe par la tête !

– Vraiment ? Dans ce cas... sourit Tim avec délectation. Père Fourir, voici ma réponse : c'est la femme !

– Quoi !? rugit Thamara, ses yeux dilatés par la fureur. C'est tout ce que tu as trouvé ?!!!

– Hé ! Tu m'as dit de dire n'importe quoi, et bien... j'ai dit n'importe quoi, se défendit Tim.

– Tu ne penses qu'à ça décidément ! Les femmes ! Les femmes ! Les femmes ! le tambourina-t-elle de rage. Mëme dans notre situation ! Quel obsédé, ce n'est pas possible !!! Pas possiiiiible !!!

– Et bien justement, avant de mourir, Tham, on pourrait peut-être... – il fit de son mieux pour s'approcher encore plus de la belle qui respirait la sensualité même dans ces conditions plutôt... défavorables – Enfin, tu vois... Au moins une fois avant de...

Thamara n'écoutait plus le garçon au regard salace.

– Le plafond ! Le plafond a stoppé sa descente !!! Père Fourir ? Pourquoi ne dites-vous plus rien ? s'enquit-elle.

– Ah, ouais, c'est vrai, ça, acquiesça Tim. Tout s'est arrêté. Même son rire dératé.

– Hum... Intéressant, répondit enfin le vieux mage d'un ton ennuyé. Argumente ta réponse, jeune chanceux.

– Quoi ?!!! faillit-elle s'évanouir de surprise. Ça serait la bonne réponse ?!

– Hé ! Hé ! frima Tim en se regardant les ongles. Ça a l'air.

– Copain être trop fort !

– Ce n'est pas *vraiment* la bonne réponse, précisa le mage. Mais l'explication le sera peut-être. Alors ? Explique-moi ton raisonnement, jeune puceau. Hi ! Hi ! Hi !

– Il y a peut-être pas besoin de le crier sur tous les toits, grimaça-t-il un sourire. Bon, pour votre énigme à deux balles, vous voulez vraiment une explication ? Euh... Et bien disons que le matin, la femme est à quatre pattes pour récurer le sol, tenta-t-il en toisant Thamara qui fulminait à présent. Et puis... Euh... À midi et bien... Disons que la femme est debout à faire la popote donc elle est sur deux jambes... Et le soir, elle a trois jambes parce que... Euh...

Il se frotta son menton volontaire.

– ... Parce que femme Toulisse travailler dans champs avec houe ! compléta le troll, tout content de sa trouvaille.

Les mâles se mirent à rire grassement.

Thamara secouait la tête de dépit lorsqu'un rire déjanté retentit entre les murs de l'arène.

– Ah ! Elle est bonne, celle-là ! apprécia le mage en tambourinant des poings. Hi ! Hi ! Hiiiiiiiiiii ! C'est presque dommage de me mettre fin à un tel spectacle comique ! Hi ! Hiiiiiiiiiiii !

Et le plafond reprit son lent mouvement funeste.

T'AS DE BEAUX YEUX, TU SAIS

– C'était ça, ton explication ?!!! put enfin parler la jolie sorcière alors que le plafond n'était plus qu'à cinquante centimètres du sol (et à trente de ses cheveux).

– J'ai fait ce que j'ai pu, plaida Tim. Bon, allez, viens plus près on a plus beaucoup de temps pour… se découvrir l'un l'autre.

– Jamais ! le repoussa-t-elle. Plutôt mourir !… Euh… Tu vois ce que je veux dire… corrigea-t-elle un peu coincée (dans ses expression comme dans ses mouvements). Et tu vas voir que moi aussi je peux raconter n'importe quoi ! Moi aussi je vais rire !

– Il ne vous reste qu'une réponse et le plafond se rapproche, alors réfléchis bien, ma petite perle noire. Mais pas trop.

– C'est tout trouvé ! précisa-t-elle en fixant le garçon de son regard plein de reproche. La réponse, c'est… c'est Timothée !

– Quoi ?! fut électrocuté le troll.

– Qu'est-ce que tu racontes ? interrogea l'intéressé, un sourire intrigué dessiné sur son visage toujours aussi charmeur.

– C'est évident, déclama la sorcière avec un pic de rancœur dans sa moquerie : dès le matin il est à quatre pattes devant toutes les filles qui passent ; le midi, il est sur deux pattes car il fait le beau comme un chien-chien…

– Ah ! Ah ! Très drôle ! Et le soir ? la défia Tim. Je suis impatient d'écouter quelle bêtise tu as trouvé pour le soir.

– Le soir ?… Et bien, le soir, à force de baver devant toutes ces filles, il a la langue tellement pendante qu'elle touche le sol ! précisa-t-elle en lui tirant le bout de la sienne.

– Hi ! Hi ! Arrêtez ! Hi ! Hi ! C'est trop ! Hi ! Hi ! couina un gardien d'Edra-Gon semblant à l'agonie.

Le plafond s'arrêta à deux millimètres de l'épaisse chevelure de Thamara.

– Aaaahah ! Je… Vous… Hi ! Hi ! Vous avez gagnez ! Hi ! Hi ! Hi !

– Quoi ?!!! s'étonna Thamara. C'était vraiment la réponse ?! C'était Timothée ?!

Le rire hystérique du vieux sage décupla tandis que le plafond remontait tout aussi lentement qu'il était descendu.

– Hi ! Hi ! Assez ! Assez ! Arrêtez ! Hi ! Hi !

– C'était Timothée ?! Répondez, Père Fourir !

– Hi ! Hi ! Non... Enfin... Oui... Oui et non... Hi ! Hi ! Disons que... Hi ! Hi !... deux demi-bonnes réponses en valent bien une bonne ! Hi ! Hi ! Et puis... Hi ! Hi !... vos explications rocambolesques valent toutes les bonnes réponses ! Hi ! Hiiiiiiiii ! Ces jeunes sont vraiment impayables ! En quatre-vingt-dix-sept ans, je ne me suis jamais autant amusé ! Hi ! Hi ! Vous devez bien en être remerciés !

Il tenta de reprendre ses esprits.

– Aaaaaaah ! Ouh !... Alors, dites-moi quel est votre vœu.

Avant que Tim n'eut exposé sa requête, Thamara s'avança en direction d'un des coquillages qui permettaient au magicien d'entendre ce qu'il se passait depuis l'étage supérieur et laissa écouler le vœu du garçon de ses lèvres tendres :

– Voici, Père Fourir. Timothée voudrait retour...

– Hé ! C'est pas à toi de parler ! la rembarra-t-il en bâillonnant la jolie sorcière chocolat. C'est moi qui ai voulu venir ici ! Et n'essaye pas de me mordre, cette fois, hein ? Aïe !

Tim dut la relâcher.

– Qu'est-ce que ça change que ce soit moi qui le dise ?! l'incendia Thamara. Tu n'es qu'un sexiste égoïste !

Tim jeta un coup d'œil à ses doigts malmenés puis regarda le piranha couleur chocolat de son sourire amusé. Il s'adressa enfin au Grand Mage qui était reparti dans ses rires.

– Hé ! Le magicien, là-haut ! J'ai droit qu'à un seul vœu, c'est bien ça ?

– Évidemment. Il ne faut pas exagérer, quand même ! Ces jeunes ne doutent de rien ! Hi ! Hi ! Déjà que la façon dont vous avez gagné est un peu limite...

Tim marqua une pose et se concentra.

– Alors mon vœu est que... que je puisse avoir autant de vœux réalisés que je veux !... Ah ! Ah ! Vous y aviez pas pensé, hein ? jubila le garçon.

Il n'eut pour toute réponse qu'un nouveau hurlement de rire nerveux.

Finalement, le mage retrouva son souffle et un semblant de sérieux.

– Ah, ces jeunes ! Rêveurs et insouciants ! Ils pensent avoir tout inventé ! Alors sache qu'il y a bien longtemps de ça, un petit comique dans ton genre qui avait remporté le tournoi – pas de la même façon, évidemment ! Hi ! Hi ! – a tenté de me coincer de la sorte. Heureusement, cet idiot avait juste demandé à faire autant de vœux qu'il le voulait !

– Et alors ? s'enquit Thamara en fronçant le dessin parfait de ses longs et fins sourcils.

– ... Alors il n'avait pas précisé que je devais les réaliser !!! Hi ! Hiiiiiiiii ! Ah ! La bonne blague !!! Hi ! Hiiiiii !

Nib et Tim se regardèrent en se tapant la tempe du doigt avec effarement.

– Sauf que, moi, j'ai bien précisé que mes vœux soient réalisés.

– « Sauf que moi ». « Sauf que moi... » Hi ! Hi ! Sauf que moi, j'ai modifié les conditions générales de vente ! Et c'est bien précisé dans les clauses, ceux en petits caractères, que ce type de demandes est interdit !

– Qu'est-ce qu'il raconte, on a rien signé ?

– Le passage par l'arche d'entrée vaut acceptation des règles, lui apprit Thamara. C'est ça qui est inscrit sur le haut de la voûte.

– Bof, j'avais bien d'autres choses à regarder, prétexta-t-il.

– Ah, oui ? Et quoi donc ? questionna la somptueuse jeune fille chocolat en soulevant ses épaules tentatrices.

– ...Mais toi, ma petite chérie.

Thamara grogna de s'être fait piéger et détourna la tête, attendant, les bras croisés, que ce malotru de Timothée veuille bien énoncer lui-même son vœu.

– Alors... Alors dans ce cas, ma demande est celle-ci.

Il respira profondément pour bien augmenter l'empreinte dramatique.

– ... Je... je veux que Tham soit libre.

– Qu-quoi ?! faillit s'étrangler la jolie sorcière, l'incrédulité mêlée à la surprise dilatant le blanc de ses yeux envoûtants. Non, ce n'est pas ça, Père Fourir ! Il veut rentrer dans son époque ! C'est pour cela que je suis revenue ! Il m'a sauvée plusieurs fois déjà. Il le mérite, il...

– C'est trop tard ma petite perle noire. Je n'exauce que le premier vœu... même si je le regrette, le regrette profondément. Tu sais combien je tiens à toi. Aaaah... Ce généreux idiot sait-il qu'il te

287

condamne à une vie de paria parmi les humains ? C'est pour cela que je te gardais auprès de moi. Enfin... la parole d'un Grand Mage est sacrée.

Il soupira.

– Bon, il est tard. Mon dernier client vient de finir dans l'oubliette digestif de Thambor. Hi ! Hi ! Allez, je viens te dire un dernier au-revoir, ma petite perle.

Après quelques minutes d'interrogations silencieuses parmi les jeunes gagnants, une partie du plafond s'abaissa lentement comme un ascenseur. Une fois en bas, le maître du donjon d'Édra-Gon avança tranquillement vers le trio de champions. Sa petite silhouette rabougrie à la toge tachetée et fripée surmontée d'une bouille avenante au gros nez rouge et à la barbe ébouriffée sortit enfin de la pénombre.

Le Grand Mage s'arrêta soudain !

– Toi !!! hurla-t-il en faisant un bond de vingt centimètres.

Dans un long cri de rage, il se rua sur Tim, l'empoigna à l'encolure avec une telle colère qu'il le fit tomber à la renverse.

– Mon lapin aux herbes ! Mon délicieux lapin aux herbes ! Voleur de lapin !!!

– Vous vous connaissez, Père Fourir ?! s'enquit une Thamara totalement interloquée. Je croyais que vous ne sortiez jamais du donjon ?

– J'étais à ta recherche, petite ingrate ! lui répliqua-t-il, ses vielles mains ridées encore plongées dans l'étoffe du col de Tim.

Toujours pas calmé, le petit vieux sautait sur le torse du garçon estomaqué : le magicien qu'il recherchait, c'était la première personne qu'il avait rencontrée dans ce foutu monde !

Le père Fourir stoppa ses bonds aussi brusquement qu'il les avait entamés !

– La larme des fées ?!!! s'exclama-t-il en découvrant le pendentif de Tim.

Il faillit avoir une crise cardiaque.

– Le cristal des fenêtres du temps sur un inconscient pareil !!! À qui l'as-tu volé, bon delà ?! À qui ?! À quiiiii ?!!!

Tim était sous le choc. Que voulait-il à sa gemme, à présent ?

– Hé, grand-père, vous avez grillé un fusible, là ! protesta-t-il enfin. Cette pierre est à moi depuis toujours. C'est la seule chose qu'il me reste de mes parents biologiques. Enfin, je crois...

T'AS DE BEAUX YEUX, TU SAIS

– Des « parents biologiques » ? Qu'est-ce que c'est ? interrogea Thamara étrangement prévenante.

– Tu as de drôles de questions, toi ! C'est l'homme et la femme qui ont fait ce que tu me refuses depuis... Bon, tu as compris. Et bien, après leur petite aventure charnelle, il semblerait qu'ils aient...

Il respira profondément, une lueur espiègle au fond des yeux

– C'était une triste et sombre nuit d'hiver dans une petite chapelle en ruines. Le vent soufflait à travers les branches couvertes de neige. Les loups hurlaient à la pleine lune. Nul ne pouvait imaginer ce qu'il se tra...

– Dis, tu n'en fais pas un peu de trop ? l'interrompit Thamara d'une moue suspicieuse.

– Hein ?... Euh, peut-être un peu. Juste quelques petits détails en plus pour captiver l'auditoire. 'Y a pas de mal, non ?... Bon, et bien, voilà : à ma naissance, j'ai été abandonné par mes parents. Et un couple qui n'arrivait pas à avoir d'enfant a fini par m'adopter.

– Mais... Timothée, tu n'arrêtes pas de parler de tes frères et sœurs ? corrigea Thamara. Tu nous racontes encore des histoires, c'est ça ?

– Mais, non, c'est juste que mes parents adoptifs se trompaient. Ils l'ont compris que plus tard... quand ils se sont séparés. Avec sa nouvelle épouse, mon père adoptif a eu un garçon puis deux ans plus tard un deuxième et enfin une petite fille. Ma mère, de son côté, est tombée sur un salaud qui l'a laissée avec un bébé avant de se casser. C'est lui mon plus jeune frère. Oui, je dis « frère ». Je les considère tous comme mes frères et sœurs, même si on n'a ni le même père, ni la même mère. Euh... Pourquoi je vous raconte tout ça, moi, au fait ?! Et vous, enlevez-vous de moi à la fin. Nib, vire cet excité !

Le troll était toutefois trop abasourdi par les révélations pour s'exécuter.

– Tu es un enfant abandonné ?! résuma le vieux Fourir toujours sur le torse du garçon. Et... Bon delà de bon delà, tes yeux !!!

Tim les leva au ciel.

– Faites qu'ils n'aient aucun effet sur lui, pria-t-il, sarcastique.

– Comment j'ai pu manquer ça ?!!! poursuivit le vieux mage. Tu... Tu as ses yeux !!! Tu... Je dois te ramener d'où tu viens ! Immédiatement !!!

RETOUR VERS LE FUTUR

Tim avait du mal à se rendre compte de sa bonne fortune. En plus d'avoir libéré son envoûtante camarade, il allait pouvoir rentrer chez lui.

– C'est vrai ?! Même si j'ai utilisé mon vœu pour Tham ?! Z'êtes sympa, finalement.

Le vieux Fourir lui tendit la main, main qu'accepta Tim avec enthousiasme. Il n'aurait pas dû.

– Aïe ! Qu'est-ce que vous avez mis dans votre sale patte ?

Il observa sa paume légèrement endolorie. Avant qu'il n'ait pu obtenir une réponse, il vit les doigts de sa main droite passer de cinq à dix, puis quinze. Il dodelina de la tête alors que sa vue se troublait encore puis il s'effondra !

Nib se rua immédiatement sur le petit vieux, le souleva avec une incroyable facilité et se mit à le secouer comme un pommier.

– Quoi vieux magicien avoir fait à Copain ?! Quoi magicien avoir fait ?!!!!

– Nib, arrête !!! tenta de le contrôler Thamara. Comment veux-tu qu'il te réponde si tu le ballottes comme ça ?

– Pas faux, reconnut le colosse rouge, un doigt sur le menton.

Il reposa le vieux Fourir avec toute la délicatesse d'un troll.

Thamara dut toutefois attendre que les yeux du père Fourir se stabilisent dans leur orbite pour que celui-ci puisse répondre.

– Ne... jamais... contrarier... un troll. Ne jamais... contrarier... un troll, bredouilla le magicien rabougri en se massant la tête. J'aurais dû me souvenir des instructions de mon mentor.

– Père Fourir, qu'avait-vous fait à Timothée ? Et pourquoi ? J'avais cru comprendre que vous vouliez l'aider ?

– Je dois sauver cet écervelé de lui-même. Il ne doit pas rester ici une journée de plus !

Lorsque Tim se réveilla, et en dépit de l'obscurité qui semblait avoir écrasé les lieux de son manteau noir, il se découvrit ligoté à une épaisse table de bois qui tenait plus de la poutre. Il avait son cristal sorti de son sweater, son sac sur le ventre et avait la main droite pendante, attachée par une corde qui passait par une poulie et qui finissait dans l'étage supérieur de l'échauguette juste en face de lui.

Un vent tourbillonnant dans ses cheveux lui indiqua qu'il était à l'air libre. Sa tête passa de droite à gauche. Tim comprit qu'il était sur le toit en terrasse du donjon Édra-Gon. Qu'avait-on fait de lui ?

Juste après avoir neutralisé l'inconscient à la gemme, le Père Fourir n'avait pas perdu un instant et avait fait travailler ses trois lutins sans relâche. Même le gros Pitt, qui avait survécu également, avait été mis à contribution. En à peine deux heures, ils avaient construit et mis en place le mécanisme qui ramènerait l'imprudent chez lui.

Une fois l'installation en place, le Grand Mage, une intense concentration dans le regard, avait murmuré un obscur borborygme magique, son sceptre à l'horizontal au-dessus de lui. Presque instantanément, un amas de nuages plus sombres les uns que les autres avaient envahi l'azur déclinant de ce début de soirée.

Lorsque le supplicié de service perçut le grondement des éclairs zébrant le ciel noir, il fit (enfin !) un lien avec la longue tige de fer érigée au-dessus de lui. Il en fut (déjà) foudroyé.

– Potrache ! Je veux faire mon retour vers le futur, s'écria-t-il entre les grondements de l'orage, mais je suis pas une Delorean !!!

Tim aimait rester en contrôle. Et il aurait voulu passer encore un peu de temps avec ses amis – à présent qu'il savait qu'il pouvait repartir, ce n'était plus important que ça arrive si rapidement. Le vieux magicien, lui, ne l'entendait pas de cette oreille. Il savait qu'il devait se débarrasser du garçon au plus vite. *Ils* pouvaient frapper à tout moment. Personne n'était en sécurité, même pas à Édra-Gon.

Nib, la larme à l'œil, s'était éclipsé après une tape une peu trop virile sur l'épaule de son copain. Sur le coup, la précieuse installation du mage avait failli se retrouvée complètement démantibulée.

Thamara, de son côté, avait fini par oser quitter la tourelle de son ancien maître et était parti rejoindre Timothée. Elle était libre et allait enfin se débarrasser de cet insupportable excité, alors pourquoi n'en retirait-elle aucune joie ?

– Tu as vu Patné ? questionna Tim en voyant la fille féline arriver à pas veloutés près de sa table de torture.

– Non, il doit se cacher… pour pleurer, précisa-t-elle d'une voix brisée qu'elle ne put retenir. Il est très triste que tu t'en ailles. Je… Je ne vois pas pourquoi, prétendit-elle. Il…

– Ça pleure un lapin ?

– Les lapins, non, répondit laconiquement la jolie sorcière chocolat. Tu ne comprends jamais rien, toi, sourit-elle en coin, d'une moue à faire craquer les plus insensibles des garçons (ce que Tim était loin d'être…).

Elle s'approcha encore dans des mouvements incroyablement langoureux. Elle se baissa avec une tristesse non feinte et susurra au creux de l'oreille de Timothée avec une douceur sucrée :

– Au revoir, Tim.

Et elle déposa un tendre baiser sur la joue du garçon ligoté.

Une fois la stupeur passée, Tim se mit à se débattre.

– J'veux plus repartir ! J'veux plus repartir !!! hurla-t-il comme un damné.

Une Thamara mélancolique laissa l'adolescent dans tous ses états et vint rejoindre le vieux mage.

– Tu l'aimes bien, en fait, ce nigaud, hein, ma petite perle noire ? fit-il remarquer d'un air attendri.

Thamara détourna ses yeux de chatte et lâcha d'une voix cassée :

– Il… Il doit retourner dans son époque.

– Qu'est-ce qui te dit que c'est son époque ? répondit le maître d'Édra-Gon d'un sourire énigmatique tout en regardant avec satisfaction un énorme cumulonimbus se stabiliser au-dessus d'eux.

Il frappa une fois de son bâton et un éclair trouva son chemin à travers le paratonnerre. Le mage activa immédiatement la corde et mit la main droite de Tim en contact avec son cristal juste au moment où la foudre l'atteignait.

Zachame !

Une fois la lumière bleu électrique dissipée, Tim reconnut la rue qu'il arpentait habituellement pour se rendre à l'appartement de sa mère. Il déposa son sac à terre, sans remarquer que deux petites oreilles blanches en dépassaient.

Si le garçon était heureux de se retrouver chez lui, un poids restait dans sa jeune poitrine.

– Thamara... soupira-t-il en plongeant son nez dans le morceau d'étoffe qu'il gardait de la jolie sorcière.

Il fut sorti de sa rêverie par une clameur mélangeant indignation et rires. Que se passait-il ?

Il releva la tête et se regarda dans la vitrine du magasin devant lequel il s'était matérialisé. Il y découvrit son visage fatigué, triste... et bleu !!!

Le nouveau romantique avait manifestement oublié la petite farce de la sorcière chocolat.

Un sourire amusé à la commissure gauche des lèvres, il referma sa main sur le tissu piégé.

– Aaah ! La garce !...

TABLE DES MATIÈRES

Du même auteur

Lona et la Science des Fées (2006)
ISBN 978-2-95280531-5

Lona et le Temps des Dragons (2007)
ISBN 978-2-9528053-3-9

Lona et les Oubliés de l'Inde (2008)
ISBN 978-2-9528053-4-6

Lona et la Menace des Insectoïdes (2009)
ISBN 978-2-9528053-5-3

Lona et la Vérité Engloutie (2010)
ISBN 978-2-9528053-6-0

Les Éditions des Mondes Oranges
79, grande Rue
28500 Aunay-sous-Crécy
www.lona.fr

Imprimé par Lulu.com
Loi n°49-956 du 16 juillet 1949 sur les publications destinées à la
jeunesse